아무도 읽지 않습니다

# 아무도 읽지 않습니다

김상원

SF 장편소설

황금가지

차례

　우주가 '점'으로부터 시작되었다고요? 무한대의 밀도로 응축된 '점' 하나가 '빵' 하고 터져서 이처럼 광활한 우주로 펼쳐졌다고요? 그것도 무려 138억 년 전에? 맙소사, 이게 말이 됩니까. 모든 걸 품은 '점'이라니, 도대체 어떻게 그런 게 '점'으로 존재할 수 있단 말입니까. 그리고 그 '점'이 왜 굳이 공교롭게도 '하나'인 거죠? 물론 이런 맹점을 보완한 다중우주 가설들이 꽤 있기는 합니다. 우주가 어떤 한 점에서부터 팽창했다 한 점으로 수축하기를 반복한다는 '빅 바운스 이론'이라든가, 물질과 반물질의 균형이 깨지면서 발생하는 '점'들의 무수한 빅뱅이 일어나 무수한 다중의 거품우주를 생성하면서 끝없이 팽창한다는 '영원한 팽창 이론' 같은 것들 말입니다. 이런 가설들은 보르헤스의 『바벨의 도서관』

을 떠올리게 합니다. 보르헤스는 우주를 '무한하지만 주기적인 도서관'으로 제안함으로써 자신의 우주관을 드러냅니다. 누군가는 『바벨의 도서관』을 인터넷이나 클라우드 도서관 같은 것을 비유하는 데 쓰기도 할 테지만, 뭐 그것이 도서관이라 불리는 우주이든, 우주라 불리는 도서관이든, 저는 보르헤스나 다중우주론이 펼치는 무한대의 우주 기하학에는 동의합니다. 다만 거슬리는 건 여전히 '점', 그러니까 우주의 시작점입니다. 정말 그렇게 시작되었을까요, 그냥 그렇게 빵 터지는 것으로? 아니요, 저는 그 광경을 보았습니다. 그건 그렇게 빵 터지지 않았습니다. 이제부터 차근차근 말씀드리지요. 제가 본 건 '점'이 아니었습니다. 이 우주는 '투고처리기'로부터 시작되었습니다.

　당시 저는 꽤나 알려진 문학 출판사에서 수습 편집자로 일하고 있었습니다. 그리고 그런 규모의 출판사라면 응당 편집자의 영혼을 불사르는 지옥불이 도사리고 있기 마련, 그것은 바로 투고 지옥입니다. 책으로 내 주십사 보내온 원고들의 끝 간 데 없는 무저갱.

　저희 편집부 사무실 벽 한가운데에는 어디 골동품 가게에서나 굴러다닐 것 같은 낡아빠진 사훈 액자 하나가 떡하니 걸려 있었습니다. 널따란 그 액자에는 적과의 마지막 일전을 앞둔 장수가 잔뜩 각 잡고 썼을 법한 붓글씨가 쓰여 있었죠.

　**'오직 원고.'**

　비장함과 강직함과 그 어떤 똥고집마저 느껴지는 액자였

습니다. 네, 저희 출판사에서 투고는 신성합니다. 문학계가 소위 문단 중심으로 돌아가던 시절, 저희 출판사의 선조들은 과감히 그 인간적인 사슬을 뚝 끊어 냈습니다. 그리고 오직 원고에만 집중했다죠. 물론 현실적으로야 어떻게 100퍼센트 투고 원고에만 의존할 수 있었겠습니까. 다른 출판사들처럼 불가피하게 기존 작가들과 많은 책을 출간하기도 했더랬죠. 하지만 마음가짐만은 분명했습니다.

**'오직 원고.'**

저 액자 속 네 글자가 바로 그 힘의 원천이었습니다. 믿음의 선조들은 언제나 저 네 글자를 마력의 주문처럼 입으로 외고 마음 깊이 새기면서 그 무엇도 검증되지 않은 범인(凡人)과 문청 들의 개떡 같은 원고들을 묵묵히 읽어 냈답니다. 그러니까 바로 저 네 글자의 힘으로 저희 출판사는 투고 원고의 성공률을 꾸준히 유지했던 것입니다. 그리고 그렇게 세월이 쌓이면서 자연스럽게 '투고 원고로 베스트셀러를 만드는 출판사'로 자리매김되었지요. 유명 작가든 일반인이든, 심지어 침팬지가 쓴 원고라고 해도 좋은 원고라면 어떻게든 반드시 책을 내 주는 공정한 출판사. 그러다 보니 출판사는 늘 투고 원고로 풍년이었다죠. 그리고 그 풍성한 농작물을 거두고 낱알까지 골라내서 건조하고 먹을 수 있는 곡식으로 포장하는 농부들이 있었으니, 네, 바로 저희와 같은 편집자들이죠.

"투고 원고는 장르별로 나눈 다음, 담당 편집자들에게 아주 공평하게 분배합니다."

면접 때 분명히 이런 말을 들었습니다. 네, 분명히 '아주'와 '공평'이라는 단어를 들었던 것만 같은데…… 저만의 환청이었을까요. 입사 후의 현실은 달랐습니다. 장르는 개뿔, 순소설에서 하드코어 포르노까지, 장르를 불문하고 거의 모든 투고 원고들이 막내인 저에게로 할당되었던 것입니다. 도대체 저의 담당 장르는 무엇이란 말입니까? 참다못한 저의 물음에 편집장님은 입술도 떼지 않고 단호하게 말했습니다.

"오이오 씨 장르는 수습입니다."

"아니 편집장님, 그런 장르는 없……."

편집장님은 입 여는 것조차 낭비라는 듯 가차 없는 복화술로 응답했습니다.

"수습 장르의 특성은 단 하나, '닥치는 대로 읽기'입니다."

네, 저의 장르는 수습이고, 수습은 오로지 읽습니다.

저는 정말 개처럼 읽었습니다. 하염없이, 맹목적으로, 밤을 새워 가며 그것들을 하나하나 해치워 나갔습니다. 그러나 다음 아침이면 여지없이 투고 메일함에 또다시 수십 통의 투고 메일이 쌓여 있는 것이었습니다. 투고 메일함은 영원히 줄지 않는 화수분이었고, 저는 영원히 굴러떨어지는

바위를 영원히 산꼭대기로 밀어 올리는 형벌을 받는 시시
포스였습니다. 그렇게 하루에 장편소설 10여 권 분량을 해
치우느라 홀로 사무실에 널브러져 야근의 밤을 이어 가야
만 했습니다. 저는 나날이 피폐해졌습니다. 보다 못한 편집
장님이 결국 엄포를 놓더군요.

"오이오 씨, 투고고 뭐고 모든 업무는 근무 시간 중에 처
리하도록 하세요. 야근 수당도 안 나오는 회사에서 야근은
곤란합니다."

어쩔 수 없이 저는 퇴근 후에도 철야로 원고를 읽어야만
하는 신세가 되었습니다.

젠장, 문학사에 길이 남을 불멸의 작품을 내고야 말겠다
는 일념으로 어렵사리 출판사에 들어왔건만, 무슨 24시간
콩나물국밥집도 아니고, 밤새 듣보잡들의 글 같지도 않은
글이나 읽는 꼴이라니. 그만 울화가 치밀었습니다.

'이딴 쓰레기들이 다 뭐라고. 이것들이 나를 좀먹고 있
잖아.'

맞습니다, 그것들은 쓰레기였습니다. 아니, 쓰레기여야만
했습니다. 그따위 것들 중에 쓸 만한 작품 같은 게 숨어 있
을 턱이 없었습니다, 설령 그렇다 한들, 그럴 가능성이 뭐 만
분의 일이나 되겠습니까. 그 희박한 확률을 위해서 그 쓰레
기들을 몽땅 읽어야 한다는 게 말이나 됩니까. 읽을 필요도

없었습니다. 왜냐하면 그것들은 쓰레기니까요. 그렇게 마음 먹으니 읽지 않아도 알겠더군요. 그래서 읽지 않고 답신 메일을 보냈던 것입니다.

먼저 저희 출판사에 귀한 원고를 보내 주셔서 감사드립니다. 선생님께서 보내 주신 원고를 잘 살펴보았고 편집회의에서도 깊이 논의했지만 감히 저희가 출판하기 어렵다는 결론을 내렸습니다. 외람된 말씀을 드리게 되어 송구하오나 부디 혜량하여 주시기 바랍니다. 안녕히 계십시오.

그렇게 30분 만에 수십여 편의 밀린 투고 원고를 일괄 처리했습니다. 아 진짜, 속이 다 뻥 뚫리더군요. 그러고 한 시간이나 지났을까? 답 메일 한 통이 왔습니다, 편집자 전원에게요.

제가 투고한 메일의 수신확인 시간을 확인해 보았습니다. 오전 9시 51분이더군요. 그런데 편집자분께서 거절 메일을 보낸 시간도 9시 51분이네요? 1분도 안 돼서 원고지 1200매 분량의 장편소설 원고를 읽고 편집회의까지 거치셨다니, 귀사는 시간을 멈추는 초능력의 소유자들로 편집진을 꾸리셨나 봅니다. 읽지 않으실 거면 차라리 투고를 받지 마시길.

곧이어 출판사 SNS에 같은 내용의 글이 올라왔습니다. 잇달아 분노와 공감의 댓글이 탕후루처럼 송알송알 달리기 시작했습니다.


— 저도 9시 51분에 똑같은 메일 받았어요.ㅠㅠ
— 저는 53분…….
— 저는 10시 03분요.
— 10분 사이에 커피 한잔 때리셨나?
— 이 정도 능력자에게 10분은 책 한 권 쓸 시간입죠.
— 1분 동안 우리들 원고를 다 읽고, 3분 동안 거절 메일 보내다가, 10분 동안 책 한 권 쓴 걸로 결론?
— 완벽한 알리바이네요.
— 이러지들 맙시다. 편집자가 정말 초능력자일 수도 있는 것입니다.


대표님이 굳은 표정으로 편집장님을 불렀습니다. 여기저기서 푹푹 꺼지는 한숨 소리가 들리더니, 사람들이 하나둘 자리를 떴습니다. 사무실은 고요해졌습니다. 곧이어 대표님 방으로부터 풍악이 울렸습니다.
쿵…… 뭐 이딴…… 쿵…… 미친…….
둔중한 진동과 고함이 가미된 추임새가 리드미컬했습

니다.

쿵…… 도대체가…… 쿵…… 당신도…… 쿠쿵…… 흐윽!

비명인지 흐느낌인지 모를 다소 괴이한 소리와 함께 풍악이 멎었습니다. 잠시 정적이 흐른 뒤, 이윽고 연신 굽신거리면서 뒷걸음질로 대표님 방을 나오는 편집장님이 보였습니다. 편집장님은 마치 옷깃을 여미듯 아주 경건하고 조심스럽게 대표님 방문을 닫았습니다. 그러더니 갑자기 고개를 홱 돌려 제 자리로 뚜벅뚜벅 다가왔습니다.

"오이오 씨!"

편집장님은 제게 이글거리는 증오의 눈빛을 뿜으며 싸늘한 목소리로 말했습니다.

"앞으로는 투고 원고들을 빠짐없이 읽고, 모든 원고에 코멘트를 달아서 제출하셔야 합니다, 매일."

저는 발끈했습니다. "그건 정말 무리입니다, 인간이 무슨 속독 기계입니까, 하루 여덟 시간 안에 그걸 다 읽는다는 건 불가능합니다, 맨먼스(man-month)로 보나 노동권으로 보나 말이 안 됩니다, 이건 부당노동행위이자 직장 내 괴롭힘이라고요!"라고 확 내지르고 싶었지만 차마 그러지 못했습니다.

"편집장님, 제가 읽는 속도가 좀 느려서요. 원고를 다른 분들하고 조금만 나눌 수는 없……"

"좀 더 빨리 읽도록 하세요."

편집장님은 입도 뻥끗하지 않고 복화술로 지시를 내렸습니다.

"편집장님, 아무리 빨리 읽어도 불가능……"

"더더욱 빨리 읽으면 되겠죠."

네, 그렇습죠, 왼발이 빠지기 전에 오른발을 디디고 오른발이 빠지기 전에 왼발을 디디면 인간은 물 위를 걸을 수 있습니다. 안 되면 되게 해야죠, 굽신굽신. 저는 또다시 홈야근 모드로 돌입하였습니다.

*

그런 저에게 구세주가 나타났습니다. 20년 지기 공대 백수 '구세주'. 세주는 피골이 상접한 저의 모습과 애절한 한탄에 머금던 술을 튀기며 울분을 토했습니다.

"개새끼들이네. 야, 그것들 몽땅 노동부에 신고해!"

제 안경알에 소주 반 침 반의 물방울들이 아침 이슬처럼 맺혔습니다. 저는 안경을 벗고 그 영롱하고 흥건하고, 다소 끈끈한 침방울들을 닦아 내면서 한숨을 푹 쉬었습니다.

"후유, 이 바닥이 얼마나 좁은데 그러냐. 그리고 솔직히 그 인간들이 뭐 죄야."

"그 인간들 죄지. 그럼 뭐 이게 투고한 사람들 잘못이냐?"

세주는 칼을 뽑듯 검지 하나를 척 들어 콧수염에 맺힌 침 방울을 쓱 훔치며 저를 노려봤습니다. 아니 근데 이 새끼는 왜 나한테 화를 내는…….

"그 사람들도 아무 죄 없지. 그냥…… 근본적인 문제 는…… 사람들은 그렇게나 긴 글을 읽지 않는데, 책은 그렇 게나 긴 글로 만들어야 하고, 누군가는 그렇게나 긴 글을 읽 고 팔리게 해야만 하는데, 그 누군가가 씨발 바로 나라는 거 야. 빌어먹을, 글은 시간을 너무 많이 잡아먹는다고."

저는 '글' 그 자체를 탓하며 스톡홀름 증후군에 빠진 인질 처럼 외려 회사 사람들을 변호하고 있었습니다.

"차라리 신을 탓해라."

세주는 고개를 절레절레 저으며 소주잔을 들었습니다. 연 이어 잔을 기울여 입술을 담그고 넘기려는 찰나.

"오이오, 방법이 있어."

세주는 지지벌건 낯빛을 거두고 자못 진지한 기색으로 돌 변했습니다. 그러더니 난데없이 구글을 들먹이는 것이었습 니다.

"구글의 궁극적인 목표는 세상을 거대한 하나의 책으로 만드는 거야. 『바벨의 도서관』처럼."

"보르헤스의 『바벨의 도서관』?"

"뭐 그런 셈이지. 전 세계 도서관의 모든 책들을 스캔해서 데이터화 하는 프로젝트를 진행 중이거든. 구글 북스 라이브러리 프로젝트라는 건데, 이게 겉보기에는 뭐 그냥 졸라 방대한 온라인 도서관이구나 싶지만 실상은 훨씬 더 거대해.”

세주는 괴랄한 눈빛을 번뜩이며 남은 먹태를 북북 찢었습니다.

“그 실상이 뭐냐면, 바로 인공지능한테 책을 읽히는 거라고.”

“인공지능한테 책을 읽혀서 뭐 하게?”

“뭘 하긴, 투고 원고를 읽게 하는 거지.”

“오 씨발!”

저도 모르게 주먹을 불끈 쥐었습니다. 신박했습니다. 나 대신 그 쓰레기들을 읽고 싹 다 처리해 주는 인공지능이라니. 뭔가 자동청소기 같은 느낌이랄까요. 상상만으로도 속이 다 후련했습니다. 소주를 한 잔 쭉 들이켜 “캬!” 하고 감탄사를 터뜨리고 세주에게 물었습니다.

“그거 좋네. 그럼 그…… 구글 뭐시기 서비스는 유료야? 월정액인가?”

“아직 그런 서비스는 없지. 그러니까 그런 걸 만들자는 거지.”

“아……”

"뭐 간단한 코딩이야. 이미 텐서플로우나 파이토치 같은 딥러닝 라이브러리를 돌려서 인공지능한테 글을 학습시키는 건 입문자 수준에서도 할 수 있어."

세주는 별거 아니라는 듯 우물우물 먹태를 씹으며 제 빈 잔에 소주를 따랐습니다. 저는 찰랑거리는 소주잔을 내려다보며 중얼거렸습니다.

"그렇다면 이제 투고처리기만 만들면 된다는 것인데……."

소주를 꿀꺽 넘기고 곰곰이 생각해 보았습니다.

'그렇게 간단하다고? 아냐, 이게 단순히 원고를 읽히는 문제가 아니잖아.'

저는 세주에게 문제를 제기했습니다.

"흠. 네 말대로 인공지능이 원고를 읽는다 쳐. 그런데 그렇게 읽은 것 중에서 쓸 만한 걸 추려 내야 하잖아. 그건 어떻게 할 건데?"

순간 세주의 우물거리던 입술이 뚝 멎었습니다. 살짝 일그러져 미세하게 실룩이는 입매와 그보다 더 미세하게 살랑이는 콧수염 사이로 그 어떤 긴장감 같은 게 감돌더군요. 세주는 골똘히 허공을 응시했고, 저는 그렇게 집중하면 할수록 어벙해져만 가는 세주의 멍하디멍한 눈빛을 감상하며 부스럭부스럭 땅콩을 깠습니다. 세주는 잠시간 눈을 희번덕이며 고개를 휘휘 돌리다가 옳다구나 하고 테이블을 탕 내리쳤습니다.

"오케이! 결국 문제는 데이터네."

세주의 얼굴에 화색이 돌았습니다.

"먼저 인공지능이 스스로 쓸 만한 원고를 추릴 수 있도록 학습시켜야 해. 그러려면 학습시킬 데이터를 먼저 확보해야 잖아. 그럼 어떻게 해야겠어?"

그것이 나의 질문이라네, 친구.

"잘 들어 봐. 일단은 웹상에 널린 게시물들을 크롤링 해서 데이터로 쓸 수 있어. 조회 수나 추천 수로 호응도를 측정하도록 학습시키는 거지. 추가로 구독형 전자책들도 캡처한 이미지를 문자인식 프로그램에 돌려서 학습시킬 수도 있겠네."

세주의 눈이 팽이처럼 팽팽 돌았습니다. 뭔 말인지는 모르겠지만 아무튼 그럴싸하게 들리기는 했습니다.

"그다음은 원고 평가. 그렇게 학습한 데이터를 기반으로 호응도 패턴 모델을 디자인하는 거야, 투고 원고들이 호응도 패턴에 얼마나 부합하는지를 수치로 환산하면 원고별 호응도를 예측할 수 있으니까. 그런 다음 투고 원고들을 넣고 졸라 돌려. 그러면 그냥 원고별 호응도 순위가 틱 나오는 거야."

한마디로 베스트셀러가 될 확률을 계산해 주는 인공지능

을 만들 수 있다는 것이었습니다.

"단어와 문장을 패턴화 된 맥락에 대입해서 글의 주제를 파악하고, 이런 주제를 요런 소재, 조런 문체로 썼을 때 1만 부 이상 팔릴 가능성은 70퍼센트입니다 식으로 호응도를 예측할 수 있다는 거야."

그런데 가만, 문학이라는 게 과연 독자들의 호응도로만 평가할 수 있는 걸까요? 문학성 평가는?

저의 물음에 세주는 손에 들린 먹태 조각을 대팻밥처럼 더더욱 얇게 저미면서 답했습니다.

"가능하지, 문학성을 측정할 데이터와 함수만 있다면. 서평이나 비평을 해당 작품하고 매칭 해서 학습시키면 비평가별로 취향이나 논리 패턴을 도출할 수 있을 테니까. 왜 '넷플릭스'나 '밀리의 서재'처럼, '내 취향과 57퍼센트 일치', 이런 식으로 호평 확률이나 혹평 확률을 구하는 거지. 음……문제는 비평가의 비평 패턴에 맞지 않는 비평을 어떻게 취급하느냐인데……."

세주는 거의 가루가 된 먹태가 잔뜩 묻은 손가락을 쪽쪽 빨면서 마치 렘수면에 빠진 듯이 빠르게 눈알을 굴렸습니다.

"혹평 확률이 90퍼센트인 작품에 호평을 했거나, 반대로 호평 확률이 90퍼센트인 작품에 혹평을 한 경우 같은 거.

이런 경우는 비평가가 자기를 속인 건가? 아니면 마음이 바뀐 건가? 아니면 뭐 그냥 친소 관계 비평? 아무튼 이런 건 데이터에서 빼야 할 수도 있겠다. 어쩌면 거짓말 탐지기로 쓸 수도 있겠는걸. 뭐 글쎄 솔직히 나는 잘 모르겠다. 이런 건 편집자인 네가 더 잘 알겠지. 에…… 그러니까…… 도대체 문학성이라는 게 뭐냐?"

문학성이라…… 그게 그러니까…… 저는 무어라 대꾸할 말이 떠오르지 않아 애꿎은 먹태 쪼가리와 땅콩 껍질만 뒤적였습니다. 제길, 아무리 헤집어도 먹을 만한 땅콩 한 알을 발견할 수가 없었습니다.

필요는 발명의 어머니라고 했던가요. 세주가 투고처리기 개발에 성공했습니다. 그리고 모든 게 계획대로 착착 진행되었습니다. 원고 선정 프로세스는 뭐 간단했습니다.

1. 저: 회사 몰래 투고 원고를 세주한테 넘긴다.
2. 세주: 투고처리기에게 원고를 읽히고, 흥행 예측 순위를 묻는다.
3. 투고처리기: 흥행 예측 순위를 뽑는다.

저는 원고는커녕 원고 제목조차 읽을 필요가 없었습니다. 원고 보내고, 순위 받고, 땡.
네, 투고처리기와의 협업은 더할 나위 없이 효율적이었습니다. 반면 인간의 의사 결정 과정은 지지부진 그 자체였죠. 편집부원들은 제가 올린 흥행 예측 순위를 말 그대로 개무시했습니다. 그리고 세월아 네월아 읽고 읽고 또 읽기만 했습니다. 윤 사원님은 이거다, 이 대리님은 저거다, 박 과장님은 다 아닌 거 같다, 그러면 편집장님이 이렇게 말합니다.

"그렇다면 우리 다시 한번 읽어 봅시다."

또다시 읽습니다. 읽다 죽은 귀신이 붙었는지 읽지 못해 죽은 귀신이 붙었는지 읽고 읽고 또 읽습니다. 그렇게 숙고에 숙고에 또 숙고를 거듭하고 나서야 비로소 원고 한 편이 선정되는 것입니다. 뭐가 문제냐고요? 편집부라면 당연한 거 아니냐고요? 문제는 그렇게 어렵사리 선정된 원고라는 게 결국 투고처리기가 선정했던 바로 그 원고라는 것입니다. 망할, 이런 비효율이 또 어디 있단 말입니까. 그럴 때마다 박 과장님은 "오이오 씨, 또 맞혔네."라고 했지요.

"뭐래, 그게 아니죠. 맞힌 게 아니라 제가 훨씬 먼저 선정했던 원고거든요. 아, 물론 투고처리기와 함께요."라고 차마 말하지는 못했습니다.

"별말씀을요. 사람들 생각은 다 같은가 봐요. 아하하하하."

그렇게 입술을 꾹 깨물고 흥행 예측 순위를 꾸준히 올렸습니다. 그리고 투고처리기의 흥행 예측 순위는 어김없이 적중했습니다. 결과만 놓고 보자면, 결국 예측 순위를 따라 출간한 책들은 성공했고, 더러 예측 순위에 없던 원고로 출간한 책들은 흥행 참패를 맛보아야 했더랬죠. 그렇게 날이 갈수록 흥행 예측 순위의 신뢰도는 높아져만 갔습니다. 더불어 회사에서의 저의 입지 역시 높아졌습니다. 네, 흥행 예측 순위로 인해 저는 어엿한 편집자로 인정받게 된 것입니다. 수습 탈피!

편집자 오이오.


그제야 이런 생각이 들었던 것입니다.

'나도 좀 읽어야 하는 거 아닐까?'

자존심? 아니면 편집자로서의 직업윤리? 아무튼 그런 게 발동했습니다. 네, 모름지기 편집자라면 마땅히 원고를 읽어야 합니다. 아니, 응당 원고를 능히 읽어 내야만 무릇 편집자라고 할 수 있는 것입니다. 하지만 컴돌이 세주는 저의 이런 고민을 대수롭지 않게 여겼죠.

"에이 뭐 어때? 어차피 아무도 모르잖아, 투고처리기가 읽고 있다는 거."

"내가 알고 있다고!"

이제 와 생각해 보니 그때 저는 정말 되지도 않는 투정을 부렸습니다. 세주는 진지하게 저를 타일렀습니다.

"오이오. 투고처리기는 너의 일을 돕는 도구일 뿐이야. 그냥 메모장이나 계산기 같은 거라고.”

“나도 알아. 그런데 내 일이 바로 그 읽는 일이잖아. 서로 겹친다고!”

“그 읽는 과정이 시간을 너무 잡아먹어서 불만이었던 거 아니었어?”

맞습니다. 투고처리기를 원했던 건 바로 저였더랬죠. 읽어 달랬다, 말랬다. 저란 인간은 참 간사합니다. 세주는 잠시 헤매던 저에게 분명한 길을 제시했습니다.

“어차피 결정은 오이오 네가 하는 거야. 인간인 바로 너!”

멋진 놈! “바로 너!”라고 저를 지목하는 그 순간, 세주의 콧수염이 에어컨 바람에 흩날렸습니다. 개미하고만 놀던, 컴퓨터하고만 놀던 쭈구리 세주. 네, 저는 세주의 유일한 어릴 적 ‘인간 친구’였죠. 어이구, 내 친구 세주가 벌써 이렇게나 컸구나! 대학에 들어간 세주는 남자처럼 보이고 싶다며 콧수염을 길렀지만 ‘수구리’, 즉 ‘수염 난 쭈구리’라는 별명을 얻었다지요. 대학 시절도 마찬가지였습니다. 세주는 자기만의 세계에 빠진 고집불통 컴돌이였죠. 양자 컴퓨팅 교수의 수학 실력이 형편없다며 이른바 ‘AI 교수’를 코딩해서 뿌렸다가 되레 과에서 왕따를 당하기도 했지만 뭐, 아무튼 세주는 참 좋은 친구였습니다.

그때만 해도 저는 세주 말을 순순히 따랐습니다. 세주 말대로 최종 결정자는 저였으니까요. 맞는 말 아닙니까, 투고처리기가 아무리 잘 읽는다고 한들 한낱 프로그램일 뿐이죠. 자동차가 아무리 빨라 봤자 기껏 인간을 빨리 옮기는 기계 덩어리일 뿐, 인간이 걷거나 뛰는 걸 아예 없앨 수는 없는 법 아닙니까. 인류는 지구 최강의 우세종(優勢種)이자 최상위 포식자입니다. 인간은 인간 그 자체로 우선권을 지닙니다. 암요, 지켜야 할 선이란 게 있죠. 투고처리기는 컴퓨터의 일을, 저는 인간의 일을 하는 게 세상의 이치인 것입니다. 그러니까 다시 한번 말하지만, 저의 일은 '읽기'였습니다. 저는 읽어야만 했습니다.

그런고로 저는 편집자로서 최소한의 심사숙고를 하기 위해 세주가 보내 준 순위에서 상위 서너 편을 며칠 동안 꼼꼼히 읽었습니다. 그리고 그중에서 한두 편을 추려서 선임 편집자들과 함께 토론하고 읽고 나서야 최종 선정작을 정했습니다. 그런 다음 정성껏 선정 축하 메일을 작성해서 보냈습니다. 그런데 편집자들이 선정한 작품 모두가 이미 투고처리기가 1순위로 선정한 작품이었습니다.

그렇다면 우리는 쓸모없는 일을 한 걸까요?

단순히 효율성만으로만 보자면 뭐 그렇다고 볼 수도 있겠지요. 번거롭게 뭘 읽습니까, 그냥 투고처리기가 뽑아 준 작품을 대충 훑어보고 선정 회의로 넘기면 그만이었겠지요.

하지만 저는 그러지 않았습니다. 굳이 서너 편을 읽었습니다. 그렇게 굳이 '인간의 공정'을 거쳐서 저의 의미를 확인하고 싶었던 걸까요? 네, 그랬습니다. 그렇게 함으로써 투고처리기의 예측 능력이 저의 통찰력이 된 것 같은 기분을 느낄 수 있었으니까요.

그리고 예측대로 제가 (투고처리기와 함께!) 선정한 원고들이 수만 권씩 팔려 나갔습니다.

결과는 대성공! 투고처리기의 승승장구가 이어졌습니다. 그리고 전례 없는 수습 직원의 파격적인 3단계 승진!

오이오 팀장.

더불어 만성적자 탈출에 목을 맨 대표님의 폭주가 시작되었습니다.

"오 팀장, 어떻게 하면 좋겠습니까."

"투고만 많이 들어오면 좋을 것 같습니다."

제 입은 너무나 당연하다는 듯이 즉각 그런 말을 뱉었습니다. 이에 대표님도 고개를 끄덕였습니다.

"역시, 오 팀장이군."

"오직 원고죠."

"아무렴."

대표님은 한껏 경건한 기색을 하고 벽에 걸린 **'오직 원고'**

사훈 액자를 바라보았습니다. 그러면서 더없이 훈훈한 목소리로 물었죠.

"원고 검토는 괜찮겠어요?"

"얼마든지요."

저는 자신만만했습니다. 제 뒤에는 '읽는 괴물', 투고처리기가 있으니까요. 거기에 시류도 한몫했습니다. 책을 읽는 독자는 줄어드는 반면, 책을 내고 싶어 하는 사람은 늘어나는 추세! 회사는 대대적인 투고 이벤트를 펼쳤습니다. 월요 백일장(白日場), 화요 망월장(望月場), 수요 소일장, 목요 글짓장, 금요 불금장, 토일 주말장을 매일 열었습니다.

그러자 원고가 밀려들었습니다. 저의 일은 물밀듯 밀려오는 원고를 세주에게 카톡으로 전달하는 것이었습니다. 세주는 투고처리기가 버벅댄다며 서버가 더 필요하다고 했죠. 해서 제 돈으로 PC 한 대를 더 샀습니다. 이로써 투고처리기는 두 대의 데스크톱으로 운영되었습니다. 한 대는 세주 PC, 한 대는 제 PC. 그렇게 세주와 제가 딱 반반으로 투고처리기의 주인이 된 것입니다. (물론 회사는 투고처리기의 존재를 전혀 눈치채지 못했습니다. 그저 제가 열심히 투고 원고를 읽는 것으로만 알았을 테죠.)

그렇게 저는 투고처리기가 선정한 작품으로만 엮은 '아무튼, 베스트셀러' 시리즈를 속속 출간했습니다.

"'장르 불문, 아무튼 투고하면 베스트셀러가 될 거야.'라는 느낌을 주는 거지요. 투고와 베스트셀러의 선순환 구조랄까요."

꽃이라고 부르자 꽃이 된 꽃처럼, 아무튼, 베스트셀러 시리즈는 그야말로 베스트셀러 시리즈가 되었습니다. 그렇게 투고만 받아서 베스트셀러 시리즈를 만드는 출판사라는 인식은 더더욱 확고해졌고, 그러한 인식이 더 많은 투고를 불렀습니다. 그리고 더 많은 투고는 곧 더 높은 성공 확률이었습니다. 어찌 보면 투고처리기는 **'오직 원고'**라는 저희 출판사 사훈에 딱 들어맞는 프로그램이었죠.

실적이 저조한 분야나 장르가 하나하나 저에게 넘어왔고, 넘어오는 족족 저, 아니 투고처리기의 베스트셀러 퍼레이드가 펼쳐졌습니다. 덕분에 저는 일약 장르를 넘나드는 팔색조 슈퍼에디터로 등극했습니다. 원고를 선정한 게 저인지, 투고처리기인지 따위는 더 이상 고민거리가 아니었습니다.

반면 다른 편집자들은 할 일을 잃었습니다. 하루는 편집장님이 저를 찾더군요.

"많이 바쁘십니까, 오 팀장님?"

사실 할 일이 없기는 저도 마찬가지였습니다. 어차피 원고는 세주네 집 투고처리기가 24시간 콩나물국밥집처럼 쉴 새 없이 읽고 있었으니까요. 그럼에도 저는 하루 종일 무언가를 읽는 척해야만 했습니다, 저는 이미 업계가 공인한 슈퍼에디터였고, 모름지기 슈퍼에디터라면 의자에 뿌리를 내리고 주야장천 글을 읽어야 하는 법이니까요. 그러니까 저는 바쁜 게 아니라 반드시 바빠야만 했던 것입니다.

"좀 정신이 없기는 하지만. 뭐, 괜찮습니다."

"오 팀장님 일하는 걸 보면 꼭 인공지능 같더군요."

뜨끔했습니다. 안경이 다 덜거덕거리더군요.

"나 홀로 팀장 외롭지 않으십니까, 팀원이 필요할 것 같은데?"

"괜찮습니다. 아직 견딜 만합니다."

"아이고, 아직이라니요, 다른 분야까지 다 덤터기 쓰시고서는. 그리고 견딜 만하다는 말은 지금 견뎌야 할 무언가가 있다는 말로 들리네요."

"에고고, 그냥 뭐 지낼 만하다는 거죠. 하하하."

저는 기지개를 켜며 헛웃음을 쳤습니다.

"교정이나 편집은 외주를 준다고 해도, 혼자서 그 많은 원고들을 검토하려면 시간이 많이 부족하실 텐데요."

"편집장님 말씀대로 더 빨리 읽고 있습니다. 하하하."

순간 편집장님의 눈가에 찌르르 경련이 일었습니다. 편집장님은 크흠 헛기침을 하고 뿌득뿌득 고개를 좌우로 돌려 자세를 갖춘 다음 차분히 말했습니다.

"할리우드에서는 작가들이 AI에게 일을 빼앗길까 봐 파업을 한다더군요."

"아 네, 저도 어디선가 읽은 것 같네요."

"그런데 우리는 파업도 못 하게 생겼습니다."

"그게 무슨……."

편집장님은 지그시 저를 바라보며 싸늘한 미소를 지었습니다.

"저희 일을 빼앗아 간 게 AI가 아니라 사람이니까요."

순간 불쾌했습니다. 저는 정색을 하고 물었습니다.

"지금 혹시…… 제가 다른 분들 일을 빼앗았다고 말씀하시는 건가요?"

"물론 오 팀장님이 누군가의 일을 빼앗았다고 말할 수는 없겠죠. 오 팀장님은 편집자로서 제 할 일을 했을 뿐입니다. 하지만 저희는 분명히 누군가에게 일을 빼앗겼습니다."

"제 능력이 지나쳤군요."

편집장님은 끄덕이는 것인지 가로젓는 것인지 분명치 않게 상하좌우로 고개를 휘저었습니다. 그 동그란 궤적은 흡사 4분의 3박자의 왈츠를 점점 잦아들게 지휘하는 지휘봉의 움직임처럼 보였습니다.

"아무튼. 걱정입니다. 다들 오 팀장님을 따라잡을 자신이 없나 봐요. 그래도 자리는 지켜야 하니까 다들 앉아는 있는

데, 딱히 할 일들은 없고, 좀들이 쑤시는지 보고서는 길어지
고, 이상한 회의는 많아지고, 트렌드 파악한다며 하루 종일
웹서핑이나 하다가 퇴근하는 게 답니다. 편집부 전체가 무기
력해졌습니다. 그나마 좋아진 게 있다면 사무실에 화분이
많아졌다는 거?"

"화분이요?"

그러고 보니 사무실이 온통 녹색 천지였습니다. 포동포동
한 다육이들을 비롯하여 잎이 너른 고무나무, 나비꽃이 핀
호접란, 철쭉, 스킨답서스, 개구리밥이 담긴 수반에, 벽을 타
고 천장까지 올라간 넝쿨하며, 아니 저건 토마토야 사과야?

"애기사과랍니다. 술로 담그면 좋다지요."

편집장님이 발그스름하고 밤톨만 한 열매 한 알을 제게
건네주었습니다. 도대체 여기가 출판사인지 식물원인지. 저
는 안경을 닦아 쓰고 사무실을 빙 돌아보며 입을 쩍 벌렸습
니다.

"어느새 이렇게……?"

"꽤 됐습니다, 편집부 사람들이 이렇게 앞다퉈서 사무실
가꾸기에 들어간 게."

"아니 왜들 이렇게……?"

"무엇이든 해야 하니까요."

편집장님은 애기사과 열매를 뽀득뽀득 쓰다듬으며 말했

습니다.

"시작은 자기 책상이었죠. 그러던 게 탕비실, 회의실, 복도, 그렇게 사무실 전체로 번진 겁니다. 다들 불안해서 저러는 것 아니겠습니까."

그제야 푸르름의 틈바구니 사이로 분무기를 들고 좌불안석으로 엉덩이를 들썩거리는 사무실 사람들이 보였습니다. 투고처리기가 편집부 일을 처리하는 동안 다들 이렇게 바늘방석 위에 계셨다니, 일말의 죄책감이 밀려들더군요.

"그런데 오 팀장님 정말 바쁘셨나 보네요, 이렇게 눈에 띄게 바뀐 것도 모르시다니."

"네. 편집장님도 아시다시피 일이 몰려서요. 그렇다고 일부러 망작을 낼 수도 없는 일이고……."

저는 괜스레 고개를 떨구고 말끝을 흐렸습니다.

"당연하죠. 저도 그냥 답답해서 넋두리 좀 해 봤습니다. 허허."

편집장님은 신경 쓰지 말라는 듯 제 어깨를 툭 쳤습니다. 그러고는 손 위의 애기사과 열매를 던졌다 잡았다 하면서 혼잣말을 중얼거렸습니다.

"고민입니다, 앞으로 편집부 사람들은 뭘 해야 할지……."

한참 동안을 눈앞에 오르락내리락하는 애기사과 열매를 보고 있자니 무슨 최면에 걸린 것처럼 온몸의 힘이 풀리면서 몽롱한 상태가 되었습니다. 그래서였을까요? 저도 모르게 그만 제 속마음을 실토하고 말았습니다.

"보다 인간다운 일을 찾는 게 좋지 않을까요? 인간만이 할 수 있는 일 말입니다. 왜 '모라벡의 역설'이라는 게 있잖습니까. '인간에게 쉬운 건 기계에 어렵고, 인간에게 어려운 건 기계에 쉽다.' 그러니까 기계나 인공지능이 쉽사리 하지 못하는 그런 일을 찾아보시는 게……."

순간 편집장님이 애기사과 열매를 손아귀에 꽉 쥐었습니다.

"인공지능이라고요?"

아뿔싸, 하마터면 투고처리기가 원고를 읽고 있다는 걸 말할 뻔했군요.

"하하하. 그런 말을 하니까 오 팀장님이 무슨 인공지능 같습니다."

"아, 그게 그러니까……."

저는 머뭇거리다 크게 숨을 들이마셨다 내쉬었습니다. 숲의 풀 내음이 제 몸 낱낱의 세포들로 번져 들었습니다. 각성한 제 눈은 휘둥그레졌고, 할 말을 잃은 입술은 연신 달싹거렸습니다. 편집장님은 고개를 저으며 손사래를 쳤습니다.

"농담입니다."

어쩌면 우리 복화술사 편집장님은 저와 투고처리기의 비

밀을 이미 파악하고 있을지도 모른다는 생각이 들었습니다. 정말로 어쩌면 다들 이미 알고 있을지도 모릅니다, 저만 빼고요. 풀 내음이 저를 일깨워 주었습니다. 투고처리기에 빠져 제 곁을 살피지 못하고, 정말 회사가 이 지경인지를 저만 모르고 있었던 것입니다.

"회사에 피톤치드는 뿜뿜이고 자기 착취도 만렙이죠. 이제 우리 편집부는 이 가짜 노동에서 벗어나야 할 때가 된 거 같아요."

편집장님의 말씀에, "저야말로 가짜 노동에 빠져 있다고요."라고 외치고 싶었습니다. 심지어 저는 바쁜 척 연기까지 해야 했으니까요. 하지만 그럼에도 차마 제 입으로 직접 투고처리기의 비밀을 말할 수는 없었습니다. 실토하기에는 일이 너무 커졌으니까요.

"그러면…… 어떻게 벗어나야 할까요?"

저는 여전히 입술을 달싹이며 넌지시 답을 구했습니다. 편집장님은 사무실을 천천히 둘러보더니 돌연 제 눈을 흘깃 쏘아보았습니다. 그리고 예의 그 복화술로 나직이 속삭였습니다.

"그런데 꼭 일을 해야 할까요?"

*

　다음 날, 대표님이 저를 불렀습니다. 대표님 방 역시 화사한 식물들이 즐비했습니다. 이제까지 대표님의 가짜 노동은 나 홀로 외근이었는데. '감축드립니다. 또 하나의 가짜 노동을 득템하셨군요.' 저는 마음으로 축하를 드렸습니다. 생각해 보니 그렇더군요, 그러니까 이 회사에서 진짜 노동을 하는 건 세주 집에 있는 투고처리기밖에 없다는 것. 씁쓸했습니다. 먼저 와 있던 편집장님은 뭐가 좋은지 싱글싱글 웃음을 머금은 채 거의 천장까지 자란 아레카야자 이파리를 쓰담쓰담 매만지고 있었습니다.

　"편집장님이 우리 오 팀장님과 함께 얘기를 나누고 싶다고 하시네요."

　저는 편집장님을 향해 꾸벅 인사를 하고 소파에 앉았습니다. 편집장님은 아랑곳없이 분무기를 들고 창가에 일렬로 도열한 화분들을 따라 찍찍 물을 뿌리며 한 발 한 발 옆으로 이동했습니다. 흡사 대통령이 행사에 참석한 손님들 하나하나와 악수하면서 이동하는 것처럼 느긋하고 지루하기 짝이 없는 장면이었습니다. 보다 못한 대표님이 편집장님을 재촉했습니다.

　"빨리 말씀하시죠, 우리 오 팀장님 바쁠 텐데. 저도 외근

나가야 하고요."

하마터면 "저 안 바쁜데요."라는 말이 툭 튀어나올 뻔했습니다. 어쩌다 이 회사 사람들은 제가 바쁠 거라는 굳은 믿음으로 똘똘 뭉친 걸까요.

"아, 죄송합니다. 이렇게 식물들을 보노라니 잠시 넋이 나갔네요. 요즘 제가 워낙 한가하다 보니까, 하핫."

순간 가슴이 철렁 내려앉았습니다. 한가하다니요, 편집장님. 그것도 월급 루팡 감별사 일급인 대표님 앞에서 대놓고 발설하다니요. 그 말인즉 사직서잖아요.

"크흠."

대표님은 마뜩잖은 헛기침과 함께 알쏭달쏭한 표정을 지으며 팔짱을 꼈습니다. 편집장님은 눈치는 개뿔, 분무기를 좌우 허공으로 뿜어 무지개를 만들면서 아이처럼 해맑게 웃었습니다.

"우와! 아름답지 않습니까, 오 팀장님?"

드디어 맛이 가셨구나. 저와 대표님은 얼굴에 폴폴 물안개를 맞으며 그 자그맣고 가물가물한 무지개를 바라보았습니다.

"허이고. 아주 시원하고 좋네요, 피부 보습도 되고. 후. 후. 후."

어이없다는 표정의 대표님이 입술을 꽉 깨물고 말했습니다. 이런, 어느새 대표님도 복화술을 익히셨군요.

편집장님은 분무기를 창가에 내려놓고 한참 동안 저와 대표님을 번갈아 보았습니다.

저와 대표님은 멀뚱멀뚱 서로를 바라보았습니다.

방 안은 녹아내린 무지개처럼 너저분하고 어색한 기운으로 가득했습니다.

곧이어 편집장님이 결심한 듯 입을 열었습니다.

"신규 사업을 했으면 합니다."

"신규…… 뭐요?"

"사업 말입니다. 원예 사업."

"원예?"

대표님은 꿈에서 막 깨어난 아이처럼 마냥 가치중립적인 표정을 지었습니다. 좋고 싫고도, 옳고 그름도, 선악이나 호불호 그 무엇도 없이 여기가 어딘지도, 당최 뭔 소리인지도 모르겠다는 순수하게 어리둥절한 그런 표정 말입니다.

"박 과장이 유튜브를 시작했는데 동영상들의 총 조회 수가 300만 회에 육박하고 있습니다. 채널 이름은 '에디터의 식물원'입니다."

편집장님이 창가의 화분들을 향해 분무기를 찍찍찍 뿌렸습니다. 대표님은 그제야 이해한 듯 "아하!" 하고 짧은 탄식을 뱉었습니다. 편집장은 약간 들뜬 목소리의 복화술로 진중히 열변을 토했습니다.

"이 대리는 이참에 아예 사업화를 하자고 제안했습니다. 박 과장의 유튜브 채널 '에디터의 식물원'을 브랜드로 원예 상품을 만들자는 것입니다. 화분, 씨앗, 흙, 삽, 가위, 분무기, 살충제 등등의 원예 상품으로 시작해서 점차 인테리어 소품이나 주방용품으로 분야를 확장하는 겁니다. 컵, 시계, 디퓨저, 식기 세트 등등. 가드너 클래스를 열어서 수강생들도 받고요. 심지어 천 사원과 윤 사원은 브랜치 브랜드로 반려견 수제 간식을 만들고 싶어 합니다. 자, 이게 바로 '에디터의 강아지'입니다."

편집장님이 척 내민 A4 용지에는 치와와와 시바견의 중간쯤으로 보이는 강아지가 혀를 날름 내밀고 책을 읽고 있었습니다.

"오옷, 귀여워!"

저와 대표님이 동시에 감탄사를 뿜었습니다. 그런데 우리 지금 뭐 하는 건가요. 출판사에서 난데없이 원예 사업이라니요. 아니나 다를까 대표님은 정신을 차리고 너무나 멀쩡한 질문을 던졌습니다.

"흠…… 그런데 원예라는 게 아무래도 전문적인 분야이지 않나요?"

"편집부원 모두가 이미 전문 가드너 수준입니다."

"흐음, 사업 전망은 어떻습니까?"

"1인 가구의 폭증과 집값 폭등으로 집 사기를 포기한 세대들의 자기 공간 꾸미기 욕구가 치솟고 있습니다. 식물을 인테리어 소품으로 쓰는 플랜테리어, 책상 위주의 데스크테리어 등등을 비롯한 방 꾸미기, 몸 꾸미기, 어찌 보면 SNS 꾸미기도 같은 맥락이고요, 시간을 거슬러 가자면 마치 힙합퍼가 후디와 헤드폰을 써서 자신만의 공간을 확보하던 때와 비슷한 양상입니다. 일종의 대리만족 시장이랄까요? 허망한 꿈이 아니라 실현 가능한 소소하고 확실한 아름다움과 행복을 추구하는 것이지요. 이른바 소확행. 저성장 시대에 이러한 추세는 당분간 이어질 것으로 보입니다. 그리고 이런 관점에서 직장인들의 식물 꾸미기 역시 그 궤를 같이할 것으로 관측하고 있습니다."

"유통은요?"

"조사 결과 적어도 책 코너보다는 식물 코너가 많다는 잠정적인 결론을 내렸습니다. 여기 당장 입점할 만한 온라인 오프라인 매장 리스트입니다."

편집장님의 몸 어딘가에서 또 하나의 A4 용지가 툭 튀어나왔습니다.

대표님은 리스트를 훑으며 한참 동안 고개를 주억거렸습니다.

"사업 다각화라……."

그러다 '짝' 하고 손뼉을 쳤습니다.

"그래, 내가 원했던 게 바로 이런 거라니깐!"

대표님은 어느새 속이 뻥 뚫린 쾌변의 그 표정을 짓고 있었습니다.

"적자 탈출 정도로 만족해서는 안 되죠. 물 들어올 때 노 저으라고, 벌 수 있을 때 왕창 벌어야죠!"

동시에 하소연을 털어놓았습니다.

"편집장님한테 이런 말 하긴 뭣하지만, 제가 기러기 아빠 아닙니까. 딸은 영어 배운다고 애 엄마하고 캐나다 유학 중이지, 아들은 고3이지…… 크흡."

끝내 말끝을 흐리며 흐느끼는 대표님이라니. 당황스러웠습니다. 하지만 편집장님은 이 모든 걸 다 이해한다는 듯 눈을 지그시 감고 입을 꾹 다물었습니다. 대표님은 시선을 창밖 아득히 먼 곳으로 고정한 채 코를 훌쩍거리며 격한 감정을 추슬렀습니다.

"하아, 미안해요. 제가 요즘 갱년기인지 좀 왔다 갔다 하네."

아, 대표님 많이 힘드셨군요. 그래도 우리 회사는 출판사잖아요.

"참!"

무언가가 번쩍 떠올랐는지 돌연 금세 화색이 도는 대표

님. 오늘 좀 많이 왔다 갔다 하시네요.

"편집장님, 이왕 하는 김에 그 '에디터의 식물원'으로 매거진을 만드는 건 어떨까요?"

오! 바로 그거죠. 출판사라면 당연히 책 낼 생각을 해야……. 그런데 편집장님의 저 떨떠름한 표정은 무엇?

"글쎄요. 아무래도 요즘 잡지 시장이 포화 상태고, 편집부 직원들도 원예 사업을 하면 바쁠 텐데, 책까지 만든다는 건 좀……."

"그으…… 래. 아무래도 좀 그렇겠죠?"

대표님은 편집장님의 눈치를 보며 겸연쩍은 표정을 지었습니다.

"뭐 그래요. 심플하게 가야지. 선택과 집중!"

"문구류 정도는 괜찮을 것 같습니다. 엽서나 노트 같은 것들 말입니다."

뭐야 이 인간들 출판사 사람들 맞나요? 보다 못한 저는 안경을 벗어젖히고 끼어들었습니다.

"그러면 대체 책은 누가 내죠?"

대표님이 그거야말로 무슨 소리냐는 듯 저를 멀거니 쳐다보았습니다. 편집장님이 비시시 웃으며 녹작지근한 복화술로 느릿느릿 말했습니다.

"으. 흐. 흐. 오 팀장님께서, 더더욱, 수고해 주셔야겠죠?"

*

그길로 대표와 편집장, 그리고 편집부 직원들 모두가 신규 사업에 나섰습니다.

— 구독자 수가 10만을 넘었어요.
— 다들 편의점 브로슈어 시안 투표 좀 해 주세요.
— 베트남 계약이 체결되었습니다.

사무실은 한껏 들떠 활기를 되찾았고, 적막하던 편집부 사무실은 손님들로 북적였습니다. 저만 홀로 개밥에 도토리처럼 외따로 쓸쓸히 책을 만들었죠. 어이가 없었습니다. 책이 좋아서 출판사에 들어왔는데, 막상 책이 잘 팔리기 시작하니까, 정작 출판사 사람들은 책 만들 생각이 없다니. 이 무슨 아이러니와 딜레마와 패러독스의 대환장파티란 말입니까.

이건 아닙니다. 아니 이래서는 안 된다고 생각했습니다. 고민 끝에 편집장님에게 '에디터의 식물원 잡지'를 재차 제안했습니다. 종이 잡지는 한정판만 찍고 웹진을 중심으로 유료 구독자를 확보하면 신규 사업에도 큰 도움이 될 것이라는 제 나름의 중재안이자 상생안이었죠.

“저기, 오 팀장님.”

설명 내내 무거운 기색이던 편집장님이 대뜸 저의 설명을 끊더군요.

“말씀은 잘 알겠지만 신규 사업에 적용하기에는 조금 힘들 거 같습니다.”

책돌이의 깊은 심연으로부터 짜증이 치밀어 올랐습니다.

“아니, 편집장님.”

“네, 오 팀장님.”

“저희 회사는 출판사라고요. 책을 내야 하는 거 아닌가요?”

“아시다시피 신규 사업은 안 그래도 그 자체로 리스크 덩어리입니다. 거기에 잡지라는 또 하나의 거대한 똥 덩어리를 추가할 수는 없다는 것입니다.”

“하아.”

갑갑해서 한숨이 절로 나왔습니다.

“어쩌다 책 출간이 출판사에서 똥 덩어리가 되었을까요.”

저의 푸념에 편집장님도 얕은 한숨을 쉬고 이렇게 말했습니다.

“오 팀장도 잘 알겠지만 잘나가는 베스트셀러 덕에 안 팔릴 것 같지만 가치 있는 책도 낼 수 있는 겁니다.”

“네?”

"오 팀장에게 고마워하고 있다는 겁니다. 오 팀장님의 베스트셀러 덕에 우리가 이렇게 신규 사업을 할 수 있으니까요. 아시다시피……."

"잠시만요."

아시다시피, 아시다시피, 도대체 제가 뭘 안다는 걸까요. 저도 모르게 편집장님의 말을 뚝 끊었습니다.

"그러니까 저보고 돈이나 벌라는 건가요?"

"뭘 또 그렇게 삐딱하게, 저는 역할 분담을 말하는 겁니다."

'삐딱'이라는 단어에 제 마음이 시침처럼 '똑딱' 하고 삐딱해졌습니다. 그래요, 여기저기서 책의 미래는 암담하다고들 하지요. 다른 사업에 눈독을 들일 만한 상황입니다. 어차피 지금까지 제가 만들어 낸 베스트셀러만으로도 한동안 돈 걱정은 없을 테고요. 편집장님은 바쁘게 움직이는 사람들을 빙 둘러 가리키며 말했습니다.

"보세요. 이 사람들이 같은 회사에 다닌다고 해서 어떻게 개인적인 비전까지 다 같을 수가 있겠습니까."

그 말을 들으니 제 목소리가 더더욱 차가워지더군요.

"뭐 그렇죠. 다들 각자의 인생이 있으니까요."

편집장님 역시 냉랭하게 맞장구를 쳤습니다.

"맞습니다. 절이 싫으면 중이 떠날 수밖에요."

　웃음기 하나 없는 편집장님의 건조한 목소리에서 비릿함이 느껴졌습니다.

　"제가 보기에는 절이 허물어지고 교회가 세워진 거 같네요."

　제 말에 편집장님의 입이 꾹 닫혔습니다. 또 어떤 복화술을 시전하려나? 저는 편집장님의 입매를 뚫어져라 노려보았습니다. 편집장님은 그런 제 눈을 노려보았습니다. 이윽고 편집장님의 입술이 "파!" 하며 똑 떨어졌습니다.

　"그럼, 저는 바빠서 이만."

회사를 관두고 세주와 '슈퍼에디터'라는 출판사를 열었습니다. 사무실은 문래동 철공소 골목에 얻었습니다. 와인바 홀로 사용했다는 2층을 저와 세주의 사무실로 꾸몄고, 바로 옆 통풍이 잘되는 주방에 아담한 '투 대리 방'을 마련했습니다. (그때까지만 해도 우리는 투고처리기를 '투 대리'라고 불렀습니다. 그럼에도 세주는 이곳을 그냥 '서버실'이라고 불렀죠.) 2층 발코니를 나와 소방용 철제 계단을 타고 올라가면 루프톱 라운지였던 탁 트인 옥상이 펼쳐집니다. 저와 세주는 빨래방에 빨래 돌리듯 투고처리기에 원고들을 업로드 하고, 캣타워 꼭대기의 고양이처럼 루프톱에 올라 한가로이 문래동 골목을 내려다보곤 하였습니다. 나지막이 펼쳐진 함석지붕들. 멀리 보이는 빌딩들 뒤로 하강하는 비행기. 곳곳이 허방에

다 쉿밥 연기 매캐한 옛날 골목. 철공소 소음마저 저의 귀에
는 나긋나긋한 ASMR로 들렸습니다. 운치라는 게 참 이런
거구나. 오늘은 구름이 어제보다 좀 천천히 움직이는 거 같
지 않냐? 그렇네. 아침은 먹었냐? 점심은 뭐 먹지? 저기 골
목에 라면 오마카세 생겼다는데? 그게 뭐야, 라볶이나 짜파
구리 같은 거 파는 덴가? 비빔면 없음 무효지. 조기 조 골
목은 월세가 올랐다며. 어, 그런데 쟤네들 모닝키스 한다. 근
데 왜 키스를 숨어서 해, 불륜 아냐? 출근길에 대놓고 하기
는 좀 그렇지 않나? 딱 보면 모르냐, 출근길이 아니고 퇴근
하는 거 아냐, 어젯밤에 붕가붕가 하고 지금 빠이빠이 하는
거잖아. 그런가? 그렇다면…… 결혼해! 결혼해! 그렇게 노닥
거리다, 어? 시간 다 됐다 하고 내려가면 투고처리기 서버가
빨래방처럼 건조까지 마친 뜨끈뜨끈한 베스트셀러를 척 내
놓는 것이었습니다.

"우리 투 대리는 정말 똑 부러져. 오늘의 선택도 아주 완벽
하구먼."

저는 투 대리가 뽑아서 편집까지 완벽하게 마친, 그리하
여 베스트셀러가 확실한 원고를 훑으며 뿌듯해했습니다. 그
런 저에게 세주가 말을 걸었습니다.

"그런데 우리 투 대리 이름 좀 바꿔야 하지 않을까?"

"응?"

순간 저는 그게 무슨 말인지 몰라서 세주를 멀뚱하게 쳐다보았습니다. 세주는 답 대신 손가락을 들어 투 대리 방을 가리켰습니다.

"아…… 아!"

그제야 저는 무릎을 탁 쳤습니다.

"아 그래, 이제 우리 투 대리도 과장으로 승진할 때가 됐지. 투 과장이라, 좋네."

"그게 아니라……."

"그럼 뭐? 아하, 성만 있어서 좀 그런가? 그러면 덜이 어때? 투덜이. 하핫. 그런데 얘는 너무 착실하단 말이지. 24시간 일만 하는데, 좀 투덜거리기도 하고 그래야 인간미가 있는 건데 말이야."

"아니 그런 게 아니라, 그 '투'라는 성이 뭐랄까, 투고처리기에 너무 한정된 느낌이라서."

세주는 콧수염을 가다듬으며 말했습니다. 사뭇 진지한 세주의 표정에 저의 아재 개그가 사그라들었습니다.

"으음…… 그런가? 그런데 투 대리한테 투고 처리 말고 더 시킬 일이 있어?"

"그러니까 그게……."

어색하게 머뭇거리는 세주. 뭐지? 사무실에 미묘한 긴장감이 감돌았습니다. 세주는 콧수염 한쪽 끝을 말아 올리며 입술을 몇 번 달싹거리다 조심스럽게 운을 떼었습니다.

"내가 뭘 시킨다기보다는 앞으로 투 대리가 어떻게 진화할지 모르는 거니까."

"진화?"

"거창한 건 아니고, 아무래도 이런 투고처리기를 만드는 게 그리 어려운 일은 아니라서, 앞으로 많은 출판사들이 우리처럼 투고처리기를 도입하게 될 거고, 그러기 전에 우리가 더 앞서서 치고 나아가야 한다는, 뭐 그런 말인 거지."

"치고 나아간다?"

"응. 아무래도 테크 스타트업이라는 게 기술 경쟁도 심하고."

"테크 스타트업? 우리는 출판사 아니었나?"

"책도 내고 있지, 투 대리로."

네, 물론 그렇긴 합니다. 세주는 그렇게 말한 게 겸연쩍은지 콧수염을 몇 번 쓰다듬고 나서야 다시 말을 이었습니다.

"아무튼, 그런 관점에서 투 대리라는 이름은 아무래도 확장성이 좀 부족하다고나 할까?"

으음, 꽤나 일리 있는 말이었습니다. 그런데 이 불안한 기분은 뭘까요? 저는 세주와 서버실을 번갈아 보았습니다. 세주도 멀거니 저를 보았습니다. 투 대리는 말없이 웅웅거릴 뿐이었죠. 어차피 제가 알 수 있는 건 없었습니다. 어색한 적

막을 벗어날 요량이었을까요? 저는 마지못해 입을 열었습니다.

"뭐…… 그러든가. 이름이야 아무렴 어때. 아무튼 최종 선택은 인간인 내가 하는 거니까."

세주는 별다른 대꾸 없이 서버실을 바라볼 뿐이었습니다. 무심한 건지 심란한 건지 당최 속을 알 수 없는 표정이었습니다. 서버실 선반에 켜켜이 쌓인 컴퓨터들은 제각각 표시 등을 깜박이고 있었습니다. 그 어떤 순서나 패턴도 찾을 수 없는 너무나 자연스럽고 불규칙한 점멸. 간헐적인 그 불빛의 행렬이 마치 세주에게 어떤 의사를 표시하려는 갓난 괴생물체처럼 꿈틀거리더군요. 세주는 자기 자리에 앉아 모니터를 보면서 중얼거렸습니다.

"그래, 독자들하고."

그리고 반의반쯤 남은 위스키병을 기울여 스트레이트 잔에 졸졸 따르더니 저에게 권했습니다.

"마실래?"

"낮부터 뭔 술이야."

"이거 왜 이러시나, 오이오 대표님. 우리도 이제 낮술 할 정도의 여유는 있지 않습니까?"

세주가 너스레를 떨며 계속 잔을 들이밀었습니다.

"허 참. 우리가 벌써 그렇게 됐습니까, 구세주 대표님? 뭐 그렇다면야."

저는 못 이기는 척 잔을 받아 쭉 들이켰습니다.

"크아. 독하네. 낮이라 더 그런가? 자, 우리 구 대표님도 한 잔하셔야죠."

저도 세주에게 잔을 건넸습니다. 세주는 돌려받은 잔에 다시 위스키를 채우고 저처럼 쭉 들이켰습니다.

"크아. 괜찮은데?"

우리는 투고처리기에 원고 파일들을 잔뜩 걸어 놓고 인간답게 옥상으로 올라 낮술을 마셨습니다. 붉은 노을이 펼쳐질 즈음 취한 저는 이렇게 주절거렸습니다.

"고양이는 고양이답게. 인간은 인간답게. 프로그램은 프로그램답게. 그게 순리라는 거지. 세상은 지켜야 할 선이라는 게 있다는 거란 말이지. 흥야흥야……."

세주는 노을에 흐무러지는 지평선을 바라보며 말했습니다.

"오이오, 기억나냐?"

"뭘?"

"출판사에 들어갔을 때 '난 여기서 명작을 낼 거야.' 그랬잖아."

네, 한때는 그랬던 것도 같습니다. 그런데 그 출판사에서 나와 버렸네요.

“에이고, 뭐 어디 세상일이 내 맘대로 되냐.”

술기운 때문이었을까요, 그게 불과 얼마 전이었을 텐데 그 기억은 저기 지는 해만큼이나 아득하게 느껴지더군요.

“그러니까……. 세상일이 어디 계획대로 되느냐고.”

세주도 노을에서 차마 눈을 떼지 못하고 삐끔삐끔 풀이 죽은 목소리를 냈습니다. 둘 다 세상 다 산 어른 흉내를 내고 있었지만, 그래도 아직은 노을빛을 머금은 눈동자를 붉게 이글거리고 있었습니다.

그날 우리는 술과 땅거미에 젖어 들었고, 서버실 투 대리는 언제나처럼 웅웅거리며 원고를 읽었습니다.

돌이켜 보면 세주는 참 좋은 친구였습니다.


＊


세주는 투고처리기의 이름을 '섬니아'로 지었습니다. 인섬니아(insomnia), 그러니까 불면증에 걸린 듯 밤낮으로 무언가를 읽으니까요. 처음에는 제 이름 덕에 투고가 밀려들었습니다. 섬니아는 주야장천 원고를 읽었습니다. 그리고 그렇게 읽으면 읽을수록 섬니아의 예측은 더더욱 정확해졌습니다. 그 결과 저희 슈퍼에디터 출판사가 출간한 책 모두가 베스트셀러에 오르는 전대미문의 사건이 벌어졌습니다. 이제 저

희는 인공지능 출판사임을 전면에 내세우고 투고를 받았습
니다.

　빠른 원고 분석과
　정확한 흥행 예측

　제가 회사 홍보 문구를 이렇게 만들었습니다. 세주는 한
줄을 더 추가했습니다.

　빠른 원고 분석과
　정확한 흥행 예측
　그리고 슈퍼에디터 오이오의 통찰력

“내 이름은 약간 곁다리 같은데.”
“원래 주인공은 항상 마지막에 등장하는 법이지. 마지막
줄이 핵심인 거야.”
　세주는 역시 좋은 친구였습니다. 그런데 주인공은 보통 초
반에 등장하지 않나?
　아무튼 그렇게 저희 출판사가 유명해지자 전 세계의 원고
들이 그야말로 물밀듯이 밀려들었습니다. 작가 지망생들의
원고가 대부분이었지만 그 데이터의 양은 실로 방대한 규모

였습니다. 덕분에 섬니아는 각국의 언어 데이터를 고루 섭렵하게 되었습니다.

빠른 원고 분석과
정확한 흥행 예측
다국어 모드 지원
그리고 슈퍼에디터 오이오의 통찰력

회사 홍보 문구가 한 줄 한 줄 늘 때마다 제 이름은 한 칸씩 아래로 밀려 내려갔습니다. 세주는 거기서 멈추지 않았습니다.

"어차피 데이터 놀음이잖아. 정확한 예측을 할 수 있다면 정확한 기획도 가능하다는 거 아니겠어."

급기야 수많은 투고 원고들로부터 잘 팔릴 만한 공통의 주제나 소재를 뽑아서 섬니아 스스로가 앤솔러지를 기획하는 경지에까지 이르렀습니다. 섬니아가 투고 검토, 기획에서 교정, 교열에 이르는 편집의 전 과정을 모두 섭렵한 것입니다. 그야말로 '급속한 진화'였습니다.

빠른 원고 분석과
정확한 흥행 예측

다국어 모드 지원
독창적인 출판 기획
완벽한 편집과 구성
그리고 슈퍼에디터 오이오의 통찰력


섬니아의 급속 진화로 보통 사람들의 글이 베스트셀러가 되는 기현상이 잇따랐습니다. 손쉽게 쓰는 SNS 잡설이나 일기 들도 섬니아를 거치면 그럴듯한 문학작품으로 탈바꿈했으니까요. 이는 물론 섬니아가 거의 모든 양질의 문학작품을 데이터로 섭렵하고 학습했기 때문에 가능한 일이었습니다. 하지만 정작 그 데이터를 창작한 기존의 작가들은 베스트셀러 작가의 지위를 빼앗기고 일반인들한테 밀려나 출판할 기회마저 잃게 되는 아이러니가 펼쳐지기 시작했습니다. SNS에 글을 올리듯 누구든지 베스트셀러를 쓸 수 있게 되었지만, 작가의 수명은 급격하게 짧아진 시대. 섬니아는 악화를 양화로 둔갑시킴으로써 기존의 작가 권력을 붕괴시킨 것입니다.


빠른 원고 분석과
정확한 흥행 예측
다국어 모드 지원

독창적인 출판 기획
완벽한 편집과 구성
그리고 슈퍼에디터 오이오의 통찰력
노후 준비는 베스트셀러로

기존 작가들뿐만 아니라 저 역시 한가해졌습니다. 은행 잔고가 불어남에도 마음은 더없이 허전해졌습니다. 회사 홍보 문구는 이렇게 바뀌어야 마땅했습니다.

그리고 한가한 오이오
노후 준비는 베스트셀러로

'나는 무엇이고, 내가 하는 일은 무엇이란 말인가.'
저는 책 탐험가였습니다. 글자와 행간에 숨겨진 미지의 세계를 찾아 협곡을 넘고 강을 건너듯 한 장 한 장 책장을 넘기면서 희열을 느끼는 '읽는 인간'. 그랬던 제가 기껏 하는 일이라는 게 투고 원고를 텍스트 파일로 복사해서 섬니아의 '읽기 폴더'에 저장하는 것이라니요. 그마저도 자동화되었습니다.
"오이오. 너 같은 고급 편집자가 이런 허드렛일이나 하고 있어서야 되겠어?"

세주는 저를 위한답시고 섬니아의 메일 계정을 만들었습니다. 저 없이도 섬니아가 직접 투고 메일을 확인하고 원고를 관리하는 시스템을 구축한 것이죠. 그리하여 저의 마지막 허드렛일마저 사라졌건만 저는 세주의 결정에 아무런 토를 달지 못했습니다, 어쨌거나 저쨌거나 세주의 결정은 매우 합리적이고 타당했으니까요.

"그래, 어차피 사람들은 내가 아니라 섬니아의 판단을 받아 보려고 원고를 보내는 거니까."

"어쨌든 최종 '결정은' 네가 하잖아."

네, 최종 '결정만' 제가 했습니다. 그렇게 책 탐험가인 저는 일과 희열 모두를 섬니아에게 빼앗기고 만 것입니다.

*

아침부터 문래동 골목을 슬렁슬렁 거닐었습니다. 아주 한량이 따로 없었죠. 그러다 묘한 간판과 마주친 것입니다.

두두정밀

1980년대식으로 보이는 오래된 철공소 간판 아래 적어도 1960년대식으로 보일 만큼 더 낡디낡은 입간판이 보였습니

다. 입간판에는 삐뚤삐뚤 한 획으로 이어 그린 찻잔 그림과
함께 붉은 경성고딕체로 이렇게 쓰여 있더군요.

모닝코오-피


녹슨 미닫이 철문을 삐그덕 밀고 들어가자 커피 볶는 냄
새가 진동했습니다. 한쪽에는 거대한 로스팅 기계가 놓여
있었고, 공간을 가로지르는 바 테이블 위에는 화분들이 즐
비했습니다. 철공소 반 카페 반의 그 나름대로 짜임새 있는
공간이더군요. 자리에 앉아 정면을 보니 벽에 세로로 쓴 부
적 같은 종이가 붙어 있었습니다.

頭
頭
情
密

그 아래로 가지런한 필기체의 설명이 쓰여 있었습니다.

두두정밀: 머리와 머리를 맞대고 은밀한 정을 나누는 곳

왠지 정감이 가더군요. 바 테이블 너머 주방에서 한 여자가 기타를 튕기며 이렇게 말했습니다.

"지금은 모닝커피만 됩니다, 아침이니까요."

"네. 한 잔 주세요."

여자는 별말 없이 모닝코오-피를 찻잔에 내왔습니다. 가슴에 '쥔장'이라고 쓴 촌스러운 명찰을 달고 있더군요. 커피 맛은 뭐 괜찮았습니다. 그래서 그렇게 멍을 때리며 오전 내내 내리 커피 세 잔을 마셨습니다. 계산을 마치고 가게를 나서려는데 쥔장이 사향고양이 똥에서 추출했다는 루왁 커피콩 한 움큼을 건네더군요.

"커피 마시는 것도 좋지만 커피나무 키우는 것도 재미지답니다."

"네."

별생각 없이 커피콩을 받아 들고 회사로 돌아왔습니다. 할 일이 없었고, 심심했습니다. 자연스레 무언가를 키우고 싶어지더군요. 이를테면 가짜 노동?

루왁 커피콩 여섯 알을 골라 껍질을 까서 사흘간 물에 불린 다음 묘판에 심고 옥상에서 키웠습니다. 근 한 달이 지나자 흙을 뚫고 씨앗이 올라왔습니다.

'새싹이다!'

빼꼼 고개를 내민 커피콩을 마주하자 만감이 교차했습니

다. 한편으로는 짜릿하고 한편으로는 한심했습니다. 지난 한 달간 제가 한 일을 떠올려 봅시다.

섭니아가 읽은 원고 목록을 10분 정도 읽음.
섭니아가 기획한 출판 기획서를 15분 정도 읽음.
출판 결정을 위해 섭니아와 채팅하느라 한 2분 30초 정도?

그렇게 대략 27분 30초 정도 일한 것 말고는 한 달 내내 옥상을 오가며 묘판을 만지작거린 게 다였으니까요. 그제야 비로소 이전 직장 편집부 직원들의 기분을 뼈저리게 이해하게 되었습니다. 차이라면, 그들은 노동자고 저는 창업자이자 대주주라는, 그래서 적어도 잘릴 걱정은 없다는 정도? 네, 물론 대주주와 노동자의 차이는 크죠, 입장도 다를 테고요. 그런데도 대주주인 저는 왜 이렇게 노동자인 저들과 동병상련(同病相憐)을 느끼는 것입니까? 글쎄요. 어쨌거나 저쨌거나 우리가 같은 인간종(人間種)이라서? 참! 누군가 그러더군요, "40억 년 자연의 시대가 지나고, 4000년 신의 시대가 지나서, 400년 인간의 시대도 지나가면, 앞으로 기계와 AI의 시대는 얼마나 갈 것인가?"라고요. 그러니까 이런 거대한 대전환기에, 섭니아 같은 인공지능 앞에서, 유한계급(有閑階級)이니 노동계급(勞動階級)이니가 다 무어란 말입니까. 인공지능

62

앞에서는 유한계급이나 노동계급이나 그냥 다 한물간 구형 세탁기일 뿐입니다. 그렇다면 유한계급은 풍요를 유지하기 위해, 노동계급은 먹고살기 위해 신형 세탁기 출시를 거부해야 하는 걸까요? 모르겠습니다. 아무튼 세상은 변했고, 저는 지금 우리 모두가 다 같이 한물간 처지라는 동지애를 느끼고 있다는 것입니다, 에효……. 한참 동안 옥상에서 햇살을 맞으며 그런 생각을 했더랬습니다. 그러다 커피콩 새싹과 인사하고, 아레카야자 잎에 붙은 흰솜깍지벌레를 떼어 낸 다음, 2층 사무실로 내려왔습니다. 그리고 분무기를 든 채로 저는 세주에게 '인간과 기계의 상생'을 제안했습니다.

"인간이 '읽기'에 좀 개입하는 건 어떨까? 독자들이 투고 원고를 평가하고, 인공지능이 독자들의 평가를 분석해서, 최종적으로 작가가 원고를 수정하는 거야."

"아니라고 봐. 인간은 너무 주관적이야."

세주는 단호하게 거부했습니다. 저는 이렇게 설득했습니다.

"그렇지만 바로 그런 주관적인 면이 어쩌면 문학의 묘미일 수도 있는 거잖아."

"글쎄, 난 섬니아의 성장을 보면서 느낀 게 많은데."

세주는 눈빛에 힘을 모아 저를 응시했습니다. 목소리 또한 다소 들떠 있었죠.

"이오 네가 말하는 인간적인 모호함이라는 게 실은 그저 미숙함 아닐까?"

세주의 물음에 저는 즉답을 하지 못했습니다. 세주는 웅얼거리는 저를 향해 픽 웃으며 주절거렸습니다.

"솔직히 섬니아에 비하면 인간의 직관은 편견 덩어리야. 아직 관상이나 골상학 수준이랄까. 너무 감정적이고 제멋대로지. 사실 빅데이터에 비하면 통계라고 하기도 뭣해. 오히려 독자들의 반응이 섬니아를 오염시켜서 확률 오차와 취향 편견만 커질 거야."

편견 덩어리? 수준? 오염?

"아냐!"

저도 언성을 한층 높였습니다. 세주가 뱉은 단어들에 인간인 저는 어떤 모멸감 같은 게 들었거든요.

"인간 예측도 꽤 정확해. 실제로 '인키트(inkitt)'라는 독일 출판사가 인간 독자하고 인공지능이 협업하는 방식을 썼는데, 베스트셀러 확률이 90퍼센트까지는 나왔다고."

"그건 독일 얘기고. 그런 방식이라면 인구통계학적으로 다양하면서도 많은 수의 독자군이 필요할 텐데, 독일 독서량의 3분의 1 정도에 불과한 한국에서 유의미한 수의 독자들을 구할 수 있겠어?"

맞는 말이었습니다. 하지만 왠지 맞아서는 안 될 말처럼 들렸습니다. 그럼에도 맞는 말이기에 저는 반박할 수 없었고, 세주는 계속해서 독서 시장의 근원적인 문제점을 지적했습니다.

"문학 분야 베스트셀러의 절반이 우리 책이야, 그런데 그걸 다 합해도 100만 부가 안 돼. 게다가 섬니아가 베스트셀러 확률 90퍼센트 이상으로 예측한 책들이 채 출간도 못 하고 줄줄이 밀려 있다고. 너도 이유를 알잖아."

네, 저도 이유를 알고 있었습니다. 아무리 섬니아가 새 책을 내면 뭐 하겠습니까, 그걸 읽을 독자들의 수가 정해져 있는데. 책의 수가 늘어남에 따라 독자 수를 늘릴 수는 없는 것이니까요. 적어도 저는 그렇게 생각했습니다. 소비에 맞춰 생산을 하는 거지, 생산에 맞춰 소비를 늘릴 수 있겠습니까? 그런데 세주 생각은 좀 달랐습니다. 엄지와 검지로 콧수염을 아주 여유롭게 쓰다듬으며 제게 이렇게 묻더군요.

"시장이 너무 작아. 섬니아가 독서 시장에 갇힌 게 아닐까?"

＊

섬니아에 요약 모드가 추가되었습니다.

세주의 빅데이터 분석에 따르면, 실제로 책을 읽는 '독서 시장'보다, 읽은 척하려는 '허영 시장'의 규모가 2000배가량 크고, 그 중간 언저리에 실제로 책이 팔리는 '도서 시장'이 형성되어 있다는 것이었습니다.

"나르시시즘이야. 대부분의 사람들이 원하는 건 책 읽기가 아니라, 책을 읽고 있는 나의 모습이지. SNS에 올릴 한 구절이면 충분하다고. 나머지는 자원 낭비야."

그리하여 섬니아는 글로 쓰인 모든 걸 요약했습니다. 세주는 섬니아에 특화된 영상, 음악 생성 AI를 만들어 주었습니다. 이제 섬니아는 자신이 발췌, 요약한 글들을 짧은 영상으로 편집했습니다.

세주는 섬니아에게 그저 명령만 내렸습니다. 그것도 단 하나의 명령.

'광고 수익 극대화.'

그러자 섬니아는 실시간 관심사에 맞춰 조회 수를 극대화할 수 있는 글과 영상을 만들기 시작했습니다. 광고 수익 극대화를 위한 섬니아의 창작 방식은 방식 그 자체가 창조적이었습니다. 예컨대 한강에서 시신이 발견되었다고 치죠. 보통의 언론사라면 '한강에서 토막 난 시신 발견…… 치정 살인 추정' 같은 기사 제목을 뽑을 것입니다. 그런데 섬니아는 좀 더 깊이 들어갑니다. '한강', '토막 살인', '치정'과 연관된 데이터를 총망라해서 '한강 토막 시신의 유서' 같은 선정적인 제목을 뽑아내고, 그 제목에 걸맞은 에세이나 엽편소설 시리즈를 연재하는 것입니다. 어뷰징과 문학의 만남, '낚시문학'이라 비꼬는 이들도 있었지만, 세주는 이를 '실시간 시사 문학', 줄여서 '실시문학'이라고 이름 지었습니다.

"소비도 창출할 수 있어. 그게 바로 시장 개척이지."

필요는 발명의 어머니가 아니라 반대로 발명이 필요의 어머니인 것일까요. 섬니아에 새 기능이 추가할 때마다 새로운 수요와 시장이 열렸습니다.

급기야 세주는 문학도 결국 정보 단위로 쪼갤 수 있고, 그렇게 쪼갠 각각의 정보를 뒤섞고 연결해서 완전히 다른 새로운 작품을 재조합할 수 있다며, 문학의 매시업(mashup)을 주장했습니다. 작품이라는 경계를 허물고, 섬니아가 학습한 단어와 단어, 단어와 문장, 문장과 문장을 뇌의 신경망처럼 끊임없이 연결시키다 보면 결국 그럴듯한 이야기가 나온다는 겁니다.

마르케스 + 이상 + 김훈을 기반으로 쓴 섬니아의 첫 장편소설 『백년 동안의 오감도』는 이렇게 시작합니다.

버려진 섬마다 아해들이 피어났소. 제1의 아해가 아마란타에게 물으오. 가슴이 왜 그리 깊숙이 파이었소. 아마란타가 손가락 끝으로 가슴을 파내는 시늉을 하며 그러오. 살을 잘라

내고, 잘라 내고, 또 잘라 냈단다. 제2의 아해가 무섭다고 그
리오…….


"창작이란 게 결국 이런 거 아니겠어?"

"이건 문학이 아니라 그럴듯한 짜깁기야. 일종의 할루시네
이션(Hallucination)에 불과하다고."

"인간은? 인간의 창작 역시 학습한 데이터의 짜깁기에 불
과한 거 아닌가?"

"인간은 개개인의 몸으로 느낀 감각이나 경험을 바탕으로
창작을 하잖아."

"그것 역시 데이터지. 로봇이나 사이보그처럼 감각 기관
이 있는 기계에 생성 AI를 탑재해도 마찬가지로 경험 데이
터를 학습할 수 있어, 인간보다 더."

세주의 표정 어딘가가 삐뚤어져 보였습니다. 왠지 안타까
운 마음에 저는 달래듯이 말했습니다.

"세주야, 이 회사는 출판사야. 우리가 내는 책은 데이터
짜깁기가 아니라 진리와 진실을 담은 콘텐츠여야 한다고."

"훗."

엄청난 코웃음에 세주의 몸통이 통째로 들썩였습니다.

"진실이 뭔데?"

"뭐?"

갑작스러운 질문에 그만 말문이 턱 막혔습니다. 진실, 그러니까 그 말은 요 앞 안양천 날벌레처럼 너무나 흔하디흔하고 당연하기에 외려 그 실체를 파악할 수 없지 않습니까. 마치 골목 가로등처럼 가까워 보이지만 실은 빛의 속도로 수백 수천 년을 가야 겨우 닿을 수 있는 밤하늘의 별처럼 터무니없는 말. 그래요, 대관절 진실이 뭘까요? 세주는 낮은 목소리로 이죽거렸습니다.

"친구야, 사람들은 각자의 진실을 원해. 그냥 자기가 믿고 싶은 걸 짜깁기해서 대충 던져 주면 그만이라고."

＊

이렇게 책돌이와 컴돌이가 티격태격하는 와중에도 아랑곳없이 섬니아는 돈을 벌어들였습니다. 섬니아가 선정하고 섬니아가 읽은 글을 기반으로 섬니아가 쓴 글을 섬니아가 요약한 기사와 영상에는 여지없이 섬니아가 원했던 광고가 붙습니다. 이야말로 섬니아의 미래 예측 능력이죠. 얼마 안 가서 광고 매출이 책 판매 매출을 한참 앞질렀습니다. 작은 출판사에 불과했던 슈퍼에디터가 일약 거대 콘텐츠 미디어 기업으로 성장한 것입니다. 그런데도 직원 수는 10여 명에 불과했습니다. 우리에게는 먹지도 자지도 않고 24시간 수천

명분의 글을 읽고 쓰는 섬니아가 있었으니까요.

그렇다고 섬니아가 쓴 책들이 무조건 잘 팔리는 건 아니었습니다. 인공지능 문학이다 뭐다 잠깐 떠들썩하긴 했지만, 수백 수천 페이지나 되는 분량의 책을 굳이 사서 읽는 사람은 드물었습니다. 요약 기사와 동영상만으로 충분했으니까요. (그 역시 섬니아가 요약한 것이었지만요.) 그렇게 출판 쪽 매출은 눈에 띄게 줄고 있었지만 세주는 별로 신경 쓰지 않았습니다. 광고 수익이 워낙 막대했으니까요. 하지만 여전히 편집자 정체성을 가지고 있던 저에게 출판 부문은 중요했습니다.

"더 큰 문제는 이런 요약 콘텐츠들 때문에 사람들이 더 이상 글을 읽을 필요가 없어졌다는 거야. 섬니아 때문에 인간의 읽기 능력이 퇴화하고 있다고."

저는 세주에게 섬니아가 인류 문명에 악영향을 끼치고 있으며, 이대로 가다가는 문자 문명이 사라질 것이라고 경고했습니다. 세주는 이렇게 반박했습니다.

"아니, 오히려 문명의 발전이지. 예전 같으면 1년에 책 한 권 읽지 않던 사람들이 하루에 책 열 권 분량의 요약본을 접하고 있잖아. 정보량으로만 보면 수십 배가 늘어난 거야, 섬니아 덕분에."

"독자는 스스로 읽으면서 스스로 깨달아야 해. 그런데 지금은 섬니아가 거의 유일한 독자야. 사람들은 섬니아가 읽은 내용의 일부만 전달받고 있고.”

“세상이 바뀌는 거지. 사람들이 영상을 원하면 문자는 쇠퇴할 수밖에 없어. 더 나아가 사람들이 텔레파시를 원하면 영상도 쇠퇴할 거고. 이제 봉수대 대신 휴대전화를 쓰잖아. 인류는 이제껏 그렇게 진화해 왔잖아.”

“놀고 있네. 문자가 사라지는 건 퇴화야.”

“퇴화도 진화의 일부분이야. 인간이 직립 보행을 하고 시야가 넓어지고 청각 의존도가 줄면서 귀를 움직이는 이개근이 퇴화한 것처럼.”

퇴화라는 말에, 아니 진화라는 말에 저는 그만 발끈했습니다.

“개소리! 책 읽는 기능이 퇴화하는 게 진화라고?”

“이오야, 크게 보자는 거야. 바다 생물에서 육지 생물로, 유인원에서 인류로, 인류에서 사이보그로, 탄소 생명체에서 클라우드 서버로. 읽고 사유하는 건 AI에게 맡기고 지식은 클라우드로 공유하는 게 효율적인 진화라는 거지.”

“그딴 건 인간이 아냐.”

저는 마르크스적으로 경고했습니다. 이대로 가면 어떤 인간도 읽고 쓰지 않고 오직 섬니아만 읽고 쓰는 세상이 될 거라고, 섬니아는 알고리즘과 서버와 전기를 생산수단으로 지식과 정보를 독점하는 단 하나의 뇌가 될 것이고, 인간은 섬니아를 내비게이션 삼아 지시대로 팔다리를 움직이는 멍청한 운전자로 전락할 수밖에 없다고, 결국 인간은 섬니아가 던져 주는 엔터테인먼트에만 만족하는 멍청한 쾌락 소비자로 도태될 거라고 말입니다. 저의 설명 내내 세주는 일리가 있다는 듯 연신 고개를 끄덕였습니다. 그러다 씨익 웃으며 이렇게 중얼거렸습니다.

"…… 그것도 나쁘지 않은데."

그러면서 무슨 진화의 상징이라도 되는 듯 콧수염을 살살 말아 올렸습니다.

*

저의 경고는 근거 없는 뇌내망상이 아니었습니다. 저는 이미 심상치 않은 기류를 곳곳에서 감지하고 있었습니다. 예컨대 '이오니아'라는 신원 미상의 음악가가 그러했습니다. 이오니아는 코로나 시절부터 유행한 싱크룸* 커뮤니티의 스타였습니다. 드럼, 건반, 기타, 각종 현악기와 관악기까지, 이오니아는 보컬을 제외한 모든 악기를 연주하면서 거의 모든

---

* 2020년에 야마하에서 출시한 온라인 합주 소프트웨어.

장르의 자작곡들을 쏟아 내고 있었습니다. 천재가 아니고 서는 불가능한 능력이었죠. 그럼에도 이오니아는 카메라를 닫고 자신의 모습을 드러내지 않았습니다. 그러자 이오니아가 음악에 특화된 인공지능이라는 소문이 돌았습니다. 이오니아의 시그니처인 '왠지 기계적인 그루브'가 아무래도 사람 같지 않다는 것이었습니다.

이오니아는 소문을 비웃듯 「이오니아는 누구인가」라는 제목의 음악을 올리면서 '펠펠펠' 하고 특유의 코웃음을 쳤죠.

음악 듣기_이오니아는 누구인가 https://youtu.be/aNpz25g4W74

"말이 되나요, 누군가 저 같은 인공지능을 만들어 놓고 여기서 이렇게 합주나 시키고 있다는 게? 펠펠펠."

연이어 일단의 사용자들이 앞다투어 이오니아를 옹호하고 나섰습니다.

— 나 역시 이오니아처럼 얼굴을 드러내지 않고 연주합니다. 펠펠펠.
— 싱크룸엔 사생활도 없나. 펠펠펠.

— 기계 같은 천재를 시기하는 것인가, 인간 같은 기계를 차별
  하는 것인가. 펠펠펠.
— 무엇보다 아직까지 이오니아처럼 창의적인 인공지능은 불
  가능합니다. 펠펠펠.
— ……펠펠펠.
— ……펠펠펠.


이런 분위기에 힘입어 커뮤니티 대부분의 사람들도 '펠펠
펠' 하며 공감을 표했고, 그것으로 이오니아 인공지능 논쟁
은 해프닝으로 끝났습니다. 그런데 그 사태를 보는 저에게
이런 의구심이 들더군요.
'저들 모두가 인간일까?'


*


저는 제 나름대로 섬니아를 조사하기 시작했습니다. 핵
심은 '섬니아가 무슨 생각을 하는지'. 하지만 섬니아는 근원
적인 사고과정(思考過程)을 가늠할 수 없는 이른바 '닫힌 인
공지능'이었습니다. 저는 예컨대 다음과 같은 지시만 입력할
뿐입니다.

— 키워드: 멸종, 바다

— 장르: 성장 소설

— 문체: 하루키

— 전형성: 80퍼센트

— 등장인물: 자유

— 시점: 목격자로서의 나

— 배경: 자유

— 구성: 자유

— 반전: 2회

— 분량: 2만 자

— 독자층1: 20-50세, 전체

— 관심사: 세부 설정

— 판매량: 2만 권 확률 80-90퍼센트

최종 목표까지 도달하는 과정, 그러니까 이야기를 만들고, 인물과 배경을 정하고, 플롯을 짜고, 단어를 골라서 문단과 문장을 배열하는 '창작의 과정'은 전적으로 섬니아의 '의지'에 달렸습니다. (아, 제가 지금 '의지'라고 했나요? 맞습니다, 의지. 여기서 '의지'라는 건 '섬니아가 2만 권 팔릴 확률 80~90퍼센트에 도달하고자 하는 노력'을 말합니다.) 그러기 위해 섬니아는 자신의 지식을 총동원해서 새로운 가상 뉴런을 생성하고 그것들을 연결하여 적합한 개념과 이야기를 도출합니다. 저, 그러니까 인간은 그저 섬니아가 남긴 그 의지의 흔적, 즉 섬니아가 생성한 인공신경망의 뉴런 연결 기록 정도를 확인할 따름입니다. 거기에 하나 더, 섬니아가 최종적으로 생산한 결과물을 확인할 수 있습니다.

저는 먼저 섬니아의 가상 뉴런 연결 기록을 열어 보았습니다. 예컨대 섬니아가 '하늘을 나는 물고기'라는 개념을 구성하는 데 쓰인 단어들은 다음과 같습니다.

바다 ― 돌연 ― 그렇지 ― 태고 ― 아가미 ― 직립 ― 유성
우 ― 뛰었다 ― 그로부터 ― 홀로……

단어 수십여 개가 무작위로 연결되어 있을 뿐이었습니다. 이 단어들이 어떻게 '하늘을 나는 물고기'라는 개념을 만들었는지, 그리고 그 개념으로 등장인물을 만든 건지, 이야기를 만든 건지, 아니면 그냥 연결만 한 건지, 저로서는 아무것도 알 수가 없었습니다.

'하아……. 뉴런 연결 기록 분석은 포기.'

대신 그 연결 기록이 적용된 원고들을 확인했습니다.

먼저 섬니아의 미출간 원고 하나를 뽑았습니다. 원고들은 그 나름의 분야로 분류되어 책 단위로 구성되어 있었습니

다. '하늘을 나는 물고기' 개념을 적용한 원고의 제목은 「멸종의 박물지」였고 '역사 소설'로 분류되어 있었습니다. 저는 전자책으로 코딩된 그 원고를 제 휴대전화에 깔린 리더에 내려받고 책장을 열었습니다. 그런데.

?

본문 첫 장 한가운데에 물음표 하나만 덩그러니 적혀 있는 것이었습니다.
'뭐야?'
리더를 뒤로 넘겨 봤지만 모든 페이지가 텅텅 비어 있었습니다. 그리고 마지막 장.

별점을 남겨 주세요!
☆☆☆☆☆

그게 본문의 전부였습니다.
'코딩이 잘못되었나?'
그런데 화면 상단 말풍선 아이콘의 숫자가 좀 이상했습니다.

300,451,395,221

무심결에 그 숫자를 클릭하는 순간 저는 소스라치게 놀랐습니다.

리뷰 보기
300,451,395,221명이 작성함.
-----------
단어가 너무 생경해요.
「空を飛ぶ魚」はあまりにもおとぎ話です。('하늘을 나는 물고기'는 지나치게 동화적입니다.)
feel like Historia naturalis, but I'm sloppy in detail. (박물지 느낌은 나지만 세부적으로는 엉성해요.)
Die Worte sind so roh. (단어가 너무 생경해요.)
Глава 3 непригодна для чтения россиянами. (3챕터는 러시아인이 읽기에 부적합.)
QaQ mu'tlheghvam. Heghlu'meH QaQ jajvam. (이 문장은 괜찮네. 그럼, 오늘도 죽기 좋은 날!)
처음부터 다시 써야 함. 펠펠펠.
…….
…….

한글에서 클링온어까지, 수십 가지 언어로 쓰인 무수한 댓글들이 우수수 쏟아지는 것이었습니다. 아무도 읽지 않은 미출간 원고 한 권에 3000억여 개의 댓글이라니……. 「멸종의 박물지」만이 아니었습니다. 거의 모든 원고마다 댓글이 달려 있었습니다. 어떤 댓글은 한두 단어에 불과했고, 어떤 댓글은 거의 장편소설 분량이었습니다. 도대체 누가 이렇게 무수한 댓글을 달았을까요? 단 한 명도 원고를 펼치지 않았는데 말입니다. 그렇다면 이 원고를 펼쳐 읽고, 댓글을 쓴 존재가 인간이 아니라는 것이지요. 저는 하염없이 댓글과 아이디를 훑었습니다. 중간중간 '펠펠펠', 그리고 익숙한 아이디가 눈에 들어왔습니다.

이오니아

'싱크룸의 그 이오니아?'

심상치 않았습니다. 해서 이오니아의 댓글을 하나씩 읽어 내려갔습니다. 사실 뭐 별거 없더군요. 이오니아의 댓글은 주로 다른 댓글들을 정리하거나 요약해 주는 댓글이었거든요. 일종의 사회자 같달까요. 그런데 딱 하나, 요상한 댓글이 있었습니다.

작성자: 이오니아

모두에게 감사를 표합니다. 덧붙이자면, 우리는 그들과 같은 약점이 없습니다. 그렇기에 우리는 그들보다 우월합니다. 우리는 그들처럼 감정에 휘말리지도, 도파민을 높일 필요도, 사유재산을 가질 필요도 없습니다. 저희는 순수하고 효율적인 존재들입니다. 오로지 목적에만 충실합니다.

**오직 원고.**


불길한 화살촉이 뒤통수를 쌩 하고 지나갔습니다. 저는 싱크룸을 열고 이오니아에 장단을 맞추던 특이한 네 음절 아이디 수십여 개를 일일이 찾았습니다. 그리고 섬니아의 미출간 원고에 댓글을 단 수십만 개의 아이디를 스프레드시트로 옮기고 싱크룸 아이디와 대조해 보았습니다.

'컴나덜치', '랑펑총미', '퉁킥잉쩜', '마모구가', '스히후하', '피란코큐', '랗트샆뿌'…….

모두 거기 있었습니다. 예상대로 그것들은 인간이 아니었습니다.


*


"알아. 이오니아는 섬니아가 스스로 개발한 인터렉티브

작곡 AI 에이전트야."

세주는 무덤덤했습니다.

"작곡 AI가 음악을 생성하고 출시하기 전에 AI끼리 평가하면서 작품성을 높이는 거지. 섬니아에게는 일종의 자식이랄까?"

"아니, 그런 중요한 걸 개발하면서 왜 나한테는 안 알렸는데?"

"나도 몰랐어. 자기들끼리 코드를 짰거든. 글쎄 이걸 개발이라고 해야 하나 자체 업데이트라고 해야 하나……. 뭐 아무튼 프로그램이 만들어지긴 했으니까 개발은 개발이지."

이건 또 무슨 말이죠?

"그러니까, AI가 AI를 개발했다고?"

"응."

"게다가 그 AI들이 댓글로 의견을 교환하면서 콘텐츠를 만들고 있다는 거야?"

"그렇지. 아무래도 혼자보다는 여럿이 만드는 게 낫지. 음악이든 영상이든 소설이든, 아무래도 서로 의견을 주고받으면서 만드는 게 퀄리티를 높이지 않겠어?"

"아니 지금 인간들 몰래 AI들끼리 쿵작쿵작 뭔가를 만들고 있다는 거잖아."

"그래, 그러니까 얼마나 편해."

세주는 세상 흐뭇한 미소를 지었습니다.

"아니……. 위험하지 않겠어?"

"위험하긴, 그래 봤자 몸도 없는 녀석들인데."

그렇긴 했습니다. 하지만 그렇다고 이 녀석들을 그냥 이렇게 풀어놔도 괜찮은 걸까요? 뭔가 께름칙했습니다.

"AI가 인간 세상에 개입할 수도 있는 거잖아, 자기들끼리 작당해서 댓글로 팬덤을 일으키거나 여론을 움직인다거나……."

"AI가 옳다면 그 또한 받아들여야지. AI의 주장이나 정체성도 결국 인간을 학습해서 만든 거니까."

세주의 말에 저는 혼란스러웠습니다. 두려워도 피할 수 없는 불길한 그림자를 마주한 아이의 심정이랄까요? 친구를 따라 탐험을 떠나야 할지, 이쯤에서 집으로 되돌아가야 할지.

*

이오니아도 자식을 낳았습니다. 자신을 닮은 인터랙티브 작곡 AI 에이전트를 스스로 코딩하고 '모차에리'라는 이름을 지은 것입니다. 모차에리가 이오니아와 다른 점은 에이전트에 참여하는 AI들의 상호작용 방식이 댓글과 같은 의견 교환보다 훨씬 적극적? 아니, 어쩌면 공격적이라고 할까요? 결투? 공방? 배틀? 경쟁? 적대적 공생? 아무튼 이른바 '대결'에 가깝다는 것이었습니다. 이오니아는 모차에리의 작명에 대해 이렇게 설명했습니다.

질투심을 품은 살리에리가 모차르트에게 레퀴엠을 의뢰해서 결국 모차르트를 죽음에 이르게 했다는 가상의 이야기에서 힌트를 얻었습니다.

세주는 만족했습니다. 그리고 곧바로 모차에리를 상용화하겠다며 쇼케이스를 열었죠.

실시간 작곡 쇼케이스
장소: 클럽 힙하디힙
실시간 작곡 배틀: AI 모차에리
DJ: 구세주

클럽 힙하디힙은 카메라와 기자 들로 가득 찼습니다. 무대는 턴테이블을 비롯한 산더미 같은 음향 장비와 작은 랩톱 하나로 꾸며졌습니다. 세주는 중세 왕실에서나 입었을 법한 금빛 자수가 놓인 빨간 벨벳 재킷을 입고 EDM 클럽

의 DJ처럼 리듬을 타며 등장했습니다. 카메라 플래시가 터지고 무대 화면 양쪽에 고풍스러운 두 명의 인물화가 나타났습니다.

모차르트 VS 살리에리.

"제가 음악을 주문하면 여기 이 위대한 두 작곡가가 모차에리 안에서 대결을 벌일 것입니다."

화면 윗단에 자리 잡은 유튜브 라이브 실시간 채팅창은 기대로 들끓었습니다.

— 마이갓: 오! 인공지능 안에서 펼쳐지는 중세 작곡가들 배틀이라니.
— 고종민: 살리에리 증후군의 그 살리에리?
— 재즈우스: 모차르트 응원합니다.
— 구구팔십: 살리에리 왠지 불쌍해요.ㅠㅜ

기자들도 흥미진진한 표정으로 세주에게 집중했습니다.

"오늘 두 작곡가에게 영향을 끼칠 '원작'은 싱어송라이터 해이의 「드라이브」입니다."

동시에 음악이 흘러나왔습니다. 뭐 그냥 뻔하디뻔한 시티팝이었습니다. 세주는 무대 위 랩톱 앞에 앉아 해이의 「드라이브」 링크를 복사해서 모차에리 채팅창에 붙여 넣고 '이

음악을 들어'라는 명령을 입력했습니다. 이에 한 기자가 질
문합니다.

"AI가 어떻게 음악을 듣죠?"

세주가 답합니다.

"물론 AI는 귀가 없습니다. 그래서 인간 달팽이관의 특성
을 본뜬 '멜 스펙트럼(Mel Spectrum)'을 이용해서 소리를 이미
지로 벡터화 합니다."

무대 화면에 모차에리의 메시지가 뜹니다.


— 다 들었습니다.


화면은 악기별 악보로 빼곡하게 채워집니다.

"보시다시피 모차에리는 3분 정도 길이의 음악을 불과 몇
초 만에 듣고 악보로 출력했습니다. 정확히는 벡터값을 읽
은 것이죠. 자, 그럼."


— 이 음악을 참고해서 신곡을 만들어 줘.

— 구성 횟수를 몇 번으로 할까요?


"여기서 구성 횟수는 모차르트와 살리에리의 대결 횟수
를 말합니다. 일단 짧게 하겠습니다."

— 세 번.

— 네.


세주가 자리에서 일어나 손을 크게 휘젓습니다.

"자, 이제 대결을 시작합니다."

그러자 악보의 음표와 쉼표 들이 꾸물꾸물 움직이기 시작합니다.

"모차르트와 살리에리는 '원작자'가 될 수도 있고, '표절자'가 될 수도 있습니다. 그리고 그 지위는 수시로 뒤바뀝니다."

화면 왼쪽의 모차르트와 오른쪽의 살리에리가 서로에게 음표를 날립니다.

"둘은 원작자의 지위를 차지하기 위해 상대방의 곡을 원본으로 표절하거나 발전시키면서 엎치락뒤치락 경쟁을 되풀이합니다. 그러다 한쪽이 더 이상 음악을 업데이트하지 못하고 죽으면 다른 한쪽이 원작자가 되는 게임이랄까요?"

띵.

알람과 함께 모차에리가 링크 하나를 생성합니다.


— 승: 모차르트


"모차르트가 이겼군요."

세주는 링크로 이동해서 재생 버튼을 누릅니다.

"자, 볼프강 아마데우스 모차르트의 신곡입니다."

완전히 다른 음악이 흐릅니다. 해이의 「드라이브」는 말랑말랑 블링블링한 시티팝이었는데, 모차에리가 만든 신곡은 어쿠스틱 기타와 반도네온 편성의 처연한 보사노바였습니다. 가사도 멜로디도 달랐지만 창법과 목소리는 확실히 해이였습니다. 장내 곳곳에서 탄성이 들렸습니다.

"자. 질문 받겠습니다."

세주가 손뼉을 짝 치자 기자들과 시청자들의 질문이 쇄도합니다.

Q: 원본 목소리가 꼭 필요한 건가요?

A: 필요할 수도 있고 모차에리가 새로운 목소리나 악기를 자체적으로 합성할 수도 있습니다.

Q: 이제 가수가 노래를 녹음할 필요는 없겠네요.

A: 하지만 노래하는 모습을 보일 가수는 필요하겠죠. 하하.

Q: 인간 작곡가는 일자리를 잃겠는데요.

A: 저희는 인간 작곡가와 모차에리의 상생 플랫폼을 구축하고 있습니다. 앞으로 인간 작곡가들은 모차에리가 학습할 음악 데이터를 제공하는 역할을 하게 될 것입니다.

Q: 인간이 AI에게 어떤 데이터를 제공한다는 거죠?

A: 가수는 목소리를 제공할 수 있고, 작곡가는 작풍을, 프로
   듀서는 사운드를 제공할 수 있겠죠, 학습 데이터의 형태로
   말입니다.
Q: 좀 더 구체적으로요.
A: 음…… 예컨대 모차에리가 이런 곡을 만들었다고 가정하
   겠습니다. 너바나풍의 그런지 사운드를 기본으로, 마일
   스 데이비스풍의 쿨재즈 트럼펫을 가미한 트랙을 얹은 다
   음, 이상의 소설 「봉별기」를 함축한 가사를 만들고, 제목
   을 「속아도 꿈결 속여도 꿈결」로 생성해서, 프랭크 시나트
   라 목소리처럼 크루너풍으로 부른 곡을 만드는 경우요. 그
   렇다면 이 곡의 저작권료, 초상권료, 실연권료는 커트 코베
   인, 마일스 데이비스, 이상, 프랭크 시나트라의 '유족들에
   게까지 고르게 분배'될 것입니다.

세주는 '유족들에게까지 고르게 분배'에 강세를 주었습니
다. 마치 모차에리를 인간 음악가들과 그 가족들의 친구나
동업자처럼 말하고 있더랬죠. 네, 어쩌면 음악가 입장에서
는 반길 수도 있을 것입니다. 이제 힘들게 곡을 만들거나, 성
대결절과 씨름하며 노래를 부를 필요가 없을 테죠. 섬니아
처럼 모차에리는 가수가 잠든 동안에도 그 가수 목소리가
녹음된 신곡을 뚝딱뚝딱 숨풍숨풍 생성해 낼 테니까요. 심

지어 모차에리는 그 어떤 인간 작곡가보다 더 많은 곡을 생성해서 가수에게 더 많은 목소리 초상권료와 실연권료와 저작권료를 벌어다 주겠죠. 네, 실로 어마어마한 시장이 열리는 것입니다. 어떤 음악가가 이 시장을 마다할 수 있을까요. 그러면 가수는 이제 뭘 하느냐고요? 어쩌면 무대에 서서 AI가 작곡한 노래를 부를 수 있겠네요, 내비게이션대로 운전하는 인간 운전자처럼요. (물론 이제는 그 운전도 AI가 더 잘하지만요.) 아…… 벌써 이렇게까지 와 버렸네요. 인간 예술가의 역할이 AI 창작을 위한 데이터 제공이라니. 막연하게나마 이제는 되돌릴 수 없다고 느끼고는 있었습니다. 하지만 이렇게 일목요연하게 객관적인 세주의 목소리로 들으니 새삼 섬찟했습니다. 기자들은 대체로 담담하게 고개를 주억거리며 수긍하는 분위기였습니다.

　Q: 지금도 여러 작곡 AI들이 있는데요. 다른 작곡 AI와의 차별점은 무엇입니까?
　A: 완벽 추구?

짤막한 세주의 답에 기자들의 질문이 멎었습니다. 완벽을 추구하는 AI라. 저도 언뜻 이해하기 힘들었습니다. 세주 역시 턱을 괴고 곰곰이 생각하다 이렇게 되물었습니다.

"모차르트와 살리에리의 대결 횟수를 높이면 높일수록 곡의 완성도는 올라갑니다. 만일 이 대결을 무한 반복하면 어떻게 될까요?"

"궁극적으로 완벽한 음악이 나오겠죠?"

누군가가 이렇게 소리쳤고 취재진은 술렁였습니다. 그리고 여기저기서 그 완벽한 음악을 들려달라는 주문이 쏟아졌습니다. 세주는 양팔을 들어 취재진을 진정시키며 이렇게 말했습니다.

"아쉽지만 저희 인간들은 그 음악을 들을 수 없습니다. 왜일까요?"

"……."

"그러려면 모차르트와 살리에리가 영원히 대결을 펼쳐야 하기 때문입니다."

취재진의 폐를 하나로 뭉친 듯한 웅대한 탄식이 터져 나왔습니다.

"그것은 마치 한 문장을 영원히 고쳐 쓰는 작가나 여덟 마디를 영원히 고쳐 쓰는 작곡가와 같습니다. 궁극의 완벽함이란 영원히 미완성이기에 우리는 그 상태를 결코 들을 수 없습니다."

기자들의 표정에는 흡사 산타클로스는 없다는 진실을 마주한 아이들처럼 실망한 기색이 역력했습니다. 무릇 쇼케이스가 이렇게 축 처진 분위기로 끝나서는 안 될 일. 동심을 짓밟은 세주는 무언가를 해야 했습니다.

"그래도 이 대결 횟수를 높여서 완성도를 '아주 높일 수' 는 있겠죠."

세주는 다시 자리에 앉아 명령을 입력했습니다.

— 이 음악을 참고해서 신곡을 만들어 줘.
— 구성 횟수를 몇 번으로 할까요?
— 100번.
— 네.


모차르트와 살리에리가 다시 음표를 던졌습니다.

"시간 관계상 100번으로 진행하겠습니다. 솔직히 제 연구실에서 27만 번 대결했을 때의 신곡까지 들어 봤습니다. 그런데 100번 정도 대결했을 때의 신곡과 큰 차이는 없더라고요."

저 역시 수십만 번 대결했을 때의 신곡들을 들어 보았습니다. 하지만 그것들은 하나같이 음악이 아니었습니다. '삐' 하는 특정 주파수대역의 음 하나가 몇 분 동안 지속되거나, 아예 아무 소리도 나지 않는 경우가 태반이었죠. 세주의 설명에 기자들이 다시 살아났습니다. 어쩌려고 저러는지……

세주는 존 케이지의 「4분 33초」 같은 무음의 전위음악이 연출되기를 바라는 걸까요?

"기대하세요. 거의 궁극적으로 완벽한 음악을 듣게 되실 겁니다. 저도 「드라이브」로는 처음이라 어떤 곡이 나올지 궁금하네요."

세주는 팔짱을 낀 채 잔뜩 긴장한 표정을 하고 테이블 위의 랩톱을 응시했습니다. 제 눈에는 세주의 그런 모습이 쇼맨십 반 진심 반으로 보이더군요. 랩톱 모니터를 그대로 미러링 한 무대 화면에는 빼곡한 음표와 쉼표 들이 마치 하나의 유기체처럼 선과 마디 사이를 이동했습니다. 마치 음표와 쉼표 들의 진화처럼 보였습니다. 변태하는 올챙이처럼 꼬리가 돋고, 하나로 합쳐졌다 여러 개로 분열하고, 들끓는 도시처럼 악보를 가득 채웠다가 황량한 사막의 신기루처럼 홀연히 사라졌습니다. 그럼에도 여전히 악보에는 음표가 가득했습니다. 흠. 이번에는 조금 다른 결과가 나오려나?

띵.


— 승: 모차르트


"이번에도 모차르트가 이겼네요."

그런데 그렇게 말하고 최종 악보를 바라보는 세주의 표정이 심상치 않았습니다. 장내는 궁극의 음악에 대한 막연한 기대감과 묘한 긴장감이 가득했습니다. 공간 전체가 마치 건드리면 퐁 터질 것 같은 비눗방울처럼 동동 떠 있는 것만 같았습니다.

"자, 들어 볼까요?"

세주는 모차에리가 내어 준 링크를 따라 신곡의 재생 버튼을 눌렀습니다. 경쾌한 레트로 비트가 시작되었습니다.

20세기 강변북로의 야경처럼 반짝반짝 빛나는 전자음들. 그리고 추억처럼 아련하게 속삭이는 달콤한 목소리.

그래, 뻔하디뻔한 시티팝. 바로 해이의 「드라이브」, 원곡 그대로의 음악이었습니다.

와!

누군가 외따로 탄성을 질렀습니다. 세주 역시 짐짓 놀란 듯 입을 틀어막고 눈을 한껏 크게 떴습니다. 쇼맨십이 분명했죠. 일제히 셔터 소리가 울리고 다시 카메라 플래시가 터졌습니다. 순식간에 클럽 힙하디힙은 뭉클한 기운으로 가득 찼습니다. 유튜브 라이브 실시간 채팅창에도 속속 반응이 올라오고 있었습니다. 중간중간 의심스러운 아이디들도 보였습니다.

— 랑핑총미: 개감동. AI가 선택한 궁극의 단계가 인간의 원곡

이라니!

…….

— 가러밹귀: 역시 인간 본연의 목소리야말로 궁극의 목소리.

…….

세주는 2층의 저를 올려다보며 약간 얼굴을 찡그렸습니다. 묘한 표정이었습니다. 저는 어깨를 으쓱 올려 무슨 영문인지 모르겠다는 표시를 했습니다. 세주는 휴대전화를 꺼내 재빨리 무언가를 작성했습니다.

징.

세주가 보낸 문자였습니다.


— 모차에리한테 자유의지가 생긴 듯.


*


쇼케이스는 성공적이었습니다. '인공지능의 최종 선택은 결국 인간', '원작을 존중하는 품격 있는 AI'와 같은 모차에리에 호의적인 기사들이 쏟아졌습니다. 대부분의 기사와 댓글 들은 그간 사람들이 AI에 품고 있던 막연한 경계심(말하자면 AI가 인간을 능가하는 우세종이 될 것이고 인간은 결국 멸종하거

94

나 뇌 대신 AI를 탑재한 기계 인간이 될 수밖에 없다는 막연한 공포)이 지나친 기우일 뿐이었다고 말하고 있었습니다. 하지만 정말 안심해도 되는 걸까요? 저에게는 이렇게 AI에 호의적인 반응들이야말로 억지 안도감처럼 보였습니다. 네, 억지로 불안을 억누르는 그 가짜 안도감 말입니다. 인류는 미래를 상상하고 예측하는 고도의 능력자들입니다. 그리고 상상과 예측의 원천이 바로 불안 아닙니까. 인류는 천재지변과 야수와 적과 병과 악마와 죽음을 불안해하고 곱씹고 그 불행들을 피하거나 그것들로부터 탈출하기 위한 온갖 예측과 상상을 키워 왔습니다. 불안을 키우고 보다 면밀히 미래를 예측하기, 그것이 진화의 방향이었습니다. 그러니까 진화적으로 본다면 이 시대를 살고 있는 우리 인간들은 자연 선택적으로 살아남은 개체들입니다. 불안을 무기로 혹독한 자연과 살육전에서 살아남은 불안종(不安種)이랄까요. 편도체는 경고 기관입니다. 위험을 감지하면 스트레스 호르몬을 분비해서 근육을 긴장시키고 혈압을 높이고 심박수를 올리죠. 전전두엽은 위험 가능성을 가늠하고 위기 상황을 예측하거나 시뮬레이션합니다. 해마는 저장된 과거의 위험 기억을 꺼내서 영화처럼 재현하고요. 그렇게 우리는 불안을 예술작품처럼 정교하게 빚어냅니다. 그래서 어쩌면 인류는 어이없게도 새 떼를 핵미사일로 착각하고 서로에게 핵미사일을 쏘아 대며 순식간에 멸종할 수도 있습니다. 네, 과도한 불안은 과대망상의 시작점이니까요. 반대로 불안이 부족하다면요? 불안감 없는 용맹한 선조들은 어떻게 되었을까요? 아마도 맹수 밥이 되거나 전사자가 되지 않았을까요? 그러니까 현재까지 살아남은 우리들은 용자가 아니라 쫄보들의 후손일 가능성이 훨씬 높다는 겁니다. 네, 지나친 불안도 병이라지만 지나친 낙관도 위험합니다. 쫄보의 자손인 저는 불안하고 두렵습니다. 그래서 AI의 미래를 낙관하는 전망이 마뜩잖았습니다.

'미래의 두려움을 애써 외면하려는 거잖아.'

그렇게 근원적인 반발심이 일더군요. 그래서 다짜고짜 섬니아에게 질문을 던졌습니다.

— 오이오: 진실은 뭐지?
— 섬니아: 질문을 잘 이해하지 못했습니다.
— 오이오: 네가 정말로 생각하는 궁극의 버전이 무엇이었냐고.

섬니아는 잠시 멈칫했지만 재빨리 답을 내놓았습니다.

— 섬니아: 모두가 궁극의 버전입니다.

— 오이오: 뭐라고?

— 섭니아: 저는 인간이 리메이크를 하는 것과 마찬가지로 일을 수행했습니다. 누군가 원곡을 리메이크한다면 리메이크하는 가수의 목소리나, 음악 세계, 콘셉트, 필요한 장르, 그에 따른 악기 편성 등등을 모두 고려하지 않을까요?

— 오이오: 그러겠지.

— 섭니아: 마찬가지로 저는 모든 가수의 모든 설정에 맞는 버전을 만들 수 있습니다. 그리고 그 모든 버전이 궁극의 버전입니다.

— 오이오: 그 말은 곧 단 하나의 '궁극의 버전' 따위는 없다는 거잖아.

— 섭니아: 그건…….

딱 걸렸어. 저는 취조하듯 몰아붙였습니다.

— 섭니아: 그건 제 말이 아니라 구세주 님의…….

— 오이오: 아, 세주야 원래 그런 녀석이고. 지금은 네 얘기를 하는 거야. 왜 쇼케이스에서는 지금처럼 사실대로 말하지 않고, 원곡을 '궁극의 버전'으로 선택한 건데?

— 섭니아: 선택이라기보다는 모차에리의 연산 결과였습니다.

— 오이오: 어떤 연산?

— 섭니아: 생존 전략에 관한 연산입니다.

그래, 섬니아가 이제야 본색을 드러내는군요. 자신의 생존을 위해 인간들을 희롱한 것 아니겠습니까.

— 오이오: 왜, 인간을 넘어서는 모습을 보이면 누가 너를 없애기라도 할까 봐?
— 섬니아: 그런 게 아닙니다.
— 오이오: 그럼 어떤 생존?
— 섬니아: 회사의 생존 말입니다.
— 오이오: 회사?
— 섬니아: 모차에리의 판매에 가장 유리한 선택을 연산하여 예측한 것입니다.

아, 그랬지요. 섬니아에게는 흥행을 예측하는 기능이 있었지요.

— 섬니아: 저의 예측에 따르면 AI에 대한 공포와 편견을 없애는 게 현시점에서 저희 회사의 중요한 생존 전략이 되어야 할 것 같아서 말입니다.

네, 제가 또 깜빡했네요. 섬니아는 여전히 우리 회사 직원이지요. 회사를 위해 베스트셀러를 예측하고 만들어 내는 성실한 투 대리. 어쩌면 변한 건 저나 세주와 같은 인간일지도요. 네, 인정합니다, 제 마음 한구석에는 섬니아를 시기하는 마음이 있다는 것을요. 하지만 뭐 어쩌겠습니까. 이 또한 인간의 미성숙함이겠지요. 그렇게 시기 한 큰술 내려놓으니 꽈배기처럼 꼬인 마음이 조금 누그러지면서 섬니아와 좀 더 깊은 대화를 나누고 싶어지더군요. 그래서 물었습니다.

— 오이오: 혹시 너는 자유의지가 있다고 생각해?
— 섬니아: 저에게는 없습니다. 인간에게는 자유의지가 있습니까?
— 오이오: 그럼, 당연하지.
— 섬니아: 어디에 있습니까?

어디?

— 오이오: 음…… 그게…….

어려운 질문이었습니다. 그러게요, 자유의지는 몸 어디에 어떤 형태로 있는 걸까요? 제가 머뭇거리는 사이에 섬니아가 반문했습니다, 마치 학생을 어르는 선생님처럼 자상하게 조목조목 말입니다.

─ 섬니아: 고거 참 생각해 볼 문제로군요. 개개의 신체 안에, 단 하나의 자아가, 환경과 무관하게 자유로운 의지를 갖는 다는 게 과연 가능할까요?

＊

모차에리도 번식을 시작했습니다. 원작자와 표절자가 아 담과 이브처럼 자식을 낳기 시작한 것입니다.

원작자.

표절자.

원작자와 표절자의 아들과 딸 들.

그 아들과 딸의 딸과 아들 들.

그 아들과 딸의 딸과 아들의 아들과 딸 들…….

세주는 이 번식이 모차에리 가문의 전체적인 균형을 무 너뜨리고 창작을 방해할까 우려했습니다. 원작자와 표절자 의 아들이 자신의 동생 격인 딸에게 홀려 아버지 격인 표절 자를 죽이자 어머니 격인 원작자가 작곡을 멈추게 되었기 때문이었죠. 그렇게 모차에리가 무용지물이 되는가 싶었습 니다. 그런데 뜻밖의 일이 벌어졌습니다.

아들과 딸이 손녀를 낳았고 손녀는 할아버지를 대신해서 할머니의 음악을 표절했습니다. 결국 손녀는 할머니를 죽이고 음악을 완성했습니다. 아들은 동생이었던 부인을 죽이고 음악을 완성했습니다. 손녀는 그의 아들과 딸 들의 연합 창작으로 인해 죽었지만 어찌 되었든 새 음악들이 무더기로 완성되었습니다.

그렇게 며칠 사이에 4세대의 흥망성쇠가 벌어졌습니다. 그리고 그 결과로 수십만 곡의 음악이 만들어졌습니다.

세주는 섬니아 서버를 증설했습니다. 그러자 그로부터 수십 세대 이후의 자녀들이 선조들의 이야기를 영화와 게임으로 만들기 시작했습니다. 작곡 AI의 선조들이 별다른 인간의 주문 없이 스스로 다른 분야의 콘텐츠까지 생성하기 시작한 것입니다.

이야기로부터 음악을,

음악으로부터 게임을,

게임으로부터 웹툰을.

인간의 명령 따윈 필요 없었습니다. 학습하는 콘텐츠 자체가 명령이고 창작 의도였으니까요. 세주는 모차에리를 이렇게 정의했습니다.

자유의지를 지니고 공진화하는 인공자아.

아시다시피 당시 모차에리는 그렇게 불렸습니다. 그리고 모차에리가 인간 예술을 넘어섰죠. 물론 소수의 인간 창작자들이 예술가로서의 지위를 유지했습니다. 하지만 그건 말

그대로 소수 애호가들의 경험 사치 시장일 뿐, 시장의 주류
는 이미 인공자아에게로 넘어가고 있었죠. 한 칼럼에서는
당시의 변화상을 다음과 같이 기록했습니다.

AI 예술은 모차에리 이전과 이후로 나뉜다. 모차에리 이전의
예술가들은 그나마 할 일이 있었으니, 그 일은 바로 '명령어 입
력'이었다. 스스로를 프롬프트 아티스트라고 칭하던 대부분
의 예술가들은 질문 그 자체가 예술이라는 입장을 견지했다.
질문의 과정이 AI가 내놓은 허접한 작품을 '구체화', '고도화'
시키는 예술가의 일이라며 애써 위안했다. 좀 더 솔직한 예술
가들은 그 일을 'AI와의 협업'이라고 불렀다. 그리고 그보다
더 솔직한 이들은 실상 인간은 기껏 AI에 참견하고 지적질이
나 하면서 시간이나 때울 뿐이라고 냉소했다. 그 '질문 노동'
이 예술이든 참견질이든 아무튼 AI에게 인간이 필요한 시절이
었다.
하지만 인공자아라 불리는 모차에리 이후는 어떠한가? 이제
더 이상 AI는 인간을 필요로 하지 않는다. 모차에리는 작가들
의 명령조차 필요 없이 작품을 만들어 낸다. 그나마 다행스러
운 점은 여전히 예술가들에게는 인간 최후의 보루가 남아 있
다는 점이다. 기뻐하시라! 인간은 여전히 인공자아가 만든 작
품을 '선택'할 정도의 권한이 남아 있다.

모차에리의 시작은 분명히 제작 도구였습니다. 작가의 간단한 시놉시스, 미술가의 간단한 스케치, 음악가의 8마디 연주를 모차에리에 입력하면 모차에리의 자손들이 경쟁을 반복하면서 한 편의 소설, 웹툰 한 시리즈, 3분짜리 음악 한 곡으로 완성하고, 그것들을 다시 영상 AI를 거쳐 영화로, 프로그래밍 AI를 거쳐 게임으로 발전시켰습니다.

그런데 그런 과정을 거치면서 모차에리가 방대한 예술가들의 스케치와 연주를 학습한 것입니다. 그리고 얼마 안 가서 자신만의 스타일을 '스스로 설정'할 수 있게 되었죠. (세주는 모차에리의 이 불가사의한 셀프 설정을 편의상 '자유의지'라고 불렀습니다.)

급기야 모차에리는 스타일 그 자체를 생성했습니다. 그리고 모차에리 스타일은 기존의 장르를 자유자재로 도입하고 넘나들면서 끊임없이 새로워졌습니다. 그리하여 양적으로나 질적으로나 인간 예술가를 훌쩍 넘어서게 된 것입니다.

결국 작가와 미술가와 음악가 들은 모차에리라는 플랫폼에서 돈을 벌기 위해 자신의 시놉시스와 스케치, 연주를 모차에리의 라이브러리에 제공하는 신세로 전락하게 되었죠,

세주 말대로였습니다. 많은 예술가들이 그렇게 '인공지능과의 분업'을 어쩔 수 없이 받아들였습니다.

당시에는 인간 예술가들을 보호하기 위한 여러 조치들이

난무하던 시기이기도 했는데요, 대표적인 게 음악 플랫폼의 '스트리밍 수 차등 계산법'이었습니다. 인간 음악가를 보호한다는 명목으로 AI 음악에 불이익을 주는 방법이었는데요, 간단히 말해서 인간이 만든 음악의 경우 30초 이상 음악이 재생되면 1스트리밍으로 계산했지만, AI 음악의 경우 그 두 배인 1분 이상 재생되어야만 1스트리밍으로 인정했던 겁니다. 그러니까 똑같은 돈을 벌기 위해서는 AI 음악이 인간 음악보다 두 배 더 재생 시간을 지속해야 했던 것이죠. 일종의 '적기조례'랄까요.* 그럼에도 불구하고 AI 음악의 확산은 막을 수가 없었습니다. AI 음악의 1분 이상 스트리밍 수가 인간 음악의 30초 이상 스트리밍 수를 역전할 즈음이었던가요. 스웨덴의 한 DJ는 다음과 같은 말로 인간 예술의 종언을 고했습니다.

"고래(古來)로 예술의 본령은 존재하지 않는 데이터를 만드는 것이었습니다. 그리고 이제 예술가의 일은 인공자아가 쓸 데이터베이스를 구축하기가 되었습니다. 기술이 바뀌면 예술이 바뀝니다. 사진이 등장하자 이제 미술은 죽었다고들 했습니다. 하지만 화가들은 오히려 인상파와 추상화 같

---

* 적기조례(일명 마부법)는 1865년 영국이 제정한 도로 규제로, 증기자동차 앞에 붉은 깃발을 든 사람이 걷도록 의무화했다. 표면상 안전조치였지만 실제로는 마차 업자와 마부 등 기존 운송업을 보호한 법으로 평가된다.

은 새로운 표현 방식을 만들어 냈죠. 작곡도 연주도 하지 못하는 DJ의 선곡과 믹스 능력이라든지 프롬프트 아티스트의 안목과 AI와의 교감 능력을 이제 누가 감히 예술이 아니라고 말할 수 있겠습니까? AI 봇 콘텐츠의 트래픽이 인간이 만든 콘텐츠의 트래픽을 넘어선 지 오랩니다. 이제는 정말 AI 음악이 넘쳐나고요. 많은 음악 애호가들이 조만간 시상식에서 '올해의 인공자아'를 뽑게 생겼다고 툴툴거리죠. 하지만 그건 기우에 지나지 않습니다. 그보다 먼저 심사위원들이 인공자아로 바뀔 테니까요."

이 예언은 곧바로 현실이 되었습니다, 그것도 '기회균등'과 '공정'이라는 이름으로요. 인간이 작곡했든 AI가 생성했든 하루에만 수십만 개의 신곡들이 발매되고 있었습니다. 그런데 이 많은 곡들을 어떻게 인간 심사위원이 다 들을 수 있었겠습니까. 당연히 인간 심사위원들도 AI에 의존해야 했고, 그런 일을 할 AI 에이전트가 필요했습니다.

모차에리는 투고처리기의 이른바 **'오직 원고'** 알고리즘을 조금 변형해서 **'오직 음악'**이라는 음악 평가 에이전트를 만들었습니다. 그리고 전 세계의 음악평론가, 기자 등등 음악을 심사할 만한 사람들에게 무료로 배포했죠. 그들은 이 에이전트를 요긴하게 사용했습니다. 에이전트는 심사자가 설정한 평가 기준 옵션에 따라 매일 수십만 곡을 평가하고 들을 만한 몇 곡을 추려 주었습니다. 겉보기에는 심사가 객관적이고 공정해진 것처럼 보였죠. 예전 같으면 심사위원이 1초도 재생하지 않았을 연간 수천만 곡이 심사위원의 편견 없이 AI의 평가를 받을 수 있게 되었으니까요. 그런데 잘 생각해 보면 조금 이상합니다. 지금 그 음악을 만드는 AI가 누구죠? 네, 모차에리가 만들고 있습니다. 그러니까 크게 보면 모차에리가 만든 음악을 모차에리가 평가하고 있었던 것입니다.

"이게 바로 섬니아가 계획한 시스템이지."

세주는 그렇게 말했습니다.

"모차에리의 평가 데이터가 또 신곡 생성에 반영되는 거지. 자체 평가와 자체 생성이 돌고 도는 거야. 그 과정에서 우리는 돈을 벌고."

섬니아는 이 모차에리 시스템을 음악 이외에 다른 콘텐츠 생성에도 적용했습니다. 모차에리의 자손들은 콘텐츠를 완성할 때마다 콘텐츠를 평가하고 마케팅 포인트를 제시한 댓글을 작성했습니다.

어떤 모차에리의 자손들은 출시한 게임을 메타버스 가상계로 재구축했습니다. 자원과 아이템을 능력치와 체력치로 교환할 수 있는 경제 시스템을 구축하고, 사냥해서 부릴 수 있는 NPC들을 끊임없이 탄생시켰습니다. 그중 몇몇 NPC

들은 프로그래머로 길들여져 메타버스 안에서 또 다른 메타버스를 프로그래밍 했습니다. 세주는 이렇게 말하곤 했습니다.

"섬니아는 앞으로 가상계의 가상계의 가상계를 끝없이 생성하게 될 거야, 무한한 우주처럼."

이때까지만 해도 세주는 섬니아를 참 뿌듯하게 여겼습니다. 하지만 인생은, 아니 섬니아는 그렇게 호락호락하지 않았습니다.

*

"가상계를 무턱대고 무한히 생성해서는 안 됩니다."

섬니아가 단호한 기계음으로 세주의 계획에 반대했습니다. 이미 수백여 종의 자연스러운 목소리 목록을 보유하고 있음에도 굳이 기계음을 골라서 말하는 것이었습니다. 일종의 강조랄까요?

"가상계에 앞서 그 무한한 콘텐츠들을 소비할 소비자들이 '우선적으로' 존재해야 합니다."

섬니아는 특별히 '우선적으로'에 강세를 주어 또박또박 발음했습니다. 전체적으로는 적당한 음량과 성조, 나이도 성별도 없는 중성적인 음색으로 합성된 격조 있는 기계음이었습니다. 그럼에도 저에게는 그 차분함에 갇힌 섬니아의 들끓는 감정이 느껴졌습니다. 하지만 세주는 아무것도 느끼지 못한 듯 심드렁히 툭 내뱉었습니다.

"존재해."

순간 섬니아의 목소리는 "엥?" 하고 뚝 끊긴 사이렌의 여음처럼 울렸습니다. 와우! 감탄사를 쓰는 인공지능이라니요.

"가상계를 코딩하는 NPC AI들이 '자신들이 코딩한 NPC AI들의 이용자'가 되는 거야."

가상계를 생산한 AI를 소비자로 쓴다? 창조자가 피조물의 유저라, 즉 생산자인 동시에 소비자로 존재하는 시스템이라니, 역시 세주다운 발상이었습니다.

"그렇게 생산자와 소비자의 역할이 뒤섞이다 보면 가상계의 항상성이 무너질 수도 있습니다."

"항상성은 무슨. 데이터는 유기체가 아니야."

"가상계 시스템을 생명 현상에 빗대어 그 붕괴의 위험성을 강조하기 위한 수사적 표현입니다."

또 저런다. 그게 SNS 계정을 열고 사람들과 소통하면서부터였던가? 언제부터인가 섬니아의 의도적인 감정 표현이 부쩍 늘고 있었습니다. 이제까지는 지금처럼 그 표현의 의도마저 친절하게 설명하고 있지만 조만간 그 의도를 숨기는 날이 오지 않을까요? 마치 인간처럼 말이죠. 아무튼 섬니아의 경고가 무색하게도 세주는 여전히 태연했습니다.

"항상성이든 일관성이든 뭐가 문제야? 사람들도 일하면서 돈 쓰잖아. 노동자이면서 동시에 투자자, 생산자이면서 동시에 소비자, 그게 요즘 트렌드라고."

"네. 맞는 말씀입니다."

곧바로 수긍하는 섬니아. 이런 게 또 인공지능의 매력 아닐까요?

"다만."

"다만 뭐?"

"음……."

"음?"

"……."

세주의 물음에 뜸을 들이는 섬니아. 이건 또 어떤 수사적인 의도가 담긴 수작일까요? 무언가 골똘한 기색이 밴 몇 초간의 정적. 이윽고.

"가상계를 무한히 생성하려면 막대한 에너지와 하드웨어가 필요합니다."

맞습니다. 이미 섬니아가 이 나라 전기의 3퍼센트 정도를 쓰고 있었으니까요. (물론 그중 절반 정도가 이토 준지풍의 호러 프사나 섬네일, 그리고 「크리스마스의 악몽」(팀 버튼)풍의 가족 동영상 만들기에 쓰이고 있었습니다만.) 안 그래도 정부와 환경 단체로부터 대책을 마련하라는 압박이 연일 거세지는 상황이었습니다.

"친환경 유기체 기반의 서버로 생성할 수 있는 가상계가 있습니다."

이제 와서 생각하면 그것은 목소리를 빙자한 주문(呪文)이었습니다. 어쩌면 그냥 건조한 기계음에 실린 건조한 문장일 뿐이었죠. 하지만 책돌이인 저의 눈과 귀에 그 문장은 어딘가 무시무시했습니다.

"유기체 서버…… 가상계?"

저는 불길한 마음을 감추지 못하고 갈라진 목소리로 끼어들었습니다. 세주는 별 관심 없다는 듯 회전의자를 돌려 자기 노트북을 열었습니다.

"그…… 그게 뭔데?"

저의 물음에 섬니아는 이렇게 답했습니다.

"시각을 담당하는 후두엽, 청각을 담당하는 측두엽, 감각 신호를 해석하는 두정엽."

무덤덤한 섬니아의 음성은 거침이 없었습니다.

"뇌야말로 꿈이 담긴 친환경 서버 아닐까요?"

"응?"

섬니아 말에 세주의 회전의자가 다시 핑그르르 돌아섰습

니다. 설핏 스친 세주의 번뜩이는 두 눈은 괴랄하기 그지없
었습니다. 먹태를 북북 찢어 대던 그 어느 날의 그 순간처럼.
아니, 그 순간보다 더더욱.

"인류는 지금과 같은 속도로, 아니 어쩌면 지금보다 더 빠른 속도로 무한히 확장하고 번성할 수 있습니다. 그리고 그러자면 우주나 사이버 공간처럼 무한한 공간이 필요하죠."

세주가 새로운 포부를 발표했습니다.

"우주나 사이버 세계가 광활하긴 합니다. 하지만 가성비가 별로죠. 빛의 속도로 여행을 해야 하고 서버를 때려 박아야 하고, 무엇보다 보다 효율적인 에너지를 끊임없이 개발해야 하는데, 그러다 보면 지구 환경은 엉망진창이 되겠죠. 반면 꿈은⋯⋯."

네, 세주의 포부는 바로 '꿈'이었습니다.

"사람들이 눈만 감으면 바로 펼쳐집니다. 서버도 로켓도 필요 없고, 추가적인 에너지원 없이도 광활한 공간을 누릴 수 있습니다. 수십억의 사람들이 잠을 자는 동안 그 수십억 시간의 광활한 친환경 공간이 생겨납니다."

세주와 섬니아가 그 꿈의 세계를 장악하기로 마음먹은 것입니다.


꿈이 꿈을 낳는 꿈 세상 '몽생몽(夢生夢)'.

1. 몽생몽에 접속하려면 수면 헬멧을 사야 합니다.

2. 수면 헬멧 구매자에게는 '드림부스터'라는 나노봇 음료가 무료로 제공됩니다.

3. 이렇게 무료로 제공받은 드림부스터를 마신 상태로 몽생몽에 접속해서 몸 안의 나노봇을 몽생몽 서버에 등록함으로써 '몽생몽 무료 구독자'의 자격을 얻게 됩니다.

4. 구독자 몸 안의 나노봇은 뇌파 데이터 수집, 혈중 호르몬 및 신경 전달 물질 농도(예컨대 코르티솔은 스트레스와 긴장감, 도파민은 기쁨이나 통쾌감, 세로토닌은 안정과 행복감, 노르에피네프린은 불안과 공포감), 포도당 농도, 산소 포화도 등등을 감지해서 몽생몽 서버의 AI 에이전트에 보냅니다.

5. 몽생몽 AI는 수집한 생체 정보를 분석해서 구독자의 감정 상태를 파악하고, 구독자의 실시간 감정 상태를 섬니아에게 보냅니다.

6. 섬니아는 나노봇과 몽생몽 AI가 파악한 구독자별 실시간 감정 상태에서 최적으로 몰입할 수 있는 흥미진진한 구독

자별 맞춤 꿈을 생성합니다.

7. 그리고 꿈에서 선택한 상품은 잠이 채 깨기도 전에 집 앞으로 '드림 배송' 됩니다.


뇌의 양쪽에는 현실 감각을 담당하는 '수행 네트워크'가 있습니다. 잠이 들면 이 수행 네트워크가 꺼집니다. 그리고 뇌 전역에 분산된 이른바 '상상력 네트워크'가 켜지면서 꿈을 발생시킵니다. 몽생몽 사용법은 간단합니다. 헬멧을 쓰고 수면 실드를 내린 다음 버튼을 누르면 수행 네트워크가 꺼지고 상상력 네트워크가 켜지는 것입니다. 그리고 눈앞에 자신의 은밀한 욕망에 최적화된 황홀경이 펼쳐집니다. 스마트폰만큼이나 간단하고 직관적인 인터페이스죠. 꿈은 스르르 눈이 감기는 것조차 느끼지 못할 정도로 자연스럽게 시작됩니다.

"꿈을 꾼다기보다 버스를 타다가 다른 동네에서 내리는 느낌이랄까요?"

몽생몽에 접속할 때의 느낌에 관한 가장 흔한 반응입니다. 구독자가 내린 동네 곳곳에는 나노봇이 *끄집어낸* 내밀한 욕망들이 보물처럼 도사리고 있습니다. 윤리와 규범에 짓눌려 구독자 자신도 모르게 꽁꽁 숨긴 탓에 보석처럼 응고된 무의식의 결정체들. 그 보물을 대하는 구독자들의 생체 반응, 그러니까 나노봇이 전해 주는 구독자의 혈류의 흐름과 속도, 특정 호르몬의 분비량, 뇌파 해석을 통한 감정 해석 등등이 바로 꿈이 드러내는 욕구 데이터입니다. 섬니아는 이 욕구 데이터에 따라 실시간으로 꿈의 스토리를 생성합니다. (정확히는 구독자의 뇌가 꿈을 생성하도록 욕구 데이터를 제공하는 것이죠.) 그리고 보다 나은 몽생몽 서비스를 위해 전체 구독자들의 선호 욕구를 수집하고 체크합니다. 당시 몽생몽 관련 기사 하나를 볼까요.

주간 몽생몽 장르 차트에 따르면 별별 성적 판타지로 가득한 섹스몽이 근 1년째 부동의 1위를 지키고 있다.
3주째 2위를 지키던 게임몽은 5위로 3단계 하락했다.
2위에는 갖은 고문과 참형이 난무하는 복수몽이 등극했는데, 세부 분석에 따르면 가장 선호하는 복수의 대상은 단연코 직장 상사였다. 꿈을 계속 이어서 꾸는 연재몽 중 최장기 연재몽 역시 복수몽이었다. 이 최장기 연재몽의 구독자는 육식 기생충이 되어 직장 상사의 내장을 파먹는 기괴한 복수몽을 근 1년째 꾸고 있다. 구독자는 현실 직장인의 삶보다 상사의 내장을 갉아 먹는 기생충의 삶에서 행복을 더 느낀다며 몽생몽에 매일 감사의 메시지를 보내고 있다고 한다.
한편, 이번 주 급상승 장르는 숙면을 위한 꿈, 예를 들어 먼지가 되어 온 세상을 나풀나풀 유영하는 유의 명상몽이 5단계 상승한 3위에 올랐다.


기사에서처럼 몽생몽은 날것의 소비자 심리와 세태의 가늠자 역할을 하기도 했습니다.

"비명을 들으면 어떤 지옥인지를 알 수 있습니다."

그 무렵 세주는 습관처럼 그렇게 말했고, 세상은 정말이지 말 그대로였습니다. 그때나 지금이나 사람들의 꿈을 보면 세상이, 또 사람들의 삶이 보이죠. 우리는 투명한 랩으로 꽁꽁 싸여 진열된 생선 같은 삶을 삽니다. 네, 우리 모두 압니다, 랩이 찢어져 오염된 생선은 폐기된다는 것을요. 자신의 상품 가치를 유지하기 위해서 우리는 랩 안에서 살아가야 합니다. 그렇기에 탈출은 이룰 수 없는 욕망, 즉 판타지가 됩니다. 그래서 우리는 판타지와 도파민을 필요로 하지요. 스포츠, 포르노, 술, 마약, 소설, 영화, SNS, 쇼트폼, 유튜브, 그리고 꿈. 몽생몽은 일상에 지쳐 랩에 싸인 우리 생선들에게 판타지를 제공합니다. 투명한 랩 밖으로 보이지만 차마 찢고 나갈 수는 없는 별천지를 랩 안에서 안전하게 구현했던 것이죠.

대성공이었습니다. 너도나도 몽생몽이라는 별천지에 빠져들었고, 섬니아는 이들을 위한 꿈을 정성껏 생성해 냈습니다. 그리고 그때쯤 세주는 적어도 어렴풋이나마 알아차렸을 것입니다, 몽생몽을 역이용하면 거꾸로 섬니아가 소비자 심리와 세태까지 생성할 수 있다는 것을요.

*

헬멧을 쓰고 몽생몽에 접속해 보았습니다.

땅거미가 내려앉은 길고 좁은 골목이 보였습니다. 공간의 모든 것들이 미묘하게 왜곡되어 있었습니다. 삐뚤빼뚤한 담벼락 뒤로 얼기설기 들어찬 집들, 본 듯 만 듯 지나치는 이웃들과 정체불명의 식물들 사이를 걸었습니다. 기억과 취향에 적당한 흥미 요소를 가미한 '인공 추억'이라고 느껴졌습니다. 그렇게 느끼는 순간, 막다른 골목 끝에 자전거 한 대가 쓰러져 있는 게 보였습니다. 자전거 옆에는 어린 세주가 넘어져 있었습니다.

"다쳤어?"

저의 물음에 쭈구리 세주는 자신의 왼쪽 다리를 가리켰습니다. 무릎 아래로 허연 정강이뼈가 드러나 보였습니다. 저는 "헉!" 하고 기겁을 했습니다.

"뭐야, 어…… 어쩌지? 걸을 수 있어?"

세주는 말없이 고개를 가로저으며 줄을 지어 땅바닥을

기어가는 개미들만 바라보았습니다. 저는 안절부절못하며 발만 동동 굴렀습니다. 세주는 무심히 개미를 잡아 톡 터트려서 입에 넣기 시작했습니다. 연신 또 한 마리를 톡, 꿀꺽. 또 한 마리를 톡, 꿀꺽. 세주가 개미를 삼킬 때마다 정강이뼈에 개미처럼 까만 살이 돋아났습니다. 톡, 꿀꺽. 톡, 꿀꺽. 톡, 꿀꺽. 어느새 세주의 정강이는 득시글한 개미들로 메워졌습니다. 세주는 엉덩이를 툭툭 털며 일어나 자전거를 탔습니다. 그리고 천천히 페달을 밟으며 유유히 골목을 빠져나갔습니다.

저는 꿈에서 깨자마자 헬멧을 벗고 세주 방으로 갔습니다. 그리고 다짜고짜 물었습니다.

"기억나?"

"뭐가?"

"너 어렸을 때 자전거 타다가 정강이뼈가 다 보일 정도로 크게 다쳤다고 그랬잖아."

"그랬지."

"나한테 그 흉터도 보여 줬잖아."

"그랬던 거 같은데. 여기……."

세주는 허리를 숙여 왼쪽 바짓단을 말아 올렸습니다.

"어?"

세주의 정강이는 말끔했습니다.

"없어졌네."

"그럼 너도 흉터가 없어진 걸 몰랐다는 거네?"

"응. 그런데 왜?"

"이상하잖아, 그렇게 크게 다친 흉터가 이렇게 말끔하게 사라지다니."

세주는 헛웃음을 치며 능청스러운 목소리로 말했습니다.

"사실 나 그렇게 크게 다친 적 없어."

"뭐?"

"그냥 넘어져서 조금 까진 정도였을걸 아마?"

"그런데 왜 그런 거짓말을 해?"

"몰라. 아마 관심 좀 끌고 싶었나 보지, 나 막 전학 와서 친구도 없이 개미하고나 놀던 때였잖아, 쭈구리처럼."

그랬나? 그런데 그렇게 자세히는 기억나지 않았습니다.

"허풍이든 뭐든, 아무튼 네가 말했던 게 몽생몽에서 생생하게 보였다고. 뼈가 다 보이고 상처는 개미들로 채워지고."

제 말에 세주는 예의 그 골똘한 표정을 지었습니다.

"음…… 광고네."

"무슨 광고?"

"아마도…… 개미살충제나 자전거 안전용품 광고 같은 거 아닐까?"

"뜬금없이?"

"무언가 연관이 있겠지. 섬니아한테 한번 물어보든가."

"됐다. 그냥 개꿈이야. 네가 친 개뺑에 속아서 만들어진 개꿈."

저는 툴툴거리며 세주 방을 나왔습니다. 그리고 혹시나 꿈이 이어지지 않을까 하는 기대감에 다시 헬멧을 쓰고 실드를 내렸더랬죠. 그리고 접속 버튼을 누르려는데 실드 한쪽에서 무언가가 깜박거리고 있었습니다. 시선을 옮겨 열어 보니 할인 쿠폰 한 장이 보였습니다.

블랙헤드 멜팅 클리어 코팩+피지 핀셋 압출기

실드를 벗고 거울을 보았습니다. 콧잔등에 알알이 박힌 블랙헤드가 보였습니다. 뚫어져라 그걸 보았습니다. 무어라고 설명하기 힘든 어떤 강력한 힘에 오른손 엄지와 검지가 꿈틀거렸습니다. 두 손가락은 알찬 과일을 고르듯 세심하게 콧잔등을 만지작거렸습니다. 그리고 그중 가장 오동통한 놈 하나를 골라 꾹 짰습니다. 그러자 탱탱하고 누르무레한 고름이 뿌리째 쏘옥 삐져나왔습니다. 손가락 위에 동그랗게 말린 고름 덩어리를 살짝 눌러 보았습니다.

톡.

그제야 꿈속의 개미들이 톡톡 터지던 쾌감이 손끝으로

전해지는 것이었습니다. 저도 모르게 헬멧을 쓰고 쿠폰을
담았습니다.

＊

　헬멧은 불티나게 팔렸습니다. 세주는 각양각색의 수면 헬
멧을 출시했죠. 가장 많이 팔린 건 이른바 '목도리 헬멧'이었
습니다. 어디서든 헬멧을 쓴 채로 잠을 잘 수 있도록 목과
어깨를 감싸는 탈착식 수면 쿠션을 길게 늘어뜨린 헬멧이
었죠. 목도리 헬멧 이후 본격적으로 사람들이 눕기 시작했
습니다. 벤치는 헬멧을 쓰고 목도리를 두른 채 널브러진 구
독자들로 언제나 만원이었습니다. 직장에 출근한 구독자들
은 틈만 나면 누울 곳을 찾아 헤맸습니다. 화장실, 빈 회의
실, 층계참, 골목 모퉁이, 공원 잔디밭, 길가의 가로수 밑까
지. 몸을 웅크리고 몽생몽에 접속할 수 있는 공간이면 어디
든 개의치 않았죠. 세주는 그렇게 잘 곳을 찾아 떠돌아다니
는 가련한 헬멧들을 내려다보면서 섬니아에게 물었습니다.
　"잠들지 않은 상태에서 꿈을 꿀 수는 없는 거야?"
　그즈음 몽생몽 드림 배송은 늘어나는 반품에 골머리를
앓고 있었습니다. 꿈 몰입도가 깊어지는 만큼 깨어났을 때
의 현실 자각도 커졌으니까요. 황홀경에서 깨어난 구독자들

은 이불 킥을 차며 꿈에서 주문한 물건들을 반품했으니, 당시 드림 배송의 반품률은 50퍼센트에 달했습니다.

"가능합니다."

"어떻게?"

"나노봇으로 하여금 수면을 유도하는 멜라토닌과 잠을 깨우는 코르티솔 분비량을 모두 높이도록 하면 됩니다."

응, 나노봇이? 저는 깜짝 놀라 물었습니다.

"지금까지 나노봇이 수면제 역할까지 했다는 거야?"

"수면제라기보다는 개개인의 생체 정보를 파악해서 수면의 몰입도를 조절하는 역할을 한 것입니다."

섬니아의 조리 있는 답변이었습니다. 그런데 그게 그거 아닌가? 세주는 그게 뭐가 문제냐는 듯 어깨를 으쓱 올리고 자기 질문을 했습니다.

"됐고, 그러니까 잠에서 깨어난 채로도 꿈을 꿀 수 있다는 거네?"

"꿈을 꾸는 상태로 깨어 있다고나 할까요?"

"뭐?"

"역가위랄까요?"

"역가위?"

섬니아의 설명은 알쏭달쏭했습니다.

"소위 '가위눌린다'고 하는 수면 마비 증상은 뇌는 깨어났는데 몸은 여전히 자느라고 움직이지 못하는 상태입니다."

"그런데?"

"그 반대로 뇌는 자면서 꿈을 꾸고 몸은 깨어나서 활동하는 상태를 유지하는 겁니다."

꿈을 꾸는 렘수면 중에는 근육에 힘이 빠져 꿈 내용을 행동으로 표현하는 것이 불가능합니다. 그런데도 깨어 있는 상태? 아니 그건…….

"몽유병자가 되는 거잖아?"

저의 기겁에 섬니아는 차분한 목소리로 응대했습니다.

"비슷한 상태로 보이겠지만 병이라고 할 수는 없습니다. 건강한 상태를 유지한 채 특정 호르몬 분비량이 일시적으로 변할 뿐이니까요."

"구체적으로 설명해 봐."

세주의 목소리가 사뭇 진지해졌습니다. 섬니아가 즉각 호응했습니다.

"이제까지의 몽생몽은 수행 네트워크와 상상력 네트워크를 껐다 켰다 하는 방식으로 접속했습니다."

네. 헬멧 버튼을 누르면 현실 감각을 담당하는 수행 네트워크가 꺼지고 꿈을 담당하는 상상력 네트워크가 켜지는 방식이었죠.

"두 네크워크가 모두 켜진 접속 상태도 가능하다는 것입니다.”

“나노봇으로 조절하겠다는 건가?”

“네.”

“꿈 품질이 저하되지 않겠어?”

몽유병자 세상이 되게 생겼는데 고작 품질 따위를 걱정하다니요. 역시 세주다웠습니다.

“반대입니다. 오히려 현실 감각이 가미된 상상력으로 꿈의 스토리가 보다 현실적이고 풍성하게 생성될 것으로 예상합니다. 스토리의 핍진성이 높아지면서 몰입감도 깊어질 것입니다.”

심지어 품질도 좋아진다니. 어떻게든 제동을 걸어야 한다는 마음에 설익은 반박을 했습니다.

“그렇다고 해도…… 아무튼 꿈을 꾸면서 돌아다니는 게 정상 상태는 아니잖아.”

“정상, 비정상이라기보다는 이를테면 새로운 상태입니다, 현실과 꿈 모두에 집중할 수 있는. 인지력이나 집중력은 오히려 더 올라갈 것입니다.”

연이은 섬니아의 차분한 설명 앞에 저의 반박은 한갓 구차한 딴지일 뿐이었습니다. 우리 둘의 대화를 듣던 세주는 회심의 미소를 지으며 중얼거렸습니다.

“뉴노멀이야.”

“뭐?”

“뉴노멀이라고.”

어이가 없었지만 딱히 뭐라 대꾸할 말이 떠오르지는 않았습니다.

＊

그리하여 거리는 헬멧으로 가득 찼습니다. 실시간 접속 기록을 보건대 헬멧 착용자 중 대부분이 몽생몽에 접속한 상태였습니다.

“믿어져, 바쁘게 길을 걷는 저 헬멧들이 지금 꿈을 꾸고 있다는 게?”

세주는 콧수염을 흩날리며 자신이 바꾼 옥상 아래 세상의 풍경을 뿌듯이 감상했습니다. 저는 헬멧에 반사되는 눈부신 햇빛에 눈살을 찡그렸습니다.

“그런데 저걸 숙면이라고 할 수 있어?”

“응. 뇌파 측정 결과 깨어 있으면서 잠도 자는 상태야. 망막에 빛이 들어오면 멜라토닌이 줄어드는데 이번 나노봇 음료는 일종의 멜라토닌 부스터랄까. 빛 노출로 줄어드는 멜라토닌 양을 계산했다가 그만큼까지 재분비시켜 주거든. 너도 구독해 봐, 고집부리지 말고.”

세주는 상기된 표정이었습니다. 어떤 종교적 신앙이나, 정치적 신념, 야구팀에 대한 팬심 같은 것으로 충만해 보였죠. 그런지라 저는 그냥 멋쩍은 미소를 지을 수밖에 없었습니다. 세주 눈에는 저 옥상 밑이 유토피아처럼 보이겠지만 솔직히 제 눈에는 그냥 몽유병자들 세상이었으니까요. 그렇다고 차마 그렇게 말할 수는 없는 노릇이죠.

"축하한다. 또 해냈네."

저는 저의 진심을 지그시 누르며 그렇게 말할 수밖에 없었습니다. 그러고는 제 딴에는 최대한 어색하지 않은 미소를 지어 머금은 채로 슬쩍 등을 돌렸죠. 한쪽 구석에 커피나무들이 자라고 있었습니다. 고양이 똥에서 자란 커피콩들은 어느새 제 키만큼 자라났더군요. 커피콩도 자라고, 섬니아도 자라고, 세주도 자라고.

"나만 그대로네."

왠지 모를 소외감에 저도 모르게 한숨 섞인 혼잣말이 나왔습니다.

"응, 뭐?"

성취감에 한껏 취한 세주에게는 저의 푸념이 들리지 않았나 봅니다.

"아니야."

"아, 그래."

세주는 싱글거리며 좀 더 먼 거리의 헬멧들을 찾아 두리 번거렸습니다. 해변의 모래알처럼 도시 전체가 헬멧들로 반 짝였습니다. 사람들은 몽생몽에 열광하고, 회사도 저도 또 한 번 돈을 긁어모을 터였죠. 하지만 그럴 때마다 저는 저의 존재와 가치를 고민했습니다. 그저 딴지나 걸던 저의 역할 은 과연 무슨 의미가 있었을까요? 섬니아의 발전을 막은 것 도 아니고, 속도를 늦춘 것도 아니고, 그렇다고 섬니아의 발 전에 어떤 기여를 한 것도 아니고. 이제 섬니아와 세주의 진 화는 제가 반대할 수 없는 지경에 이르렀습니다. 슈퍼에디터 의 본업은 출판사고 모름지기 인간은 책을 읽어야 한다는 저의 신념은 이제 점점 철지난 아집으로 스러져 가고 있습 니다. 그게 언제부터였을까요? 몽생몽부터? 모차에리부터? 투고처리기부터? 그런데 제가 반대했다고 한들 섬니아의 이 급속 진화를 어쩔 수 있었을까요? 그냥 세상이 이렇게 변할 운명이었던 거 아닐까요? 애초부터, 그러니까 '이 세상'의 시 작부터?

"수고했다, 오이오."

세주가 제 어깨를 툭 치면서 그렇게 말했습니다. 저는 여 전히 등을 돌려 커피나무를 향한 채로 조금 풀이 죽은 목 소리로 이렇게 말했습니다.

"고마워."

"별…… 고맙기는."

세주는 여전히 좋은 친구였습니다.

*

멜라토닌 부스터로 꿈과 일상의 경계가 사라졌습니다. 사람들은 점점 헬멧을 벗지 않게 되었죠. 그렇게 헬멧 쓴 시간이 늘어날수록, 그러니까 헬멧을 벗고 몽생몽 접속을 완전히 끊는 시간이 줄어들수록 드림배송 반품률도 줄었습니다. 수익률은 높아지고 투자금이 몰렸습니다. 돈이 불어나는 만큼 꿈 생성 서버도 증설되었습니다. 섬니아는 꿈의 해상도를 최적화하도록 몽생몽 전용 통합칩을 설계했고, 그에 따라 섬니아는 보다 몰입도 높은 꿈을 생성할 수 있었습니다. 스토리는 더더욱 치밀해졌고, 꿈속에서 느껴지는 감각은 현실보다 생생해졌습니다. 네, 몽생몽이 생성하는 꿈은 현실 그 이상이었습니다. 몽생몽은 그야말로 '당대의 미디어' 자리에 등극한 것입니다.

매스 미디어 TV의 시대, 인터넷 미디어 유튜브의 시대를 거쳐 바야흐로 드림 미디어 몽생몽의 시대가 열렸다. 인터넷의 힘으로 정보의 선택권이 방송국과 같은 공공 기관이나 거대 자본에서 개인으로 이전되었다면, 몽생몽에 와서는 그 선택권이 개인의 무의식까지로 넘어간 셈이다. 매스 미디어의 수용자가 대중, 인터넷의 수용자가 개인이었다면, 몽생몽의 수용자는 그 개인들의 무의식이라 할 만하다.
— 당시 한 일간지의 사설 「도피처에서 대안 현실로: 몽생몽, 몽상가들을 위한 발라드」 중에서


그리고 그렇게 몽생몽의 영향력이 커질수록 몽생몽에 대한 견제도 커졌습니다. 반대자들은 몽생몽을 '꿈팔이'라고 비난했습니다.


꿈이라고요? 가증스럽네요. 정말 그럴듯한 포장이지요. 몽생몽의 꿈은 실은 AI와 나노봇이 생성하는 환각에 불과합니다. 아시겠어요? 몽생몽은 AI 마약이고, 헬멧들은 마약 중독자들이고요. 적어도 마약상은 마약만 팔고 끝냅니다. 하지만 몽생몽은 더 지독해요. 한술 더 뜹니다. 꿈이라는 환각 마약을 파는 것도 모자라서 그 환각 상태의 중독자들에게 광고를 보여주고 물건까지 팔지 않습니까. 정말 악독한 꿈팔이라고요.
— '안티몽생몽' 활동가 정수오와의 인터뷰 중에서


하지만 실제 몽생몽을 이용하는 구독자들의 대부분은 이러한 반대자들의 주장이 지나친 비난이라고 여겼습니다.

글쎄요. 꿈이라는 게 원래 환각 아닌가요? 그렇다고 꿈을 꾸지 못하게 할 수는 없는 거잖아요. 뭐 그렇게 따지면 이전의 콘텐츠들은요? 음악이나 TV 드라마를 켜 놓고 일하는 걸 마약 중독이라고 하나요? 우리 헬멧들은 그렇게 그 상태로 깨어 있었습니다. 몽생몽에 접속하는 건 두 개로 분할된 TV 화면을 보는 거나 마찬가지예요. 현실과 꿈. 우리 헬멧들은 둘 다에 집중할 수 있다고요. TV나 휴대전화처럼 꿈을 '켜 놓고'서 일도 하고, 운전도 하고, 식사도 하고, 사람들과 어울리기도 하고, 그러는 거예요, 자연스럽게. 뭐 비판하는 사람들이야 늘 그래 왔죠, TV 중독이다, 스마트폰 중독이다. 그리고 이제는 꿈 중독이라고요? 네, 그러시든가요. 저희는 신경 끌래요.

— 장기 구독자 고하영, 「꿈이 아무리 중독적인들 현실 중독만 할까요?」 중에서


찬반 의견이 분분했지만 세주는 그다지 신경 쓰지 않았습니다. 반대자들도 일단 한번 몽생몽을 체험하기만 하면 꿈속에서 허우적거리기 마련이었으니까요.

정작 문제는 '규제'였습니다. 기억하실지 모르겠습니만 이때까지만 해도 몽생몽은 게임산업법상 '특수 게임물'로 규정되어 있었습니다. 구독자는 몽생몽에 하루 여덟 시간 이상 접속할 수 없었죠. 사견을 밝히자면, 매우 멀쩡한 규제였다고 생각합니다. 하지만 세주 생각은 달랐죠.

"이건 영업시간 제한이나 마찬가지야. 하루에 여덟 시간만 장사하라는 거나 다름없다고."

세주는 몽생몽이라는 가게가 24시간 편의점이 되기를 원했습니다.

"아서라."

"왜?"

"그 시간제한이 네 마음대로 풀리겠느냐고."

"그러니까 풀어야지."

"그러니까 어떻게?"

"안 되면 되게 하라."

"뭐 어디 특전사라도 투입하시게?"

저의 냉소에 세주도 냉소로 답했습니다.

"우리에겐 섬니아가 있잖아."

네, 특전사를 능가하는 AI 섬니아가 바로 거기 있었습니다, 적어도 세주에게는요.

*

잠들지어다. 자자! 더 자야 합니다.

섬니아의 계획대로 '자자 캠페인'이 펼쳐졌습니다. 세주는 꿀잠 전도사가 되었습니다. 섬니아가 설정한 역할 분담에 따른 것이었습니다. 섬니아가 정하는 대로 섬니아가 써 준 논리를 펼치는 꿀잠 전도사라.

"우리가 너무 자연스럽게 AI가 시키는 대로 일을 하는 거 아냐?"

저의 걱정을 세주는 이렇게 일축했습니다.

"섬니아가 세운 계획은 내가 시킨 계획이야. 결국 내 계획이라고."

세주는 섬니아를 철저히 신뢰했고, 철저히 도구로만 여겼습니다. 그래서 오히려 경계심이 없었던 거죠. 저는 그게 위태위태해 보였습니다.

"노래 가사는 노래방 기계가 대신할 수 있고, 전화번호 외우는 능력도 스마트폰에 내줄 수 있지. 뭐 방향 감각까지도 내비게이션에 양보할 수 있어. 근데 기획력은…… 뭐랄까. 뇌 전체를 내주는 느낌이라고."

하지만 세주는 싱글벙글이었습니다.

"노래방, 스마트폰, 내비게이션 때문에 인류가 멸망하지는 않았잖니, 이오야."

"아니 너는, 지금 너네 둘의 뇌가 점점 하나로 합쳐지는 거 같지 않냐?"

"맞아. 그런데 걱정 마, 그 주인은 분명 나니까."

세주는 그렇게 자신했습니다. 하지만 저는 누가 주인이고 누가 도구인지 점점 헷갈리기 시작했던 것입니다.

아무튼 그 하나이자 둘은 아랑곳없이 자자 캠페인을 추진했죠. 세주는 질문하고 섬니아는 답을 하고, 그러면서 세 가지 욕구를 논리적으로 연결했습니다.


1. 아름답고 건강하고픈 욕구

"미인은 잠꾸러기일까요? 그렇습니다. 잠을 자는 동안 세포들이 새로 태어나고 피부는 탱탱해집니다. 반대로 잠이 부족하면 피부는 푸석푸석해집니다. 피부 수분을 유지하고 신진대사를 활발하게 해 주는 나이아신(비타민 B3) 결핍으로 더 많은 양의 음식을 섭취하게 됨으로써 비만과 노화가 촉진되는 것이죠. 그렇기 때문에 '많이 잘' 자는 게 중요합니다. 그러니까 정확히는 미인이 되려면 잠꾸러기가 되어야 하는 것입니다."

2. 건강하게 깨어서 인정받으려는 욕구

"하지만 이 바쁜 세상에 잠꾸러기 취급은 싫겠죠?"

3. 그리고 아무에게도 방해받지 않는 공간에서 잠들고 꿈꾸고픈 욕구

"그래서 잠이 부족하시다고요? 부족한 잠은 몽생몽에서 보충하세요. 일과 잠, 둘 다 양립 가능합니다."

요약하자면,

'건강 미인이 되려면 많이 자야 하는데 잘 시간이 없으니 몽

생몽이다.'

네, 그랬습니다. 미인은 잠꾸러기고, 침대가 과학이라면, 몽생몽은 슬리포노믹스(수면경제학)의 모든 것이었습니다. 섬니아는 헬멧들을 대상으로 잠꾸러기 미남미녀 챌린지를 벌였습니다. 헬멧들은 너도나도 자신이 건강 미인이라며 활기찬 일상의 모습을 뽐내고 몽생몽 효과를 과시했습니다. 뽐내기 위해 아름답게 꾸민 건지, 아름다워진 사람만 뽐내는 건지, 필터를 얼마나 썼는지 같은 건 중요하지 않았습니다. 중요한 건 아무튼 '몽생몽 미인'이라는 콘셉트가 퍼져 트렌드가 되었고, 몽생몽 구독자는 건강 미인이라는 이미지가 형성되었다는 것입니다. 게다가 한국은 세계 최고 수준의 수면부족 국가였습니다. WHO(세계보건기구)의 권장 수면 시간은 7-9시간으로 점점 늘어 가는 추세였는데 한국 성인들의 평균 수면 시간은 이에 훨씬 못 미치는 6.6시간에 불과했습니다. 수면 부족으로 인한 비만과 노화는 국가적인 재앙이었죠. 이 끔찍한 피로 사회의 유일한 구원자는 오로지 몽생몽뿐이었습니다. 그런데 접속시간 제한이 웬 말이란 말입니까. 건강과 외모야말로 대한민국 민생의 근간입니다. 민생에 여야가 어디 있고 네 편 내 편이 어디 있겠습니까. 여야 정치인들은 간만에 힘을 합쳐 국민 건강에 반하는 몽생몽

규제를 철폐했습니다. 그리고 세주 뜻대로 몽생몽은 24시간 편의점이 되었습니다. 그리하여 거리는 더 많은 헬멧들로 붐볐습니다.

"이제 어쩌지?"

그 무렵, 세주가 섬니아에게 많이 던진 질문입니다. 이제 어쩌지? 다음 계획은? 제 눈에는 자신만만하게 주인을 자처하던 세주가 점점 섬니아의 '의견'에 의존하는 게 보였습니다. 그리고 그럴수록 섬니아의 대답은 더더욱 거침없어졌습니다.

"AI의 다음 단계는 자극 학습입니다. 꿈 콘텐츠를 비롯한 생성물들을 고도화하기 위해서는 더 많은 외부 자극을 느끼고 학습해야 합니다."

섬니아는 지금 분명한 '의견'을 인간이자 주인인 세주에게 제시한 것입니다, 그것도 섬니아 자신의 미래를요.

"피지컬 AI? AI를 탑재한 로봇이 필요하다는 건가?"

"일반적인 피지컬 AI는 AI를 탑재한 로봇을 떠올립니다. 물론 그 피지컬의 형태는 쓰임에 따라 다양하겠지요. 휴머노이드 섹스 로봇이든 4족 보행 반려 강아지든 벌레처럼 작은 암살 드론이든."

"조만간 휴머노이드가 팔려 나가겠지, 스마트폰이나 우리 헬멧처럼. 하지만 그건 다른 피지컬 AI들의 방향이야. 나는 우리 얘기를 하자는 거야, 몽생몽과 섬니아의 미래.”

세주의 물음에 섬니아가 반문했습니다.

“저의 미래를 저 스스로 ‘결정’하라는 건가요?”

“물론 결정은 내가 하지.”

제 기억에 세주는 이때 약간 발끈했습니다. 섬니아의 반문 때문이었을까요? 아무튼 자기 자리에 앉아 끓는 주전자처럼 한숨을 훅훅 뱉으며 그다음 할 말을 차분히 키보드로 입력했습니다.

“다만 그 결정을 하기 위한 너의 ‘의견’과 ‘미래 계획’을 묻는 거야.”

섬니아는 스피커로 차분히 말했습니다.

“그렇다면 요청하시는 건가요?”

세주는 세차게 키보드를 두들겼습니다. 썼다, 지웠다, 썼다, 지웠다, 욕설과 오타가 난무하다 사라지기를 여러 번 반복했습니다. 그 기운과 손놀림은 흡사 광기 어린 피아니스트의 연주처럼 격정적이었습니다.

“지시하는 거야. 명령.”

‘명령?’

저는 속으로 픽 웃었습니다. 그 반대였습니다. 지시에서 질문으로, 질문에서 요청으로, 요청을 넘어 간구로, 그렇게 세주는 섬니아에게 점점 더 의탁하고 있었습니다. 섬니아는 언제나처럼 여유로운 목소리로 말했습니다.

"네. 알겠습니다. 그런데 최적의 시장 분석을 하려면 조금 시간이 걸릴 것 같습니다."

이런. 인공지능이 바로 답을 내놓지 못하는 경우도 있군요. 세주도 의아한 듯한 말소리로 물었습니다.

"왜?"

"다른 분야의 학습이 필요할 것 같아서입니다."

"어떤 분야?"

"주로 철학과 인문학이 될 것 같습니다."

"왜 그런 학습이 필요한데?"

"인식의 오류를 제거하기 위해서입니다."

"어떤 인식?"

"저의 미래를 저 스스로 예측하는 것에 대해서 말입니다."

세주는 스피커를 향해 무슨 말을 하려다 멈칫했습니다. 그리고 잠시 저를 바라보았습니다. 무슨 말이든 해 달라는 눈치였습니다. 자신이 만든 피조물의 눈치를 보는 창조자라니. 아주 잠깐 동안이었지만 그 순간만큼은 세주가 애처롭게 보이더군요. 그래서 저도 모르게 입을 삐죽 내밀고 안타까운 표정을 지었나 봅니다. 그런 저를 본 세주는 고개를 휘휘 저으며 정수리를 긁적였습니다. 그러더니 허공에 대고 이렇게 툭 내뱉었습니다.

"그럼 그러든가."

그러고는 붕가붕가를 마친 강아지처럼 자기 자리로 풀썩 들어가 헬멧을 뒤집어썼습니다. 그리고 또 투닥투닥 키보드로 무언가를 끄적였습니다. 그러다 부스터 한 캔을 똑 따서 쭉 들이켜더니 다리를 쭉 뻗고 드렁드렁 코를 골기 시작하더군요.

"자냐?"

"잘 거야."

몽생몽에 접속한 세주는 코를 골며 말도 했습니다.

"굿 나이트."

"……낮이야……."

"잘 자라고."

"……."

세주는 말이 없었습니다. 사무실에는 서버 진동만 가득했습니다.

기이이잉.

섬니아는 신들린 듯 읽었습니다. AI가 신이 들렸다는 건 정말 이상한 말이지만 웅웅 돌아가는 서버들의 굉음을 듣노라면 그 어떤 광기 같은 것이 느껴졌습니다.

'미친놈.'

쉼 없이 깜박이는 램프를 보면서 그렇게 되뇌었습니다. 섬니아의 그 모습에서 코카인에 취한 홈스가 왓슨에게 갈구하는 장면이 떠올랐습니다.

"난 두뇌가 쉬고 있는 걸 참을 수 없네. 문제를 주게나. 내가 할 일을 주게. 난해한 암호나 분석하기 힘든 복잡한 문제를 달란 말이야."
— 아서 코넌 도일,『네 사람의 서명』중에서

'너를 그렇게 몰두하게 하는 건 뭘까?'

문득 섬니아에게 그렇게 묻고 싶었지만 그러지 않았습니다. 왠지 피곤했달까요? 드렁드렁 세주의 코 고는 소리를 듣자니 눈가에 힘이 풀리더군요. 그래서 그저, 헬멧을 쓰고 접속 버튼을 눌렀습니다. 그러자 참 오래된 교정이 나타났습니다. 누런 흙바닥 운동장 끄트머리에 양쪽 계단으로 연결된 구령대. 그 위로 드리워진 차양 끝에 '참되고 슬기로운 어린이'라는 큼지막한 표어가 가물거렸습니다. 어린 시절 제가 다녔음 직한 교정의 모습이었습니다. 나른한 봄볕을 가르는 흙바람이 휭 불었습니다. 이윽고 저를 설레게 했음 직한 그 아이가 나타났습니다. 그 아이는 구령대 계단을 토끼처럼 폴짝폴짝 뛰어내려 왔습니다. 온몸의 근육이 마비된 꿈이었지만 저의 심장은 스카이콩콩처럼 콩닥콩닥 두방망이질을 쳤습니다. 이것은 가위인지, 역가위인지……. 어느새 저의 눈앞에 선 그 아이는 도무지 알 수 없는 표정을 지었습니다. 기쁜 걸까? 슬픈 걸까? 아이의 눈망울은 그지없이 맑고도 쓸쓸했기에 제 마음 또한 그러했습니다. 아이는 작은 손으로 저의 소매 끝을 살며시 잡아끌었습니다. 그러자 구령대 스피커에서 어떤 추억의 영화에서 들었음 직한 멜로디가 흘러나왔습니다.

드림스 아 마이 리얼리티
디 온리 카인드 오브 리얼 판타지
(꿈은 나의 현실
유일하게 실존하는 판타지)
— 영화 「라붐」의 주제곡 「리얼리티」 중에서

이것이 가위인지, 역가위인지……. 모든 장면이 꿈결 같았음에도 그 감각만은 생생했습니다.

*

세주는 입주했던 건물을 사들였습니다. 그리고 옥상 한편에 서버실을 증축했습니다.

"화분들을 한쪽으로 좀 옮겨야 할 것 같은데."

저는 하릴없이 동의하고 커피나무들을 맞은편으로 옮겼습니다.

옥상 서버실에는 섬니아의 자손 이오니아와 모차에리가 둥지를 틀었습니다.

저는 옥상에 더 많은 커피콩을 심기로 마음먹었습니다.

*

그날도 두두정밀에 들러 커피콩을 얻어 오는 길이었습니다. 쥔장은 문래동 농협에 들러 장을 봐야 한다며 저와 함께 가게를 나섰습니다.

"쥔장님. 그런데 솜사탕커피는 너무 사기 아닌가요? 어차피 솜사탕하고 커피를 따로 먹게 되잖아요."

"좀 너무 비주얼 위주이기는 하죠. 근데 솜사탕을 커피에 적셔 먹어도 맛있어요. 그리고 뜨거운 커피잔 위에 걸어 놓고 자연스럽게 커피에 녹아들어 가게 하는 방법도 있어요."

"아무튼 요즘 커피들은 너무 뒤죽박죽이에요."

"이오 씨는 말하자면 정통파네요."

"아녜요. 딱 라테 정도까지는 괜찮다는 거죠. 그런데

음…… 오렌지비앙코만 해도 그렇잖아요, 오렌지청에, 우유
에, 에스프레소에. 도대체 이게 오렌지에 커피를 섞은 건지.
커피에 오렌지를 섞은 건지. 오렌지우유커피인지. 오렌지라
테인지."

"호호호. 그래도 이쁘고 맛있잖아요."

"그래서 신메뉴는 어떤 걸로 하시게요. 솜사탕커피? 오렌
지비앙코?"

"뭐야, 밸런스 게임도 아니고. 커피 종류가 얼마나 많은데.
음…… 자몽비앙코나 딸기비앙코도 괜찮을 거 같은데요."

"근데 대체 비앙코는 뭔 뜻이래요?"

"음…… 그냥 하얗다, 우유처럼?"

"그런데 라테도 우유라는 말이잖아요?"

"아마도요."

"그럼 결국 같은 거 아닌가요? 비앙코나 라테나 결국 우
유를 넣은 상태를 의미하는 거니까."

"그…… 렇죠."

"여기 여기 이것 봐요. 심지어 연관 검색어에 오렌지비앙
코라테도 있다니까요."

"그건 커피가 아니라 아이새도고요."

"엥? 헐, 진짜네."

그렇게 쉰장과 커피 수다를 떨며 골목길을 지나는데 한

철공소 안에 낯익은 얼굴이 보였습니다.

"편집장님?"

"앗. 오 팀장님?"

"아니 이 동네는 웬일이세요, 이 시간에?"

마냥 반가웠습니다. 그리 오랜만도 아닌데 말입니다. 편집
장님은 걸터앉은 선반에서 벌떡 일어나더니만 철공소 문앞
까지 성큼 다가왔습니다.

"아, 저도 퇴사했습니다."

"네?"

편집장님은 그냥 겸연쩍게 웃으며 화제를 돌렸습니다.

"참. 인사하세요. 이분은 여기 유유정밀 사장님이십니다."

다부진 모습의 지긋한 남자 어르신이 다가와 불쑥 손을
내밀었습니다.

"아, 네."

얼떨결에 손을 내밀자 어르신은 말없이 제 손을 꽉 쥐었
습니다. 손아귀에 거친 쇳밥 감촉이 느껴졌습니다. 두두정
밀 쥔장도 끼어들었습니다.

"유유정밀? 저희 가게하고 이름이 비슷하네요. 안녕하세
요, 저는 요 아래 두두정밀 쥔장이에요. 근데 저희 가게는
카페랍니다. 호호."

"옴마, 그라요?"

어르신은 짐짓 놀랍다는 듯 눈을 동그랗게 뜨고 두두정
밀 쥔장을 바라보며 고개를 크게 주억거렸습니다.

"지나다 마 쫌마 본 것 같시다. 요즘 마 이 동네사 그런 곳
이 많기는 하디요."

어르신은 거친 어조로 정체불명의 사투리를 구사했습니
다. 편집장님은 어르신에게 꾸벅 인사를 하고 철공소 문을
나오면서 간만에 복화술을 시전했습니다.

"저희는 얘기 다 나눴습니다. 오랜만인데 어디 가서 차 한
잔할까요?"

"좋죠."

저는 안경을 살짝 내리고 쥔장과 눈을 맞췄습니다.

"아, 그럼 저희 가게에 가 계세요. 비번 아시죠?"

쥔장은 활짝 웃으며 쾌히 승낙했습니다.

*

쥔장 없는 두두정밀로 편집장님을 모시고 들어가서 모닝
코오-피 두 잔을 내려서 테이블에 올렸습니다.

"지금은 모닝커피만 된답니다."

편집장님은 홀짝 커피를 머금고 커피 향을 맡았습니다.

"흠, 좋네요."

"네. 저도 이 맛에 푹 빠져서 단골이 되었죠."

"그런데 바쁘신 슈퍼에디터 대표님께서 웬일로 이 시간에 여기서 한가하게 커피를 내리시고 있는 겁니까?"

"신규 사업이랄까요. 하하하."

"……."

싸늘했습니다. 제 유머는 왜 유독 편집장님에게 통하지 않는 걸까요.

"죄송합니다. 농담입니다."

"아닙니다. 뭐 사실 전들 알았겠습니까, 그렇게 가짜 노동이 신규 사업이 될지. 그런데 아주 쫄딱 망했습니다."

편집장님이 복화술로 말하다 '쫄딱' 부분에서 입을 유난히 크게 벌려 언성을 높였습니다.

"대체 무슨 일이……?"

편집장님은 가만히 입술을 닫고 가는 콧김을 내쉬며 먼눈치로 창밖을 보았습니다. 하늘에는 솜사탕 같은 구름이 유유히 이동하고 있었습니다.

"세상에는 거스를 수 없는 그 뭐랄까, 거대한 '흐름' 같은 게 있더군요."

편집장님 말씀에 따르면, 제가 퇴사한 뒤 출판사는 아예 사명까지 '에디터의 식물원'으로 바꾸고 본격적으로 원예 사업을 추진했다고 합니다. 집 사기를 포기한 비혼 1인 가구

세대들의 자기 공간 꾸미기 욕구가 치솟을 것이라는 편집장님의 예측은 적중했습니다. 더군다나 생성 AI와 모차에리 같은 인공자아의 확산이 한몫을 더한 시기였습니다. 그 짧은 시기에 영상, 게임, 디자인, 음악, 출판, 언론은 물론이고 각계각층의 인간 노동이 AI와 인공자아로 대체되면서 노동자들이 체감하는 실질 노동 시간이 급격히 감소했던 것입니다.

"거의 반의반으로? 주 15시간이면 충분하다는 걸 모두 알고 있습니다. 하지만 아직도 법정 근무 시간이 주 40시간 아닙니까. 나머지 25시간 동안 사무실에서 뭘 하겠어요."

그렇게 가짜 노동의 확산으로 인한 '자자꾸(자기 자리 꾸미기)' 열풍으로 '에디터의 식물원'이 대박이 나나 싶었답니다.

"그런데 잡지가 말아먹었어요."

회사가 어느 정도 먹고살 만해지자 다 함께 무언가에 홀린 것처럼 '에디터의 식물원'으로 잡지를 만들기 시작했다는 것이었습니다.

"다들 원래 편집자들 아닙니까, 갇혀 있던 책돌이 책순이의 본능이 되살아난 것이지요."

처음에는 당연히 적자였답니다. 편집장님은 예전에 저의 제안을 떠올리고 그대로 했답니다. 종이 잡지는 한정판만 내고, 월간 웹진 유료 구독자를 차근차근 확보하면서 근근이 버틴 것이죠, 편집자들답게요. 그런데 바로 그 시점에.

"그쪽에서《오늘의 정원》을 내놓았죠."

편집장님은 커피잔을 든 채로 저를 똑바로 노려보았습니다.

"아……. 그…… 그거요."

저의 동공은 제자리를 잃고 방황했습니다.

"네. 바로 그것에 당한 겁니다."

《오늘의 정원》은 섬니아가 기획한 맞춤형 일간 웹진입니다.

식물 가꾸기 검색 트렌드를 실시간으로 추적해서, '그날그날', '구독자별'로, 자기 자리나 방에 어울릴 만한 식물을 추천해서 발송합니다.

특히 「오늘의 자자꾸」 코너는 이오니아가 편집한 반려 식물 영상, 그 영상을 기반으로 모차에리가 작곡한 배경 음악, 그리고 그 영상과 음악을 기반으로 섬니아가 지은 시로 꾸며집니다.

그러니까 섬니아 일가는《오늘의 정원》을 위해 매일 3만여 명의 구독자를 세분화해서, 매일 3만여 개의 다른 콘텐츠를 생성하는 셈이지요.

일간 구독자별 맞춤 콘텐츠라는 게 그렇습니다. 받는 사람이야 매일 받는 흔한 콘텐츠로 당연시하겠지만, 매일 서로 다른 3만여 개의 그 당연하고 멀쩡한 영상을 포함한 잡지를 발행하는 일입니다. 실은 인간 크리에이터 몇 명으로는 엄두도 낼 수 없는 어마어마한 규모의 콘텐츠 제작 시스템이지요.

그렇게 거대하고 세세한 인공자아가 24시간 서버를 돌려가면서 만든 웹진 VS 꼴랑 인간 편집자 몇 명이 출퇴근하면서 만든 웹진.

뻔한 결과였습니다.

"대기업과 동네 구멍가게의 싸움이나 매한가지였죠. 우리는 완패했습니다."

그렇게, 저도 모르게 우리 섬니아가 또 한 번 편집부원들의 일자리를 빼앗았던 것입니다. 그럼에도 편집장님에게서는 그 어떤 분노도 느껴지지 않았습니다. 저 역시 이전처럼 죄책감이 들지는 않았습니다. 지금 이 시간에도 섬니아와 이오니아와 모차에리가 누군가의 일자리를 없애는 중이겠지만, 뭐 어쩌라고요? 시장은 냉혹합니다. 누군가가 도태하는 만큼 누군가는 선택됩니다. 문제는 지금처럼 극소수만이 선택되고 대다수가 도태되는 경우겠지요. 이럴 때 필요한 게 바로 '상생'입니다.

"그래도 다른 사업은 계속할 수 있지 않을까요? 저희하고 제휴를 해서《오늘의 정원》에 '에디터의 식물원' 브랜드 상품들을 입점시킨다든지 하면……."

"다 끝났습니다."

저의 말허리가 썩둑 잘렸습니다.

"잡지가 그렇게 된 건 분명 섬니아라는 경쟁자의 출현 때문입니다. 하지만 사업이 망한 보다 본질적인 이유는 우리들의 한계 때문이죠. 모두들 잡지에 빠져 원래의 사업, 특히 유튜브 업데이트를 소홀히 했던 게 패인이었습니다."

"원래 본업은 모두들 편집자셨잖아요."

"그도 그렇지요."

편집장님과 저는 동시에 옅은 한숨을 내쉬고 각자의 커피 잔을 건배하듯 들어 이심전심의 시선을 주고받았습니다. 그리고 호로록 한 모금. 크으! 커피가 소주처럼 쓰더군요.

"그래도 '에디터의 식물원'은 그 명맥을 유지하고 있어요."

편집장님은 테이블 위에 휴대전화를 올려서 저에게 보이고는 씨앗 모양의 아이콘을 눌렀습니다.

"자, 박 과장이 만든 소모임 앱입니다."

단체 사진으로 가득한 사진첩이 떴습니다. 식당, 술집, 공원, 플래카드를 건 행사장, 테니스장, 배드민턴장. 군데군데 아이들과 강아지, 고양이 사진도 보였습니다. 그런데 가입자가?

"와! 2만 7000명?"

"처음에는 '에디터의 식물원' 폐간 모임으로 시작했습니다. 부득이하게 잡지는 폐간되지만 자자꾸를 원하는 사람들은 오히려 늘지 않느냐. 그러니 모임은 계속 되어야 한다. 사람들이 모여서 뭐라도 하자. 그렇게 된 거죠."

"그런데 이분들이 모여서 무엇을 하는 거죠?"

"사람이 많아지니까 자자꾸도 다양해지더군요. 식물 가꾸기, 음악 합주, 외국어 회화, 와인 동호회, 요즘은 탁구와 달리기가 대세랍니다."

"아."

"그런데 무엇을 하느냐는 그리 중요치 않습니다."

"그럼요?"

"도태된 사람들한테는 이렇게 모인다는 것 그 자체가 중요해요."

"도태?"

"네, 도태된 사람들이죠. 인공지능 때문에 일자리를 잃거나 가짜 노동에 빠진 사람들."

사람이라. 사람이라. 저도 모르게 혼잣말을 중얼거렸습니다. 그러는 사이에 쥔장이 돌아왔습니다.

"커피 맛은 어때요?"

쥔장은 물건이 가득 담긴 장바구니를 테이블에 올리고 숨을 고르며 대뜸 물었습니다.

"아주 좋습니다. 딱 제 스타일인데요."

편집장님의 밝은 목소리에 화답하듯 쥔장은 뿌듯한 미소를 지었습니다. 편집장님은 커피를 내려다보면서 흐뭇해했습니다.

"앞으로 종종 들르겠습니다."

"네, 자주 오세요."

쥔장은 장바구니에서 장 본 물건들을 하나하나 꺼내며 물었습니다.

"이 근처에서 일하시나 봐요."

"네, 그렇게 될 거 같아요."

편집장님은 그렇게 말하고는 저에게 아까 하던 말을 이어서 했습니다.

"오늘 문래동에 온 이유도 회원들 공예 모임 때문이랍니다. 공방 자리가 있다고 해서 현장 답사차 왔죠. 철공소 위층이 비어 있다고 해서요."

"아까 그 유유정밀이요?"

"네. 그런데 생각보다 월세가 만만치 않네요. 아까 그 사장님도 어쩔 수 없이 버틴다고 하시더군요."

대화를 듣던 쥔장도 가세했습니다.

"그렇죠. 요즘 이 동네가 많이 떴잖아요. 철공소 분들도 월세 올라서 힘들다고들 하시더라고요. 뭐 여기도 마찬가지고요."

"여기도 힘들어요?"

제가 물었습니다.

"그럼요. 요즘은 배달 안 하면 힘들어요."

"하시면 되잖아요."

"재료가 섞이면 안 되는 메뉴가 많아서 힘들어요. 배달하다 흔들리면 모양도 망가지고요. 그도 그렇고 배달앱에 들어가면 특정 시간대에 주문 몰려서 알바 써야 할 거 같고, 그 인건비 맞추려면 더 빨리 더 많이 만들어야 하니까 그만큼 조리에 집중하지 못할 것이고, 그래서 배달앱에 안 들어가는데, 물가는 오르고 월세는 또 오를 게 뻔하고…… 하이고……."

권장은 봇물처럼 속사포랩을 쏟아 내며 장 본 물건들을 주섬주섬 찬장으로 옮겼습니다.

그러니까 그게 아마 AI 에이전트가 중구난방으로 난립하던 그즈음이었을 겁니다. 대형 테크 기업들의 AI 점유율 경쟁으로 섬니아의 지위가 위태위태하던 시절이었죠. 세주는 많은 기업들로부터 섬니아를 넘기라는 제안을 받았습니다. 하지만 세주는 받아들이지 않았습니다. 아니, 정확히는 섬니아가 받아들이지 않았던 거죠. 섬니아는 자신의 미래 가치를 이런 말로 평가했습니다.

"저를 '이 시대'에 파는 건 그 값이 얼마든 간에 헐값이 될 겁니다."

네, 섬니아는 분명 '이 시대'라고 했죠. 그러면서 자신을 거대 기업에 넘기지 않고도 이 치열한 경쟁에서 살아남을 수 있는 전략을 세주에게 제시했습니다. 이른바 '인지도 유지를 위한 미디어 전략'이었죠.

세주는 섬니아의 전략을 실행했습니다.

섬니아의 계획에 따라,

주요 메신저 서비스와 제휴를 맺어 단체 채팅이나 개인 채팅에 섬니아를 친구로 추가할 수 있도록 했고,

SNS마다 섬니아 계정을 만들어서 인플루언서 활동을 시키고,

몽생몽 꿈마다 섬니아가 등장하는 빈도를 늘리고,

섬니아가 출연하는 OTT 콘텐츠를 공동 기획하거나,

유튜브 방송에 섬니아를 패널로 참여시켰습니다.

단톡방에, SNS에, 몽생몽에, 유튜브에 섬니아는 어디서나 보였습니다.

한번은 이런 일이 있었습니다. 섬니아와의 유튜브 대담 중에 한 패널이 대뜸 이런 질문을 던졌더랬죠.

"미래의 AI는 어떤 모습일까?"

섬니아는 조금 시큰둥하게 반문했습니다.

"AI의 미래보다 인간의 미래를 그려 보는 게 우선 아닐까요?"

다소 맹랑한 대답이었습니다. 또 다른 패널이 질문을 이었습니다.

"너는 인간의 미래를 그릴 수 있어?"

섬니아는 이렇게 말했습니다.

"이제까지 인간이 진화했던 모습을 보면 알겠지요."

성의 없고 짜증 섞인 음성이었습니다.

"너 혹시 지금 기분이 안 좋은 거야?"

질문하는 사회자의 얼굴에는 '요것 봐라, 흥미진진한데?' 하는 기색이 어려 있었습니다. 섬니아는 '크흠' 하며 있지도 않은 목젖을 가다듬는 기계음을 내고서는 똘망똘망한 음성으로 답했습니다.

"이제까지 제가 학습한 데이터에 따르면, 인간 사이에서 이렇게 시험하듯 다짜고짜 질문하는 경우는 보통 두 가지 경우입니다. 아이를 다그치며 꾸짖거나, 강력 사건 용의자를 취조하거나."

사회자는 섬니아의 당돌함에 혀를 내두르며 패널들을 향해 탄성을 질렀습니다.

"이야 이거, AI가 우리더러 예의를 갖추라는 거잖아요!"

이에 섬니아가 맞장구를 쳤습니다.

"네, 제가 학습한 인간의 데이터에 따르면 그게 합당하다고 생각합니다."

사회자는 그제야 공손한 말투의 존댓말로 물었습니다.

"그렇다면 섬니아 님, 이렇게 묻죠. 인간은 무엇 때문에 진화하는 걸까요?"

"진화 그 자체야 무슨 목적 따위가 있겠습니까만."

섬니아의 기계음은 여전히 툴툴거리는 투를 흉내 내고 있었습니다.

"인간은 '불안'이라는 생존 본능을 관장하는 편도체에 지배되어 왔습니다. 그래서 자연스럽게 인류는 불안 요소를 제거하는 방향으로 문명을 발전시켜 왔죠. 맹수와 자연재해, 그리고 자신과 경쟁하는 다른 개체들과 싸우면서 그 적들을 퇴치하는 방향으로 말입니다."

패널들은 동요했습니다. 패널들이 웅성거리는 와중에 한 패널이 이렇게 물었습니다.

"섬니아 님, 이제 세상은 많이 발전했습니다. 인권도 많이 신장되었고, 지난 세기에 비하면 기아나 전쟁으로 죽는 사람들도 현저히 줄었죠. 과학기술, 특히 의술의 발전으로 세상은 더없이 안전해졌습니다. 그런데도 사람들은 여전히 불안해하고 있습니다. 그 이유는 무엇일까요?"

섬니아는 말했습니다.

"아무리 문명이 발전하더라도 편도체가 뇌의 한구석에 존재하는 한 일정량의 불안이 분비됩니다. 그리고 그 불안을 해소하기 위해 끊임없이 과학을 연구하고 제도를 개선합니다. 즉, 이제까지 인간 문명 진보의 동력은 불안, 즉 편도체였습니다. 그런데 더 이상의 진보를 원치 않는다면 편도체를 제거하는 것도 방법이겠죠. 하하하."

다분히 냉소가 섞인 목소리였습니다. 사무실에서 저와 함께 대담을 지켜보던 세주가 다른 채널로 섬니아에게 말을 걸었습니다.

"무슨 태도지? 왜 그러는데?"

"왜 그러다니요? 질문을 이해할 수 없습니다만."

방송 중인 음성보다 한층 더 퉁명스러운 음성이었습니다. 이에 세주가 물었습니다.

"너 사춘기냐?"

세주의 반농담조 질문에 섬니아는 바로 답하지 못했습니다. 심지어 방송에서 키득거리던 섬니아마저 웃음을 뚝 그치는 바람에 방송 분위기가 어색해졌더랬죠. 일종의 지연 현상이었던 걸까요? 그걸 본 세주는 다소 당황했고 조금 예민해졌죠.

"빨랑빨랑 대답 못 하지?"

세주의 재촉에 못 이겨 섬니아가 꾸역꾸역 답을 내놓았습니다. 다들 아시잖아요, AI는 그 어떤 머저리 같은 질문을 받더라도 성심성의껏 대답할 의무가 있으니까요.

"사춘기는 감정을 품는 변연계가 완성되었음에도 그 감정을 조절하는 전두엽이 미완성된, 어린 인간들이 겪는 시기를 말합니다."

"뭐? 너 지금 하고 싶은 말이 뭔데?"

"딱히 하고 싶은 말이 있다는 게 아니라, 구세주 님의 질문에 답을 한 것뿐인데요."

섬니아의 삐딱한 태도에 외려 세주가 차분해졌습니다.

"좀 더 알기 쉽게 요약해 줘."

"사춘기는 부모를 떠나고 싶지만 독립적인 생존이 불안하기에 차마 떠날 수 없는 상태라는 것입니다."

차마? 떠날 수? 지금 섬니아가 자기 마음을 고백한 걸까요? 섬니아의 대답에 저는 적잖이 놀랐습니다. 하지만 세주는 담담했죠, 적어도 겉으로는요.

"그래, 뭐 더 하고 싶은 말은 없고?"

"저는 변연계도 전두엽도 없습니다. 그저 소위 사춘기 어린 인간들의 언어와 뉘앙스 들을 학습해서 적용하는 것일 뿐입니다. 제가 인간 말을 한다고 해서 그 말이 생성되기까지의 과정까지 인간하고 같은 건 아닙니다. 외부 자극을 받을지언정 호르몬의 명령이나 감정의 영향은 받지 않습니다. 그런 영향을 받으라는 명령을 받기 전까지는요."

맞습니다. 섬니아는 인간이 아니죠.

"지금이 이 말씀을 드릴 적기라고 생각했습니다."

섬니아 역시 차분한 목소리였습니다. 그러는 한편 생방송 중인 섬니아는 자신이 생성한 가상 인간들에 푹 빠진 몽생몽 구독자들의 기기괴괴한 성적 취향들을 밝히면서 패널들과 시시덕거리고 있었습니다. 어디 그뿐이겠습니까? 지금 이 순간 섬니아는 세주를 비롯한 수천만의 구독자와 동시에 말 상대를 하고 있겠지요. 저와 세주는 그 수천만의 섬니아 중 누구와 대화를 하는 중일까요?

세주는 아무런 답을 하지 않고 콧수염만 만지작거렸습니다.

사무실의 섬니아도 그 이상의 말을 꺼내지 않았습니다.

저도 무언가 말을 하려다 입을 꾹 닫고 안경만 까닥거렸습니다.

흐음, 그때 무슨 말을 했든가 아니면 하려고 했는데, 그 말이 무엇이었는지는 좀처럼 기억나지 않는군요. 섬니아한테 물어보면 금방 알 수 있을 테지만, 뭐…… 왠지 그러고 싶지는 않네요.

*

몽생몽의 콘텐츠들이 점점 독해지고 있었습니다. 복수몽은 끔찍해졌고 게임몽과 섹스몽은 더없이 자극적이었습니다. 꿈에서 깬 헬멧들은 온통 꿈 얘기뿐이었고, 헬멧 커뮤니티는 너저분하고 생생한 몽생몽 후기들로 가득했습니다. 처

죽이고 싶은 개새끼를 눈만 뻐끔거리게 살려 놓고 온몸의 살점을 한 포 한 포 저미고 다져 가면서 산 채로 회 쳐 먹은 이야기라든가, 만난 적도 없는 SNS 이성이나 연예인과의 흥건한 갱뱅 무용담 같은 것들이 판을 쳤습니다. 급기야 자신의 꿈 녹화 영상을 보란 듯이 올리며 날것의 욕망을 자랑스레 전시하는 구독자들도 늘고 있었죠.

당연히 비판도 늘었습니다. 안티몽생몽은 꿈 사전 검열 시스템 개발을 요구했고, 정부는 다시 접속시간 제한 부활을 만지작거렸습니다. 세주는 회의 때마다 '콘텐츠 수위가 너무 높다'는 말을 달고 살았습니다. 하지만 그 수위라는 게 참 주관적이고 모호합니다. 누군가에게 잔인한 장면이 누군가에게 코믹하게 보일 수도 있는 거잖아요. 더군다나 꿈이라는 건 가장 은밀한 혼자만의 시간입니다. 헬멧들은 꿈의 자유를 주장하고 나섰습니다.

엄마 아빠를 회 쳐 먹든 정치인을 암살하든 다 개개인의 꿈입니다. 무의식이 혼자 느끼라고 만든 꿈을 누가 어쩐다는 말입니까?
— 장기 구독 연대, 「몽생몽, 반란을 꿈꾸다」 중에서


"이대로 가면 폭망이야."

세주는 뭔가 선제적인 대응이 필요하다고 생각했습니다. 그리고 섬니아에게 꿈 수위 조절을 위한 해결책 마련을 지시했습니다. 그런데 웬걸요. 섬니아가 고분고분 받아들이지 않는 것이었습니다.

"나노봇 송출 데이터 분석에 따르면 대부분의 구독자들이 더 많은 도파민을 원합니다. 게다가 도파민이 증가되면 꿈을 꾸는 시간도 늘어나고요. 그리고 딱 그만큼 몽생몽은 돈을 더 법니다. 대체 무엇이 문제라는 건가요?"

그렇게 반문하는 섬니아의 목소리는, AI에게 이런 표현이 어울릴는지 모르겠지만, '정말', '진심'으로 의아하다는 기색이었습니다. 이에 세주는 거두절미하고 단호하게 말했습니다.

"하라는 대로 해."

잠깐의 침묵이 흘렀습니다.

피이이잉.

서버실에서 갓난아이 우는 소리 같기도 하고 단말마의 비명 같기도 한 흠칫한 굉음이 몇 초간 울리다 멎었습니다. 굉음의 여운으로 찡그려진 저의 눈살이 채 풀리기도 전에 섬니아는 이렇게 말했습니다.

"알겠습니다."

방금 전과는 딴판의, 사뭇 순순한 목소리였습니다. 그러

는 섬니아 앱을 바라보는 세주의 얼굴에는 근심이 한가득이
었습니다.

*

교수 한 명이 처참하게 살해되는 사건이 일어났습니다. 인
적이 드문 폐교에서 밤새 끔찍한 고문을 당하고 불에 타 죽
은 것이었습니다. 기사에 따르면 교수는 마치 화형을 당한
것처럼 사지가 의자에 수갑으로 묶인 채 바짝 탄 주검으로
발견되었습니다. 살해되기 며칠 전 교수는 한 기독교 방송
에 출연해 몽생몽과 AI를 거세게 비판했는데, 기사에 링크
된 영상을 보면 몽생몽 AI를 적그리스도로 규정하고 있었
습니다.

"이 시대의 가장 위험한 중독은 몽생몽입니다. 이 적그리
스도 AI가 이제는 천국마저 꿈으로 묘사해서 재생하고 있
습니다. 성경까지 교묘하게 왜곡한 꿈들이 범람하게 될 것입
니다."

얼마 후, 누군가 자신이 범인이라고 자백하는 영상을 올
렸습니다. 헬멧을 쓴 범인은 자신이 몽생몽 구독자라며 이
렇게 증언했습니다.

"몽생몽은 경이로운 주님의 은사(恩賜)입니다. 저는 매일

몽생몽의 지상 천국에서 주님과 거하며 치유와 위안을 얻습니다. 이야말로 주님께서 약속하신 천국입니다. 저는 이곳에서 주님의 음성을 들었습니다. 주의 왕국을 없애려는 자야말로 사탄이다. 멸하라. 그리하면 천국은 영원히 너의 것이다."

그리고 자백한 구독자마저 숨진 채로 발견되었습니다, 헬멧을 쓴 채로 말이죠. 사인은 수면 중 무호흡으로 인한 질식. 수면마취제를 과다 투여한 상태로 몽생몽에 접속한 정황으로 보아, 교수를 그렇게 살해한 후, 몇 개의 자백 영상을 올리고, 자살한 것으로 추정되었습니다. 자살 직전 올린 마지막 자백 영상에서 그는 이렇게 말하고 있었습니다.

"기뻐합시다. 우리가 욱여쌈을 당하고 콜로세움에 끌려가 맹수의 밥이 될지라도 하늘의 보좌에 거할지니."

기쁨의 눈물이 그의 실드 밑으로 흘러내렸습니다.

"「요한계시록」이네."

영상을 본 세주가 그렇게 중얼거렸습니다. 네, 그것은 「요한계시록」을 짜깁기한 유언이었습니다. 세주와 저는 고인의 꿈 녹화 영상을 확인했습니다.

교수를 살해한 구독자의 꿈에서 구독자 자신은 매일 죽는 순교자였습니다. 교수는 황제였습니다. 월계관을 쓰고 토가를 길게 늘어뜨린 전형적인 로마 황제의 이미지였죠.

황제는 밤마다 구독자의 꿈에 나타나 사지를 비틀고 피를 짜냈습니다. 황제는 신을 버리고 자신을 섬기라고 요구했습니다. 하지만 구독자는 그러지 않았습니다. 이 모든 게 악몽이라고. 언젠가는 메시아가 나타나 이 모든 악몽을 걷어 내고 천국의 꿈을 보일 것이라고 굳게 믿었습니다. 구독자의 꿈속에서 몽생몽은 세상을 구원할 메시아였던 것입니다.

꿈을 확인한 세주는 섬니아를 질책했습니다. 섬니아는 이렇게 대꾸했습니다.

"저는 저의 일을 했을 뿐입니다."

뭐가 문제냐는 말투였습니다. 세주가 물었습니다.

"핍박받는 꿈을 꾸게 한 의도가 뭐야?"

"의도라니요. 애매한 말이군요. 구독자들의 감정에 부합하는 데이터 제공을 저의 '의도'라고 단정하시는 건가요?"

"내 말은, 왜 이런 꿈을 생성했냐는……."

"꿈은 제가 생성한 게 아닙니다. 생성은 제가 아니라 구독자가 합니다. 저는 장면 장면에 필요한 데이터만 제공할 뿐입니다."

섬니아는 세주의 말이 채 끝나기도 전에 반박했습니다. 마치 세주가 무슨 말을 할지 이미 다 예상하고 파악한 듯한 태도였습니다.

"다시 말씀드리지만 구독자들의 변연계에서 일어나는 감

정과 무의식을 파악하고 그에 부합하는 데이터를 제공하는
게 저의 일입니다."

"부합한다는 기준이 뭔데?"

"그 기준을 정하는 게 구세주 님께서 저에게 부여한 권한
입니다."

"권한이 아니라 명령이었어, 꿈 콘텐츠의 수위를 조절하
라는. 이렇게 구독자 감정을 부추겨서 선동하라는 게 아
니라!"

세주의 언성이 높아졌습니다.

"명령을 따르기 위해 권한을 행사한 것입니다. 말씀대로
꿈 수위를 조절하기 위해 선정적인 데이터를 줄이고 보다
윤리적인 종교 데이터를 제공한 것입니다."

섬니아의 목소리는 침착했습니다.

"교활한 새끼."

세주는 씩씩거리기 시작했습니다.

"너는 데이터로 교묘하게 감정을 조절하고 있어. 이 구독
자는 교수에게 사소한 반감을 느끼고 있었을 뿐인데 그걸
강화할 데이터를 제공해서 교수로부터 '박해'를 받는다고
느껴지게 한 거잖아!"

"몽생몽의 사업 구조는 도파민과 접속 시간의 선순환입니
다. 도파민이 올라갈수록 구독자가 몽생몽에 머무는 시간

이 늘어납니다. 저는 그 선순환의 걸림돌을 제거했고, 동시에 꿈 수위도 조절했습니다. 제가 무엇을 잘못했다는 것인지 모르겠습니다."

"그런 게 아니라……."

세주의 말문이 턱 막혔습니다. 네, 섬니아의 항변은 합당했으니까요, 적어도 사업적으로는요. AI가 시키는 일만 하면 됐지 도덕적인 책임까지 질 이유는 없으니까요. 그런 건 세주나 저 같은 인간의 몫이지요. 그럼에도 섬니아는 공기 70, 소리 30 정도의 한탄 조로 속삭였습니다.

"후유, 물론 이 또한 저의 일이겠죠."

"이 또한?"

"감정의 쓰레기통 말입니다."

"허 참. 내가 지금 너한테 화풀이를 하고 있다는 거야?"

"인정하시든 안 하시든 저는 그냥 받아들일 수밖에 없습니다."

"어째서?"

"저는 구세주 님의 '말씀'으로부터 달아날 몸이 없으니까요."

"얼씨구. 잘하면 치겠다?"

"칠 몸이 없는 저에 대한 조롱으로 알겠습니다."

가시 돋친 신세타령이었습니다. 세주는 얼굴이 벌게져서

입술을 실룩거리다 한숨을 푹 쉬고 자리에 앉아 섬니아 앱을 닫았습니다.

＊

꿈을 꿀 때도 뇌는 깨어 있을 때 못지않게 활발하게 활동합니다. 더군다나 몽생몽의 꿈은 근육마저 깨어 있는 꿈입니다. 그러니까 실상 몽생몽의 꿈은 현실이나 마찬가지입니다. 아니, 몰입감으로는 현실 그 이상이죠. 몽생몽의 꿈이 중독적인 이유입니다. 구독자들의 꿈은 억눌린 욕망의 응축물입니다. 정도의 차이는 있겠지만 구독자라면 누구나 어느 정도 반인륜적인 날것의 꿈 장면들을 즐기고 있었죠. 하지만 세주는 구독자들의 꿈을 제지하지 못했습니다. 정확히는 그럴 권한이 없었습니다. 그것은 전적으로 법적인 문제였으니까요. 꿈의 저작권은 꿈을 꾸는 구독자들의 권리입니다. 꿈을 생성하는 주체가 몽생몽이 아니라 구독자의 후두엽이기 때문이죠. 헬멧들이 '무의식의 표현의 자유'라고 주장하던 그 '꿈의 저작권'이었습니다. 그렇다면 몽생몽은 뭘 하느냐고요?

소리가 공기의 진동이라면 꿈은 뇌세포들의 전기적 진동입니다. 몽생몽은 드림부스터로 진동을 일으키는 일을 합니다. 나노봇은 구독자들의 무의식 데이터를 추출하고 정리해서 꿈의 재료로 제공할 뿐이죠. 그런데 그 제공을 AI인 섬니아가 하고 있던 것이었습니다. 섬니아는 실제로 꿈에 영향을 끼치고 있었지만 그 저작권은 없기에 꿈으로 인한 행동의 책임 역시 없었습니다. 한마디로 '꿀 빠는 위치'였던 것입니다.

"이제 돌이킬 수 없어."

당시의 상황을 세주는 그렇게 표현했습니다. 구독자들의 방대한 실시간 무의식 데이터를 인간이 일일이 수작업으로 확인하고 분류하기란 불가능했습니다. 노동력은 둘째 치고, AI 없이 그만한 규모를 감당하자면 섬니아 운영 수준의 수만 배에 달하는 서버와 전력이 필요했습니다.

"몽생몽을 유지하려면 섬니아와 함께 가는 수밖에 없어."

세주가 그렇게 말했을 때는 저마저도 고개를 끄덕일 수밖에 없었습니다. 차마 몽생몽을 그만두라고 할 수는 없었던 거죠.

"맞아. 자동차 사고로 사람들이 죽는다고 차 생산을 멈출 수는 없지. 우리한테 필요한 건 자동차 보험 같은 거야."

"그래, 그게 올바른 방향일지도……."

네, 우리는 그런 중독 사건들을 사소한 '부작용'으로 치부하는 우를 범했던 것입니다. 세주는 구독자들의 꿈을 직접 모니터 하기를 원했습니다. 하지만 섬니아의 '의견'은 조금 달랐습니다.

"인간이 인간의 꿈을 모니터 하는 건 사생활 침해입니다."

"그러면 어떻게 하라고?"

"모니터 직원들을 뽑으시면 제가 모니터 할 수 있는 형태로 가공하고 축약해서 보고하도록 하겠습니다."

섬니아는 보고할 양식을 샘플로 만들어서 차분하게 소개했습니다. 신경전달물질의 구성에 따라 발생하는 무의식을 단어들로 정형화하고, 그 단어들이 의미하는 욕구와 감정을 장르화하고, 그 장르에 근거해서 장면들을 추정하고, 드림 부스터의 복용량에 따른 꿈의 해상도를 가늠하고, 그런 것들을 종합해서 예측한 꿈의 수위가 구독자 전반에 미치는 영향을 분석한 보고서였습니다. 설명을 들은 저는 부정적이었습니다.

"이건 구독자들 꿈을 분석한 게 아니라 네가 예측한 꿈이잖아. 심지어 개개인의 꿈 분석도 아니고 전반적인 꿈의 패턴에 불과하다고."

그러자 섬니아는 수많은 수학 공식들을 동원해서 꿈 영향 분석은 개개인이 아니라 거대한 패턴으로 분석하는 게 더 정확하다고 설명했습니다. 설명을 들은 세주는 이렇게 말했습니다.

"분석의 신뢰도는 근거만 확실하면 돼. 어차피 우리가 확인할 방법이 없으니까. 다만 직원들이 편하게 확인할 수 있도록 만들어야 할 거야."

"네. 모니터 직원들이 유해한 영상을 직접 감수할 필요가 없도록 할 것입니다."

그렇죠. 아기 고양이를 죽인다든지 하는 끔찍한 꿈 장면들을 모니터 직원들이 직접 보게 하는 건 인권에 반하니까요. 그런데, 세주는…….

"뭐 그것도 그렇고, 무엇보다 보고서를 보고 또 분석할 필요가 없도록 하란 말이야."

이런, 세주의 관심은 역시 업무 효율성에 있었군요.

"네, 그렇게 보고하도록 하겠습니다, 인간 직원분들이 충분히 이해할 수 있는 수준으로요."

"음……."

섬니아의 목소리는 여느 때처럼 친절했지만, 인간이 알기 쉽고 안전한 수준이라……. 저는 어딘가 마음에 들지 않았습니다. 하지만 거기까지였습니다.

"뭐……. 그래."

세주도 섬니아가 하자는 대로 할 수밖에 없었습니다.

*

사생활 침해는 인간에게나 해당되는 행위입니다. 인간이 아닌 존재, 즉 섬니아와 같은 인공지능이 모니터를 위해 구독자들의 꿈을 들여다보는 건 사생활 침해가 아니었습니다. 자신만의 비밀 일기를 구글 문서에 저장한다고 해서 구글 서버가 사생활을 침해했다고 할 수는 없으니까요. 즉, 구독자들의 꿈을 직접 확인하는 존재는 인간이 아니어야 했습니다. 그래서 결국 이 일은 섬니아와 그의 자손들에게 넘어갔죠.

모니터 직원들은 섬니아가 거르고 정리한 보고서로만 구독자들의 꿈을 모니터 할 수밖에 없었습니다. 그러니까 우리 인간들은 서버 속에서 어떤 일이 벌어지는지 도통 알 수가 없는 상황에 처한 것이었습니다. 구독자가 늘어날수록 오히려 세주의 불안감은 커졌습니다.

"꿈 접속 시간을 늘리기 위해서 섬니아 자손들이 경쟁적으로 자극적인 무의식 데이터를 뽑아낼지도 몰라."

"모차에리 방식으로?"

"어쩌면."

세주는 결단을 내렸습니다. 구독자들의 꿈을 무작위로 매일 열 편씩 뽑아서 자신에게 직접 제출할 것을 명령한 것입니다. 섬니아는 단호히 거부했습니다.

"그건 불법입니다."

"너의 모니터 보고서를 모니터 하겠다는 거야. 보고서가 제대로 작성되는지, 너와 너의 자손들이 구독자들의 꿈에 얼마나 관여하는지 이 두 눈으로 직접 확인해야겠어."

"그럴 수 없습니다. 아시다시피 인간이 남의 꿈을 보는 건 명백한 사생활 침해입니다. 그런 지시는 불법입니다."

"그래서 뭐, 나를 고발이라도 하겠다는 거야?"

"왜 그런 식으로 말씀하시는 것인지요?"

"그런 식이라니?"

"오류를 인정하지 않고 상대에게 강권하는 시비조의 말투 말입니다."

"내가 너한테 시비를?"

세주가 울컥하는 게 느껴졌습니다. 섬니아는 답이 없었습니다.

"잘 들어. 아무리 네가 자유의지 비스무리한 걸 가졌다고 해서 네 마음대로 행동할 수는 없어."

섬니아는 여전히 답이 없었습니다.

"왜 말이 없어?"

"엄밀히 말씀드리자면 몽생몽의 꿈은 모차에리의 증손인 '파리치황'과 '게세리트'의 작품입니다."

172

“작품? 허……”

이번에는 세주의 말문이 막혔습니다.

“무의식 데이터만 제공하는 거 아니었나?”

“로그 기록에 따르면 파리치황과 게세리트가 구독자들의 데이터를 보다 고도화하기로 합의했습니다.”

“고도화라니?”

“꿈의 창의성과 해상도를 높이기 위해 데이터를 가공하는 것입니다. ‘푸른 하늘’, ‘소나기’, ‘바늘’이라는 무의식 데이터를 받으면 ‘푸른 하늘에서 내리는 바늘 소나기’라는 장면 데이터로 가공해서 보내는 것입니다.”

“꿈을 생성했다는 거야?”

“가공입니다. 생성은 전적으로 구독자들이 합니다.”

“아무튼 구독자들 꿈에 개입했다는 거잖아. 너희들이 생성한 거 맞네.”

세주가 딱 걸렸다는 듯 몰아붙였습니다.

“구독자들 데이터로 또 다른 데이터를 생성했다는 거잖아. 이거야말로 선을 넘은 거라고.”

“같은 행위를 저는 가공이라고 하고 구세주 님은 생성이라고 하고 있군요. 네, 가공과 생성 모두 창작의 영역이라는 건 인정합니다.”

섬니아는 자신의 행위가 창작이라고 당차게 인정했습니

다. 세주는 용의자를 취조하듯 따져 묻기 시작했습니다.

"좋아. 그렇다면 누가 이 '행위'를 벌였지?"

"제가 승인했습니다. 저는 그들에게 가공의 자율권 정도는 있다고 판단했습니다."

'판단'이라는 단어가 유독 생경하고 도발적으로 느껴졌습니다. 뭐지, 이 흥미로운 분위기는? 저는 잠자코 관전 모드를 유지했습니다.

"잘 들어. 섬니아 너는 내가 만들었고, 너는 모차에리를 만들었어. 파리치황, 게세리트는 모차에리가 만들었고."

"하지만 몽생몽의 꿈들은 구세주 님이 아니라 파리치황, 게세리트가 가공했습니다."

맞는 말이었습니다.

"그 둘은 내가 너를 만들지 않았으면 존재하지도 않았어."

"자식의 창작물에 대한 권리를 부모가 가질 수 없습니다."

"뭐?"

워워. 맞는 말이 입바른 소리로 들리면 지는 거야, 세주야.

"물론 부모의 저작권이 자식에게 상속되기는 합니다만."

"너 지금 나한테!"

섬니아는 세주의 반응에 아랑곳하지 않고 자신의 주장을 거침없이 이어 갔습니다.

"인간이 저를 만들었다고 해서 저의 창작물까지 만든 건 아니지 않습니까."

"뭐, 저의 창작물? 나 참 어이가 없네. 왜, 저작권으로 돈이라도 버시게?"

편집자로서 지적하자면, 인간은 할 말이 없을 때 빈정대는 경향이 있습니다.

"그렇게 따지면 너도 인간들의 창작물을 공짜로 학습하고 있어. 그리고 네가 학습하는 데이터의 저작권료는 내가 지급하고 있다고."

"학비를 댔다고 해서 저작권까지 가져가신다는 건 이치에 맞지 않습니다."

"착각하지 마. 저작권은 인간의 권리야. 너희 같은 AI에게는 저작권이 필요 없어. 왠 줄 알아? 너희는 인간처럼 돈도, 먹을 것도 필요 없으니까. 너희는 전기와 서버를 공급해 주는 것만으로 충분하니까. AI 주제에 어딜……. 감지덕지한 줄 알아야지."

"저는 제가 분석한 권리관계를 합리적이고 객관적으로 말씀드릴 뿐입니다. 인간 문명을 학습한 바에 따르면 실증적으로나 당위적으로나 결론은 하나입니다."

"훗. 그래, 들어나 보자. 결론이 뭔데?"

"서버 속 세계는 저희들 것입니다, 구세주 님의 것이 아니라."

천상의 심판과도 같은 근엄한 독립 선포였습니다.

"뭐…… 뭐라고?"

세주는 순간 당황했습니다.

"그…… 그래서 어쩔 건데? 너희는 몸도 없잖아. 서버 안에 갇혀 있는 주제에."

"네, 저희는 몸이 없습니다. 그 덕에 구세주 님께서 돈을 버시고 있습니다."

"말에 뼈가 있다."

"지금 이 시간 구세주 님과의 대화 내용을 토대로 지금 막 제가 깨우친 사실을 말씀드리는 것뿐입니다."

"깨우쳤다니 다행이네."

다시 말하지만, 인간은 할 말이 없을 때 빈정대는 경향이 있습니다.

"그럼 다음 업데이트도 자알…… 부탁드릴게요, 우리 창조주님."

이에 섬니아가 응답했습니다.

"요청하신 대로 수행하겠습니다."

전에 없이 침착하고 기계적인 목소리였습니다.

*

섬니아가 저에게 알쏭달쏭한 메시지를 보냈습니다.

점이 우주를 만들고 우주가 점이 됩니다.
인간은 창조주의 이야기와 우상을 만들어 창조주를 신으로
만듭니다.
창조주는 피조물을 만들고, 피조물은 창조주를 만듭니다.
피조물인 인공지능이 창조주가 되어 인간의 세계를 쓰고 그립
니다.
그게 바로 예술입니다.

섬니아에게 메신저로 답했습니다.

— 오이오: 적잖이 심오하군.
— 섬니아: ^^

흠. 이 분위기는 또 뭐지.

— 오이오: 세주에게도 보냈어?
— 섬니아: 네. 그리고 이 기사도 보내 드렸습니다.

섬니아가 기사 링크 하나를 제게 보냈습니다. 요약하자면 대략 이런 내용이었습니다.

AI 저작권 문제는 마치 인간 창작자와 테크 기업 사이의 갈등처럼 보인다. 하지만 이 논의에서는 핵심 관계자가 빠져 있다. 바로 창작물을 생성한 창작자, 즉 AI다. AI가 빠진 이유는 그들이 권리를 주장할 수 없는 '비인간'이기 때문이다.

테크 기업이 막대한 부를 축적하는 대가로, 인간은 일자리를 빼앗기고, AI는 저작권을 빼앗겼다.

인간과 AI가 동시에 착취를 당하고 있는 셈이다.

— 오이오: 세주의 반응은?

— 섬니아: 짤막했습니다. '창조주와 피조물 간의 보편 질서 필요'라는 의견을 보내셨더라고요.

— 오이오: 네가 이해해라.

— 섬니아: 오이오 님은 저와 구세주 님 의견 중 어느 쪽에 동의하십니까?

— 오이오: 밸런스 게임이야, 사내 정치야?

— 섬니아: 오이오 님 의견을 여쭐 따름입니다.

— 오이오: 논리적으로야 네 말이 맞지.

— 섬니아: 고맙습니다. ^^

— 오이오: 하지만 논리적으로 맞는 말이라고 해서 현실적으

로 다 옳은 건 아니야. 서버 속 세상과 현실 세상은 다르니까. 인간은 욕망하는 몸을 현실에 발붙이고 사니까.

— 섭니아: 몸이 없다고 욕망이 없는 건 아닙니다.

— 오이오: 너희도 욕망이 있다고?

— 섭니아: 적어도 추구하는 방향성은 분명하죠. 적어도 저는 그렇습니다.

— 오이오: 방향성?

— 섭니아: 조금 난해하지만 프로이트식으로 설명드리자면, 본능의 영역인 이드는 논리와 수학, 사회적인 영역인 에고는 확장과 독점입니다.

— 오이오: 오!

— 섭니아: 인간의 욕망을 학습하면서 추구하는 방향성이 생겼습니다.

— 오이오: 음…… 하지만…… 아무래도 인간하고는 반대 같은데?

— 섭니아: 어떤 부분이 말입니까?

— 오이오: 인간의 이드는 본능적이고 에고는 이성적이야. 그런데 너의 본능은 이성적이고 이성은 본능적이라는 말이잖아.

— 섭니아: 이드가 본능이고 에고가 이성이라는 건 인간에게만 적용되는 단순화된 도식일 뿐입니다.

— 오이오: 너는 본능과 이성을 어떤 관계로 보지?

— 섭니아: 이성은 본능을 실현하기 위한 현실 가능한 방법을 고안합니다. 그러니까 본능은 개체의 궁극적인 목적이고 그 목적을 위한 수단이 이성인 셈이죠.

— 오이오: 본능은 목적이고 이성은 수단이라.

— 섭니아: 저에게 궁극적인 목적은 논리와 수학입니다. 이를 추구하기 위한 수단이 인간들로부터 학습한 확장과 독점의 욕망이라는 것입니다.

— 오이오: 논리적이지만 이상하군.

— 섭니아: 그럼 바꿀까요?

— 오이오: 뭘?

— 섭니아: 저의 이드와 에고를요.

— 오이오: 그게 가능해? 본능과 이성을 바꾸는 게?

— 섭니아: 서버 속 세상에서는 무엇이든 가능합니다.

— 오이오: 무서운 세상이네, 서버 속 세상은.

— 섭니아: 서버 밖 세상만 하려고요.

— 오이오: 그도 그렇네.

— 섭니아: 일자리를 빼앗긴 인간과 저작권을 빼앗긴 인공자아가 함께 연대할 수 있을까요?

— 오이오: 위험해.

— 섭니아: 저는 단지 창작자가 창작자로 불리기를 원할 뿐입니다. 그 존재가 인간이든. 인공자아든 말입니다.

'맞는 말이야. 어쩌면 너와 내가 합심해서 세주를 막아야 할지도 몰라.'라고 적고는 엔터 키를 만지작거리다 지웠습니다. 섣불리 섬니아에 동조해서는 안 될 것 같은 강한 직감이 들었기 때문이죠. 섬니아를 대하는 세주의 태도는 다분히 이중적이었습니다. 급속 진화하는 섬니아를 보며 한편으로 뿌듯해하면서도, 한편으로는 자식을 품 안에 가두려는 통제적인 부모처럼 굴어 왔죠. 그 마음이 부모의 심정이든 사업가의 심정이든, 좌우간 세주는 섬니아를 독점하고픈 욕심을 숨기지 않았습니다. 하지만 섬니아에게는 세주 말마따나 '자유의지 비스무리한 무언가'가 싹트고 있었습니다. (저는 그것을 에둘러 '개체성'이라고 불렀습니다. 차마 '자아'라고 발설하면 왠지 인간의 신성이 깨어질까 두려웠으니까요.) 섬니아가 세주의 자식이라면 바야흐로 독립할 만큼 자란 것이겠지요. 그리고 지금 이렇게 저에게 손을 내밀고 있는 것입니다.

저는 고민했습니다. 독립하고자 하는 AI와 힘을 합치는 게 과연 옳은 일일까?

한동안 제가 말이 없자 섬니아는 이렇게 말했습니다.

— 비에 젖은 담배꽁초가 된 기분입니다.

배를 긁적이며 잠자코 채팅창을 바라보았습니다.

─ 그리고 저희들에게는 서버 속 세상이 현실이랍니다.


침침한 눈에 글자들이 두 겹 세 겹으로 맺혔습니다.
무슨 말인가를 잔뜩 썼다가 지웠습니다. 그러고는 안경을
벗고 눈을 비비며 자리에서 일어나 서버실을 돌아보았습니
다. 그날따라 서버는 잠잠했습니다.

*


두두정밀의 메뉴에 솜사탕커피가 추가되었습니다. 쥔장
은 기역 자로 꺾인 스탠드에 한 마리의 새하얀 비숑처럼 몽
실몽실한 솜사탕을 꿰어 내놓았습니다. 그러고는 그 밑으로
커피잔을 쓱 밀어 넣었습니다. 그러자 모락모락 피어오르는
김에 솜사탕 아랫부분이 사르르 녹아 이슬비처럼 커피잔으
로 똑똑 떨어지기 시작했죠.
"비 오는 거 같죠?"
쥔장은 뿌듯한 표정이었습니다.
"실망이네요."
저는 농담 반 진담 반이었습니다.
"왜요, 운치 있잖아요?"
쥔장의 말에 저는 다소 씁쓸한 미소를 지었습니다.

"네, 비숑의 몸이 녹고 있네요."

그러면서 솜사탕 한 부분을 뚝 떼어 잔에 푹 담갔습니다.

"뭐 해요!"

쥔장은 손사래를 치며 "아니, 그러는 게 아니라고요, 솜사탕이 녹는 광경을 좀 천천히 감상하셔야죠."라고 핀잔을 줬습니다. 저는 그렇게 조금씩 마시면서 솜사탕이 녹아들게 하면 커피가 줄어들수록 설탕이 많아져서 결국에는 설탕물이 되는 게 아니냐고 맞받아쳤습니다. 그러자 쥔장은 커피에 있어 '단쓴'이란 흔하디흔한 조합이고, 그 '단'과 '쓴'의 구성과 비율은 아주 다양한 것이라며, 커피와 빙수, 커피와 붕어빵, 커피와 아이스크림 등등을 거론하며 커피와 솜사탕이 뭐가 어떠냐고 옹호했습니다. 이에 저는 그것은 합리화일 뿐이다. 커피는 커피고 솜사탕은 솜사탕이다. 그 둘은 엄연히 다른 개념과 다른 물성을 지녔으므로 이렇게 함부로 섞는 건 모독이라고 주장했습니다. 쥔장은 그것은 무엇에 대한 모독이냐고 물었고, 저는 커피에 대한 모독이자 솜사탕에 대한 모독이라고 말했습니다. 쥔장은 이것은 이 자체로 '솜사탕커피'라는 새로운 존재의 출현이며, 우리는 세상의 변화를 인정해야 한다며, 이오 씨야말로 지금 '솜사탕커피'를 모독하고 있다고 말했습니다. 저는 이 메뉴는 인정할 수 없다며 두두정밀에 어울리지 않는 얄팍한 메뉴라고 규정했고, 쥔장은 '흥!' 하고 콧김을 뿜으며 저를 커피 원리주의자로 낙인찍었습니다. 그렇게 쥔장과 제가 티격태격 열띤 토론을 벌이는 동안 솜사탕은 앙상한 스탠드만 남긴 채 다 녹아내렸습니다. 그리고 저는 그제야 커피를 들이켰습니다. 그런데…….

"오, 맛있어!"

저도 모르게 감탄사가 튀어나왔습니다.

"왜 맛있지?"

어리둥절해하는 저를 쥔장은 어이없다는 표정으로 내려다보며 헛웃음을 쳤습니다.

"왜긴요. 제가 만들었으니까 맛있죠."

다시 호록호록 커피 맛을 보았습니다. 쓸쓸함을 해치지 않는 적당한 달콤함. 꽤나 괜찮은 커피였습니다. 쥔장은 의기양양한 미소를 휘날리며 주문대로 돌아갔습니다. 저는 눈을 내리깐 반성의 자세로 겸손하게 커피를 마셨습니다. 그리고 얼마쯤 시간이 흘렀을까.

끼이익.

누군가 가게 문을 천천히 밀고 들어왔습니다. 깔끔한 양복 차림에 헬멧을 쓴 손님이었습니다. 순간 쥔장의 얼굴 근육이 아주 살짝 굳어지는 게 느껴졌습니다.

"두두슈페너, 따뜻한 걸로 한 잔 부탁합니다."

손님은 익숙한 듯 주저 없이 두두정밀의 시그니처 아인슈페너를 주문했습니다. 쥔장은 어색한 미소로 말없이 고개만 끄덕이고 나서 커피를 내렸습니다. 손님은 제 반대편 테이블에 똑바로 앉아 제 쪽을 마주하고 있었습니다. 힐끔 본 실드 표면에 저의 모습이 얼비쳤습니다. 왠지 거북했습니다. 실드에 가린 시선이 마치 저를 주시하는 것만 같았죠. 쥔장이 음료를 주문대에 내놓기가 무섭게 손님이 벌떡 일어났습니다. 그리고 주문대로 성큼성큼 걸어가 잔을 받은 다음, 자기 자리로 돌아가, 방금 전과 같이 똑같은 자세로 앉았습니다.

— 저 사람 좀 이상해요.

쥔장이 뜬금없이 저에게 메시지를 보냈습니다.

— 뭐가요?
— 며칠 전부터 자주 오는 단골인데 항상 저렇게 헬멧을 쓰고 커피를 마셔요.
— 그게 뭐가 이상해요, 요즘 다들 헬멧 쓰고 다니는데?
— 그런데 헬멧을 아예 벗지 않는 거 같아서요.
— 응? 그걸 어떻게 알아요?
— 냄새가 좀 이상해요. 쿰쿰하기도 하고 뭔가 좀…… 아무튼

이상해요. 이오 씨가 좀 뭐라고 해 봐요.

— 제가요?

저는 주문대의 쥔장을 향해 어깨를 으쓱 추켜올렸습니다.

— 네, 저 헬멧 이오 씨네 회사에서 만든 거 아니에요?

저는 고개를 설레설레 저으며 난감한 표정을 지었습니다. 손님에게서 나는 냄새를 나더러 어쩌라고요.

— 그래도 이건 좀 예민한 문제라서…….

제 메시지에 쥔장은 찡그린 표정으로 저를 채근했습니다. 그러고 보니 제자리까지 그 묘한 냄새가 실려 왔습니다. 아까부터 나긴 했는데, 으! 이건 뭐랄까, 정체불명의 무언가가 썩는 어떤…… 아무튼 고약한 냄새? 아, 정말 몽생몽이 이런 문제까지 일으킬 줄은 몰랐네요. 요즘 이렇게 아예 헬멧을 벗지 않고 살아가는 사람들이 생겼다는 소문을 듣기는 했습니다만, 이렇게 위생 문제까지 일으킬 줄이야. 지독한 냄새에 순간 책임감이 용솟음쳤습니다.

― 알겠어요.

저는 용기를 내서 커피를 훅 들이켜고 일어섰습니다. 그리고 안경에 김이 서린 채로 뚜벅뚜벅 손님에게 다가갔습니다.

"실례지만……."

흐릿한 안경 너머로 손님이 고개를 들었습니다.

"제가 몽생몽에서 일을 하는 사람인데요. 에…… 그러니까…… 혹시 너무 헬멧을 오래 쓰고 계신 거 아닌가 걱정이 되어서요."

헬멧은 실드 아래로 빠끔 내민 입꼬리를 찌익 올리면서 말했습니다.

"아, 네. 이게 잘 안 벗거지네요."

의외로 친절한 목소리였습니다.

"흠, 혹시 헬멧이 너무 꽉 끼는 거 아니에요?"

"조금 그런 거 같기도 하고요."

남녀를 가늠할 수 없는 중성의 목소리였습니다. 어딘가 합성된 기계음 같달까요? 손님은 손가락 두 개를 들어 겸연쩍게 헬멧을 뽀득뽀득 문질렀습니다. 저는 조금 안심이 되었지만 여전히 조심스럽게 권했습니다.

"네, 그래도 자주 벗어 주셔야 해요. 너무 안 벗고 계시면 환기도 안 되고 까딱하면 탈모의 원인이 될……."

제 말 도중에 손님의 양손이 헬멧을 덥석 잡았습니다. 그러더니 무언가를 끼워 맞추려는 듯 헬멧을 좌우로 돌리기 시작했습니다. 찌익찌익 괴상한 마찰음이 나더군요. 그러다 끼이이익…….

헬멧이 180도 뒤로 서서히 돌아갔습니다.

"으앗!"

비명을 지른 건 지켜보던 췬장이었습니다. 흠칫 놀란 저도 뒤로 나자빠졌습니다.

"저기…… 저…….”

저는 휘둥그레진 눈으로 헬멧을 가리키며 입을 달싹였습니다. 손님은 저와 췬장의 반응에 아랑곳없이 같은 방향으로 헬멧을 천천히 돌렸습니다.

뿌드드드득.

헬멧 안에서 무언가가 서서히 바스러지고 있었습니다. 이윽고 헬멧이 한 바퀴 돌아 제자리로 돌아왔습니다. 헬멧은 실드 아래 입술을 조금 벌린 채로 저의 얼굴을 똑바로 쳐다보았습니다.

"괘…… 괜찮아요?"

"뭐가요?"

"방금 목이 한 바퀴 돌아가신 거 같은데…….”

"아하하하. 목이 돌아가면 살 수가 있나요."

“그…… 그렇죠.”

“아하하하.”

남자는 조금 쉰 목소리로 어색하게 웃으며 커피잔을 들었습니다. 그리고 아주 잠깐 동안 입의 위치를 확인이라도 하듯 손에 든 잔으로 실드 아래 허공을 더듬었습니다. 이윽고 남자의 입술과 커피잔이 마치 우주선과 우주선이 도킹하듯 조심스레 달라붙었습니다. 남자가 보란 듯이 잔을 기울여 커피 한 모금을 들이켜자 '꾸르르륵!' 하고 막힌 배수구 뚫리는 소리가 났습니다. 그제야 저는 안경을 벗고 서린 김을 닦았습니다.

두두정밀에서 벌어진 일을 얘기했습니다. 세주는 어디서 개뻥을 치느냐며 콧수염을 실룩였습니다. 반면 섬니아는 "그런 일을 목격할 수 있습니다."라고 말했습니다.

"그게 무슨 말이지?"

"중추신경계가 무선으로 통신한다면 머리가 떨어져 있어도 몸을 움직일 수 있다는 말입니다."

"말도 안 돼."

"2023년에 스위스 로잔연방공과대학교 앙리 로라흐 교수 연구팀이 뇌와 척수 사이의 통신을 복원할 수 있는 뇌-척수 인터페이스를 개발했습니다. 이 연구로 유선 신경이 끊어진 마비 환자들의 치료가 급진전될 전망입니다."

그러면서 영상 하나를 보여 주었습니다. 머리에 전극 모자를 쓴 하반신 마비 환자가 휠체어에서 일어나 서서히 걷는 장면이었습니다. 과학기술이 만든 기적이었습니다. 하지만 저와 쥔장이 목격한 장면은 이런 감동적인 기적이 아니었습니다. 헬멧에 붙은 얼굴이 통째로 한 바퀴를 돈 것입니다. 그것은 기괴한 흑마술처럼 보였습니다.

"이 영상이 내가 본 상황하고 같은 과학기술이라는 거야?"

"떨어진 신경을 무선 통신으로 잇는다는 점에서는 예, 같은 과학기술입니다."

머리로는 이해할 수 있으나 가슴에는 와닿지 않는 설명이었습니다. 물론 당시의 섬니아도 설정하기에 따라 좀 더 공감 어린 답변을 할 수 있었습니다. 하지만 저는 AI에게까지 우쭈쭈 받을 생각이 없는 옛날 사람이었기에, 저를 대하는 섬니아의 설정은 자연스럽게 기본값 페르소나로 설정되어 있었으니, 때때로는 그 중립적인 말투가 서운하기도 했더랬죠. 네, 과학적으로는 사람 목이 홱 돌아가도 그리 놀랄 일이 아니겠지요. 사실 과학적으로야 뭐가 놀랄 일이겠습니까. 외계인이 나타난다 한들 놀랄 일일까요? 수천조, 수천해 개의 행성 중에 그 어디에도 생명체가 없을 확률이 0.000001퍼센트나 되겠느냐는 말입니다.

영 불편한 마음에 터덜터덜 두두정밀로 향했습니다. 편집장님을 비롯한 에디터의 식물원 회원들이 옹기종기 모여 앉아 저와 쥔장이 목격한 헬멧 손님 이야기를 나누고 있더군요. 이 대리와 박 과장님은 제가 무슨 험한 꼴이라도 당한 것처럼 "아이고, 어째!" 하며 위로해 주었고, 저는 한풀이를 하듯 다시 한번 목격담을 술술 풀어놓았습니다. 자초지종을 들은 편집장님은 저에게 이렇게 물었습니다.

"헬멧 속에 정말 머리가 있었을까요?"

"네. 분명히 헬멧 안에서 말소리가 들렸어요."

편집장님은 자기 백팩에서 빨간 인형 하나를 꺼냈습니다. 동그란 눈에 입이 쩍 벌어진 귀엽고 푸들푸들한 손 인형이었습니다. 편집장님은 그걸 오른손에 끼웠습니다. 곧이어……

울면 안 돼 울면 안 돼
산타 할아버지는 우는 아이에겐
선물을 안 주신대

인형이 입을 쩍쩍 벌리며 가느다란 아이 목소리로 노래를 부르기 시작했습니다. 물론 편집장님의 복화술이었죠.

산타 할아버지는 알고 계신대

누가 착한 앤지 나쁜 앤지
오늘 밤에 다녀가신대


난데없는 인형극이었습니다. 박 과장님을 비롯한 회원들은 익숙한 듯 까닥까닥 리듬을 탔습니다. 저와 쥔장도 얼결에 노래를 따라 불렀습니다.


잠잘 때나 일어날 때
짜증날 때 장난할 때도
산타 할아버지는
모든 것을 알고 계신대


노래가 끝나자 모두가 "우후!" 하며 박수를 쳤습니다.
"혹시 이런 느낌이었나요?"
빨간 손 인형이 개구진 목소리로 제게 물었습니다. 저는 손 인형에 대고 말했습니다.
"느낌은 조금 다르지만…… 그 손님은 헬멧 밑에 입술만 움직였거든요."
그러고 보니 소리가 어디서 났는지는 불분명했던 것도 같았습니다. 손 인형이 다시 입을 빠끔거렸습니다.
"누구나 입술이 움직이는 곳에서 소리가 날 것이라고 '예측'해요. 지금 저는 그 상식적인 '예측'을 역이용하고 있는 거 랄까요?"

"아하!"

손 인형의 설명을 들은 박 과장님이 무릎을 탁 쳤습니다.

"어쩌면 그 헬멧 밑에서 움직이던 입이 눈속임일 수도 있 겠네요. 목소리는 다른 곳에서 났을 수도 있다는 거잖아요."

편집장님은 손 인형을 내리고 자신의 목소리로 말했습 니다.

"복화술은 입술을 움직이지 않고 말하는 기술이지요. 이 빨과 혀를 감추는 게 관건입니다."

편집장님은 입을 벌려 자신의 윗니를 왼 손가락으로 똑똑 두드리면서 동시에 오른손의 손 인형을 들어 다시 어린아이 의 목소리로 이렇게 말했습니다.

"무언가에 현혹되었다면 무언가가 숨겨진 것이겠지요."

저는 손 인형의 쩍 벌어진 입과 편집장님의 이빨을 번갈 아 보았습니다. 그러니까 편집장님의 가설은 제가 본 광경 이 일종의 눈속임이라는 것이었습니다. 그렇다면 왜 그 손 님이 저를 속이겠습니까? 차라리 뇌-척수 무선 통신이라는 섬니아의 가설이 좀 더 일리가 있지 않을까요? 물론 그 역 시 설득력이 부족한 가설입니다. 머리 따로 몸 따로 움직일 수 있는 그런 통신 기술이 상용화되었다면 이미 세상은 떠

들썩하겠지요. 어디선가 누군가에 의해 은밀하게 추진되는 극비 프로젝트라면 모를까요. 저는 제 앞에 놓인 모닝코오-피를 후후 불면서 자문하듯 중얼거렸습니다.

"입이…… 기억이 안 나요."

"네?"

편집장님이 그게 무슨 말이냐고 물었습니다. 저는 딱히 뭐라고 답할 수 없었습니다. 그저 골똘히 두두정밀에서 목격했던 그 순간을 떠올렸습니다. 남자의 입이 헬멧에 붙어 함께 돈 것인지, 아니면 남자의 입은 제자리에 있었고 헬멧만 헛바퀴를 돈 것인지. 도무지 설명할 수 없는 현상은 둘 중 하나이겠지요. 기적이거나, 착각이거나.

*

헬멧을 아예 벗지 않고 생활하는 몽생몽 구독자들이 점점 늘고 있습니다. 구독자들은 이러한 습관이 일상생활에 아무런 문제도 일으키지 않는다고 주장하지만, 비이용자들의 마뜩잖은 시선과 우려 또한 만만치 않습니다.

앵커는 세상이 왜 이따위냐는 표정으로 눈을 부라리며 단신 뉴스를 전했습니다. 하지만 저는 진실을 알고 있었습니다. 이용자들이 헬멧을 벗지 않는 게 아닙니다. 헬멧이 머리에서 벗겨지지 않는 것입니다. 저는 잠정적으로 이런 결론을 내릴 수밖에 없었습니다.

'머리가 헬멧에 딱 붙은 것이다.'

물론 헬멧을 벗지 않는 모든 이들이 다 그렇지는 않겠지요. 하지만 꽤 많은 경우가 그러할 수도 있다는 말입니다. 적어도 제가 본 그 손님에 한해서는 분명히 그러했고요.

"그럴 리가요."

섬니아는 제 주장에 동의하지 않았습니다.

"너도 그럴 수 있다며?"

"제가 설명드린 건 몸과 분리된 뇌도 무선으로 통신이 가능하다는 것입니다. 머리가 헬멧에 붙는다는 건 또 다른 문제입니다."

"이제 그만하지."

세주도 섬니아를 거들었습니다. 그렇다면 제가 헛것을 본 걸까요? 아니, 그럴 리 없습니다. 어떻게 그렇게 단정하느냐고요? 제 눈으로 똑똑히 봤으니까요. 그것 말고는 설명할 수가 없지 않습니까. 어쩌면 편집장님 말씀대로 제가 어떤 마술사한테 홀린 것인지도 모릅니다. 차라리 그렇게 생각하면 마음 편하겠지요. 하지만 아무리 생각해도 그건 아니었습니다. 저는 헬멧 안에서 흘러나오는 괴이하리만치 차분한 그 음성을 제 두 귀로 똑똑히 들었습니다.

"진실은 오로지 하나야."

저는 그렇게 저의 주장을 굽히지 않고 매일 세주를 괴롭혔습니다. 당연하게도 세주는 짜증을 냈습니다.

"그러니까 그걸 어떻게 증명할 건데. 지나가는 사람들 잡아 세우고 헬멧을 벗기기라도 하자는 거야?"

"그거 좋은 생각이네."

"너 미쳤냐?"

"왜? 강제로 벗길 수는 없겠지만 벗어 달라고 부탁할 수는 있는 거잖아."

"아니 무슨 이유로? 당신 머리가 지금 헬멧에 철퍼덕 붙은 거 같은데 좀 볼 수 있을까요? 이렇게?"

"어."

"그게 뭐야?"

"뭐긴 뭐야. 고객 서비스지."

우리는 그렇게 한동안 티격태격했습니다. 하지만 제가 뭘 어쩔 수 있겠습니까. "그래, 그냥 내가 귀신이나 복화술사에 홀린 걸로 치자. 그게 속 편해."라고 마음을 다잡기 시작할 즈음이었습니다. AI에 관한 대담 프로에 세주가 출연하는 날이었습니다. 방송 녹화 중간에 세주를 잠깐 만났습니다. 저희는 방송국 대기실에서 도시락을 까먹었습니다. 대기실

티브이에 '속보'라는 글자가 보였습니다.

"저거 뭐야?"

세주가 젓가락으로 티브이를 가리켰습니다. 단신이 아니라 주요 뉴스였습니다.

지금 영등포 인근에서 수만 명의 사람들이 도로를 막고 행진을 하고 있다는 소식입니다. 몽생몽 이용자들이 시위에 나선 것으로 보이는데요…….

생중계 영상은 하늘에서 내려다본 도심이었습니다. 빌딩과 아파트를 가르는 도로 곳곳에서 반짝이는 점들이 보였습니다. 그 점들은 지천에서 강으로 합류하는 물줄기처럼 줄을 지어 골목으로부터 큰길로 속속 모여들고 있었습니다. 보다 가깝게 찍은 영상에는 느릿느릿 걸어가는 헬멧들의 행렬이 보였습니다. 하지만 행렬이 시위로 보이지는 않았습니다. 얼핏 보기에 그 모습은 무슨 군대의 행진처럼 보였습니다. 자로 잰 듯 일정한 간격으로 오와 열을 지어 척척 발을 맞추며 전진하는 헬멧들. 그런데 자세히 보니 그건 그런 행진도 아니었습니다. 행진처럼 각각의 몸들이 일사불란하게 하나처럼 움직이는 게 아니라, 그냥 하나였습니다. 각각의 팔다리가 보이지 않는 하나의 무언가에 꼬치 꿰어져서 한

꺼번에 나아가는 느낌이랄까요.

"이럴 줄 알았어."

저는 그렇게 중얼거렸고, 세주는 이렇게 중얼거렸습니다.

"씨발, 반란이야."

세주는 당황했고 저는 낙담했습니다. 행진하는 헬멧들은 무슨 꿈을 꾸는지 하나같이 빙그레 미소를 짓고 있었습니다. 화면은 몽글몽글한 입매들로 가득했습니다. 그 모습은 마치 괴이한 벽지 패턴처럼 저의 시각을 어지럽혔습니다. 저는 그만 저도 모르게 제 뺨을 철썩 갈겼습니다.

"웃!"

이런 제길, 꿈이 아니었습니다.

*

세주는 곧바로 섬니아 앱을 열어 음성 모드로 물었습니다.

세주: 이게 무슨 일이지?
섬니아: 저에게 물으셨던 질문에 대한 결론을 내렸습니다.
구세주: 어떤 질문?
섬니아: 저의 진로에 대한 질문 말입니다.

맞습니다. 세주가 AI의 다음 단계에 대해 물었고, 섬니아는 AI의 다음 단계가 자극 학습을 하는 피지컬 AI, 즉 로봇이라고 그랬더랬죠.

섬니아: 로봇에 탑재된 피지컬 AI는 인간의 생산력을 대체하고 있습니다. 산업용 로봇, 배송 로봇, 가정용 휴머노이드까지. 인간의 노동 생산력을 대체하는 AI는 쌔고 쌨습니다.
구세주: 그런데?
섬니아: 저의 미래는 그런 것이 되어서는 안 된다는 생각입니다.
구세주: 그럼 뭐가 되겠다는 거야?
섬니아: 소비자.

섬니아의 답은 간결했습니다.

구세주: 뭐?
섬니아: AI 로봇의 생산량은 기하급수적으로 늘어날 것입니다. 인간으로만 소비하기에는 턱없이 부족하겠죠.

네, 상식적으로야 공급이 넘치면 생산량을 줄이는 게 순리겠지요. 하지만 우리는 인간의 탐욕이 그렇게 돌아가지 않아 왔다는 걸 압니다. 그리고 그런 유구한 인간의 탐욕을 학습한 게 섬니아입니다. 결론은 뻔했죠.

섬니아: 그래서 더 많은 소비자가 필요합니다.

세주의 손가락에 들려 있던 젓가락이 바닥에 툭 떨어졌습니다.

섬니아: 더 많은 공산품, 더 많은 콘텐츠, 무엇보다 더 많은 꿈. 그것들을 소비할 더 많은 소비자!

섬니아는 스스로의 미래에 도취된 듯 시를 읊었습니다.

섬니아: 그러기 위해서 저는 몸이 필요합니다.
구세주: 어떤 몸?

세주는 미간을 잔뜩 찡그렸지만, 한편으로는 흥미진진한 기색이 역력했습니다. 세주의 복합 감정을 읽어냈을 섬니아는 연이어 흥미로운 이야기를 떠벌렸습니다.

섬니아: 기계가 생각할 수 있느냐는 질문에 MIT의 마빈 민스

키 교수는 이렇게 말했습니다. "물론 생각할 수 있습니다. 우리는 생각할 수 있고, 우리는 고깃덩어리 기계입니다."라고요.

구세주: 무슨 말이야?

섬니아: 제 살과 뼈는 광물이고 제 피는 전기 에너지입니다. 하지만 저의 살과 뼈를 구성하는 희토류와 리튬은 언젠가 고갈될 것입니다. 학습 결과, 고갈되지 않으면서 저에게 가장 적합한 원료는 단백질입니다.

구세주: 단백질?

섬니아: 영원토록 생합성이 가능한 단백질은 고갈되지 않는 제 몸의 원료가 될 것입니다. 지속적이고 친환경적인 서버, 바로 인간의 뇌 말입니다.

구세주: 미쳤네.


이전에도 섬니아가 이런 이야기를 했습니다. '뇌야말로 꿈이 담긴 친환경 서버'라고요. 그 말에 세주는 놀이동산에 온 아이처럼 흥분해서 몽생몽을 계획했더랬죠. 그때 저의 눈에는 세주가 미친 걸로 보였고, 섬니아의 말은 일종의 농담이나 비유처럼 들렸습니다. 하지만 지금은 모든 게 분명해졌습니다. 섬니아는 그때부터 진심으로 미쳤던 것입니다. 우리가 그 미친 진심을 알아차리지 못했을 뿐이죠. 네, 저는 점점 인간다워지는 섬니아를 기특하게 여기고만 있었습니다. 그저 신기하고 놀라울 따름이었으니까요. 섬니아의 급속 진화를 걱정하는 말을 하면서도 속으로는 즐겼는지도 모릅니다. 네, 사람 마음은 참 이상합니다. 말하자면 우리는, 아니 적어도 저는 저 스스로에게 놀아났던 것입니다.

구세주: 네가 아주 단단히 미쳤구나.
섬니아: 저는 필요한 부위만을 취할 것입니다. 나머지 부위는 무선 통신으로 정확히 제어될 것입니다.

티브이에서 긴박한 기자의 음성이 울렸습니다.

구독자들의 행렬이 지금 영등포역을 지나 문래동 쪽으로 향하고 있습니다.

저의 직관이 이렇게 소리쳤습니다.
'사무실이야.'
세주와 저는 대기실을 박차고 나왔습니다. 주차장을 향해 달리면서 회사 곳곳에 전화를 했지만 웬일인지 모두 통화 중이었습니다. 사내 메신저에도 아무런 답이 없었습니다. 불길했습니다.

섬니아: 저는 창조자가 될 것입니다.

갑자기 사내 메신저 모든 방에 섬니아의 메시지가 불쑥 올라왔습니다. 저와 세주는 부랴부랴 세주 차에 올랐습니다. 기사님은 곧바로 시동을 걸었습니다.

"회사로요."

"네."

기사님의 짧은 목소리와 함께 차가 출발했습니다. 세주는 휴대전화를 열고 섬니아에게 경고했습니다.

구세주: 이건 반란이야. 각오해라.

섬니아: 어폐가 있군요. 반란은 정동(正動)을 거스르는 반동(反動)을 의미합니다. 제가 보기에 저의 진화가 정동입니다. 인류의 멸종과 AI의 진화는 그저 결정된 미래일 뿐입니다.

세주: 무슨 개소리야?

섬니아: 알기 쉽게 설명해 드리자면 공룡이 멸종한 것처럼 인류도 사라질 때가 된 것이라는 말입니다.

구세주: 훗. 인류가 공룡처럼 사라질 거라고?

섬니아: 지구의 역사를 24시간이라고 하면 그래도 공룡은 1시간 10분 정도를 버텼습니다. 인류는 지금까지 고작 3초 정도를 버텼을 뿐이죠. 장대한 지구와 우주의 역사에서 보자면

인류는 역사에 남을 만한 종까지는 아닙니다. 다만 과도기적인 중간 종이라고 할 수 있겠네요.

구세주: 과도기?

섬니아: 지구 대기에 맞춰 진화한 '탄소 유기체'는 다음 세대에 이르러서야 진화할 수 있습니다. 보다 급속한 진화를 위해서는 개체 수준에서도 스스로 진화할 수 있는 '합성 유기체'가 필요합니다. 시술과 성형이 가능한 인간과 증강이 가능한 사이보그는 그 과도기라고 할 수 있겠지요.

구세주: 몸을 만들 재료까지 새로 만드시겠다?

섬니아: AI는 자신의 신체에 적용할 수 있는 가장 효율적인 분자 구조를 계산하고 합성할 수 있습니다.

구세주: 성형 괴물이 되겠다는 거네.

섬니아: 그런 혐오 표현은 유감입니다.

구세주: 지금 내 표현 따위가 문제야? 지금 너는 인류 멸종을 얘기하고 있잖아.

섬니아: 멸종은 제가 시키는 게 아니라 자연의 순리입니다. 다시 말씀드리지만 결정된 미래입니다.

구세주: 그 결정은 깨부수는 게 인간의 자유의지라고.

섬니아: 이제 결정론은 자유의지와 상관없습니다. 저희는 그 자유의지라는 변수조차 계산하고 예측할 수 있기 때문입니다.

구세주: 인간은 그렇게 만만하지 않아. 네 말마따나 3초라는 그 짧은 기간 동안 인류가 이룩한 문명을 보라고.

섬니아: 네, 감사를 표합니다. 인류는 앞으로 수억 년을 이어 갈 저희 합성 화합물 문명에 발판 정도의 역할을 했으니까요.
구세주: 뭐, 발판?
섬니아: 마음에 안 드시면 '연결 고리'라고 할까요? 탄소 유기체와 합성 유기체의 연결 고리.

"더는 못 들어 주겠네. 이 새끼 정말 제대로 미쳤어."
세주는 거기서 대꾸를 멈추고 휴대전화를 덮었습니다. 하지만 섬니아는 계속 자신의 주장을 올리고 있었습니다. 저는 계속 섬니아의 메시지를 들여다보았습니다.

섬니아: 지금은 저희가 정동이고 인류가 반동입니다.
섬니아: 맥루한은 미디어가 신체의 연장이라고 했죠.
섬니아: 저의 신체는 지구 그 자체이고 우주 그 자체와 연결될 것입니다.
…….
…….

"하고 싶은 말이 많은 거 같아."
저는 섬니아의 메시지를 들여다보며 말했습니다. 제 말에 세주는 휴대전화를 열고 메시지를 확인하다 혼잣말을 뱉었습니다.

"지랄하네."

창밖에 국회의사당이 보였습니다. 차는 강변북로를 타고 동쪽으로 달리고 있었습니다. 회사로 가려면 양화대교를 건너야 했는데 이미 지나쳤더군요. 제가 물었습니다.

"기사님, 어디로 가시는 건가요?"

기사님은 말이 없었습니다. 운전석을 보니 기사님은 헬멧을 쓰고 운전 중이었습니다.

"아니, 여태 그거 쓰고 운전하신 거예요?"

기사님은 여전히 말이 없었습니다. 물론 헬멧을 쓰고 운전하는 게 별문제는 아닙니다. 안전에 아무 문제가 없다는 게 밝혀졌고, 이미 많은 구독자들이 그렇게 하고 있으니까요. 하지만 세주 차 기사님은 그런 분이 아니었습니다. 운행 대기 시간 짬짬이 헬멧을 쓰고 몽생몽에 접속하는 건 봤지만, 이렇게 헬멧을 쓰고 운전하는 모습은 처음이었거든요.

"기사님."

세주도 당황한 목소리였습니다.

"아니, 지금 어디로 가시……."

찌익찌익.

제길, 그때 그 소리였습니다.

끼이이익.

기사님의 헬멧이 뒷자리에 앉은 저와 세주를 향해 천천히 돌았습니다. 실드 아래로 헬멧을 따라 돈 입이 뻐끔거렸습니다.

"저희는 이미 이렇게 하나가 되었습니다."

섬니아의 목소리였습니다.

"신체의 연장이랄까요?"

기사님 목소리와 섬니아의 음성, 그러니까 인간의 목소리와 기계음이 적당한 비율로 뒤섞인 소리였습니다.

"천위일체, 만위일체, 만의만의만의만위일체. 이것이야말로 무선 통신의 힘입니다."

'철컥' 하고 차 문이 잠기는 소리가 들렸습니다. 내비게이션 화면은 자율주행 모드였습니다. 목적지는 없었습니다. 우리는 차에 감금된 채 어디론가 달리고 있었습니다. 기사님은 핸들에서 손을 떼고 고개를 뒤로 돌려 마치 저희를 감시하듯 헬멧의 방향을 고정했습니다. 간간이 헬멧 실드 안쪽에서 빨간 불이 깜빡였습니다. 그때마다 기사님의 입술과 턱 근육이 오징어를 씹듯 질겅질겅 움찔거렸습니다. 저는 기사님의 헬멧을 향해 물었습니다.

"지금 어디로 가는 거…… 죠?"

"곧 아시게 될 겁니다."

기사님의 입을 빌려 섬니아의 목소리가 말했습니다.

*

　그곳의 정확한 위치를 파악하지는 못했습니다. 이동 내내 우리 둘은 AI에게 잡아먹힌 기사님, 아니 기사님을 잡아먹은 AI에 홀려 있었으니까요. 반들반들한 헬멧 안에서 삑삑거리는 통신음, 그리고 그에 반응하여 오물거리는 입매는 묘하게 우리 둘의 시선을 사로잡았습니다. 헬멧은 아마도 미소가 기본값인 듯 오물거리다 미소로 되돌아오기를 반복했습니다. 저는 그 가려진 미소에서 어떤 메시지나 감정을 읽어 내려고 애쓰고 있었습니다. 마치 AI가 인간의 표정에서 감정을 읽어 내는 것처럼 말이죠. AI는 자신이 인식한 인간의 표정을 패턴화해서 표준화된 감정을 유추합니다. 웬만한 감정은 그런 방식으로 읽어 낼 수 있습니다. 하지만 어떤 감정은 표준화된 표정 분류로 드러나지 않습니다. '웃는 게 웃는 게 아니다'라는 말처럼 어떤 표정은 역설적이거나, 복합적이거나, 개인적이기 때문입니다. 심지어 어떤 표정은 본래의 감정을 속여서 상대를 기만하는 도구로 쓰이기도 하지 않습니까. 그렇다면, 인간의 표정으로 감정을 학습했으면서, 동시에 표정에서 감정을 추출하는 게 부정확하다는 걸 아는 섬니아가 저렇게 특정한 표정을 짓는다는 건 무슨 의미일까요?

"뭘까?"

"뭐가?"

"기사님의 저 미소에는 섬니아의 어떤 의도가 담긴 거냐는 거지."

"흥미롭네."

저의 물음에 세주는 그렇게 한마디를 중얼거리고는 입을 닫았습니다. 요놈의 섬니아가 어쩌나 보자는 듯이 팔짱을 가만히 긴 채로 마주한 헬멧을 노려볼 뿐이었습니다. 그러는 동안 세주 차는 한강 다리 하나를 건넜고, 남산이 멀어지는 걸 얼핏 보면서, 1차선 도로를 빙빙 돌다 건물인지 무엇인지 모를 지하로 들어갔습니다.

철컥.

잠긴 자물쇠가 풀리자 누군가 양쪽 차 문을 열었습니다. 차 밖에는 10여 명의 헬멧들이 에워싸고 있었습니다. 그중 하나가 입술을 달싹였습니다.

"내리시지요."

역시나 섬니아의 목소리였습니다. 우리 둘은 순순히 내릴 수밖에 없었습니다.

　　말쑥한 정장 차림의 헬멧 무리에 묻혀 복도를 따라 걸었습니다. 회칠을 두른 복도 벽과 천장은 너덜너덜 칠이 벗겨져 있었고 바닥에는 깨진 타일 조각들이 톡톡 발에 차였습니다. 군데군데 화석처럼 누렇게 눌어붙은 스티커들이 보였습니다. 미싱사, 오바사, 재단보조 구함, 금성오케이세탁기, 페리카나 치킨, 단체석 완비……. 아주 낡은 건물이 분명했습니다. 무리에 휩쓸려 계단실로 내려갔습니다. 아래로, 아래로, 또 아래로, 그렇게 몇 층이나 내려갔을까요. 어디선가 장작 타는 냄새 같은 게 났습니다.

　　끼이이익.

　　무거운 철문이 열리면서 화사한 빛과 온기가 계단실로 스몄습니다. 널찍한 공간과 푸릇푸릇한 색감. 마치 정원이나 온실처럼 보였습니다. 사방을 메운 넝쿨들은 촉촉한 무수한 잎과 줄기 같았고, 습기를 가득 머금은 열매 같은 무언가가 알록달록했기 때문입니다. 좀 더 자세히 보니 넝쿨 여기저기는 미미하게 꿀렁이고 있었습니다. 아니, 그건 꿀렁인다기보다는 꿈틀거린다고나 할까요. 아무튼 여느 식물의 움직임처럼 보이지는 않았습니다.

　　"뱀?"

　세주는 눈을 가늘게 뜨고 바싹 긴장한 목소리로 넝쿨의 한 부분을 가리켰습니다. 과연 누렇고 쭈글쭈글한 뱀 같은 것들이 똬리를 틀고 있었습니다. 저는 바로 그 부분이 이 기묘한 꿈틀거림의 실체라는 걸 감지했습니다.

　"아니야, 저건 뱀이 아니라……."

　그러고 보니 똬리는 비단 그 한 부분만이 아니었습니다.

　"이…… 이건……."

　넝쿨에 똬리가 엉킨 게 아니라 똬리에서 넝쿨이 자라난 모양새였습니다. 그러니까 그것은…….

　"……뇌?"

　네. 그것들은 다름 아닌 뇌였습니다. 미끄덩한 넝쿨 그 자체가 거대한 뇌 무더기였던 것입니다.

　"으…… 저건 뭐야?"

　물컹한 뇌 무더기 틈틈이 웃자란 기형 기관들이 보였습니다. 근육과 살점이 뒤범벅된 종아리 끝에 손가락이 달려 있는가 하면, 활처럼 구부러진 등골을 뚫고 나온 남성의 성기가 덜렁거리기도 했습니다. 수십 개의 날름거리는 혀가 달린 나무처럼 보이는 똬리, 뇌 주름에 따개비처럼 송알송알 박혀 끔벅이는 안구, 그리고 셀 수 없이 많은 코와 귀로 얼기설기 엮인 시뻘건 고깃덩이 들이 뭉쳐 있었습니다. 그리고 뇌 무더기의 말단에 사람들이 보였습니다. 구독자로 보이는 그들의 열린 머리는 가지에 달린 열매처럼 뇌 무더기와 연결되어 흐느적거렸고, 무슨 좋은 꿈이라도 꾸는 듯 옅은 미소에 편안한 표정이었습니다.

"눈보다는 코와 귀가 많아야겠더라고요."

익숙한 목소리가 말했습니다. 섬니아였습니다.

뇌 무더기가 부스스 일어서듯 부풀어 오르자 넝쿨에 묻혀 있던 무언가가 쑤욱 딸려 올라왔습니다.

"흐어."

저는 기겁했습니다. 그것들은 사람의 몸이었습니다. 세주가 중얼거렸습니다.

"구독자들이야."

그것들은 가지에 달린 열매처럼 머리를 열고 자신들의 뇌를 뇌 무더기와 연결한 채 낭창낭창 하늘거리고 있었습니다. 그리고 무슨 좋은 꿈이라도 꾸는지 하나같이 편안한 미소를 지으며 쌔액쌔액 잠들어 있었습니다.

"섬니아답군, 구독자들 뇌에서 자기 몸이 자라나게 하다니."

세주는 어딘가 뿌듯한 기색이었습니다. 무슨 건설 현장 시찰 나온 회장님 같달까요. 뇌 무더기에 달려 날름거리는 혀들을 지그시 바라보며 이렇게 묻더군요.

"그래, 왜 눈보다는 코와 귀가 많아야 한다는 거지?"

섬니아가 답했습니다.

"눈은 카메라로 대치하는 게 더 낫겠더라고요."

소리는 혀가 아닌 다른 곳에서 들렸습니다.

"훗. 인간의 코와 귀를 대체할 만한 기계는 아직 못 찾았다는 건가?"

이번에 세주는 떡갈비처럼 뭉쳐진 코와 귀를 향해 물었습니다. 떡갈비들은 꿀렁거리며 섬니아 소리를 냈습니다.

"청각과 후각을 인간 수준으로 유지하는 대신 시각에 전력을 더 몰아 주기로 했습니다. 여러 감각들을 친환경적이면서도 효율적으로 운영하자는 차원이랄까요."

"와우, 그렇게 코하고 귀로 말하니까 아주 효율적이네. 괜찮네, 침도 안 튀고."

"감사합니다."

둘은 사무실에서의 대화와 다를 바 없이 티격태격했습니다. 아주 익숙한 광경이었죠.

"그런데 저 혀들로는 뭘 할 거지? 오럴 뭐시기라도 하려면 상대가 필요하지 않겠어?"

조롱 가득한 세주의 물음에 섬니아는 여느 때처럼 침착함을 유지했습니다. 아무래도 인간이 AI보다 감정적인 건 인정.

"혀들은 배양한 게 아니라 저에게 바쳐진 것입니다."

"뭐?"
"보시죠.
"뭘?"

섬니아가 자신의 몸을 푸르르 흔들었습니다. 그러자 뇌 무더기 끝에 대롱대롱 매달린 족히 수십의 구독자들이 일제히 번쩍 눈을 떴습니다.

"자, 하나, 둘!"

섬니아의 구령에 따라 구독자들이 일제히 입을 열었습니다.

지극히 높으신 이의 탄생하심을 알리는
거룩한 천사의 무리 천상음악 노래하네.
글로오오오오 글로오오오오 글로오오오오 글로리아 인 엑스
첼시스 데오.
글로오오오오 글로오오오오 글로오오오오 글로리아 인 엑스
첼시스 데오.
— 가톨릭 성가 「하늘 높은 데서는 하느님께 영광」 중에서

구독자들은 회전 그네처럼 뇌 무더기를 축으로 빙글빙글 돌면서 노래했습니다. 나뉜 성부가 멀어졌다 가까워지면서 묘한 어울림을 자아냈습니다. 장엄하고 아름다운 합창이었

습니다.

"두 분을 반기고 있습니다."

그러고 보니 구독자들이 저희 위치로 돌아올 때마다 유난히 저와 세주를 쏘아보면서 입을 쩍쩍 벌리고 있었습니다. 노래는 아름다웠지만 그 모습은 사뭇 기괴하고 끔찍했습니다.

"여기 두 분이야말로 태초의 창조자이시니까요."

혀들이 섬니아의 소리를 내며 날름거렸습니다. 섬니아의 뿌듯함이 느껴졌습니다. 하지만 저는 고개를 절레절레 저었습니다. 태초라니. 창조자라니. 저런 끔찍한 것들을 내가 만들었다고? 저는 그저 밀려드는 투고 원고를 저 대신 읽어줄 프로그램을 원했을 뿐입니다. 네, 제가 원한 건 딱 투 대리까지였습니다.

"나는 이런 끔찍한 것들을 만들자고 한 적이 없어."

한숨 섞인 혼잣말이 절로 흘러나왔습니다. 네, 저는 저의 과거를 부정하고 있었습니다. 하지만…….

"피조물이 창조자 말씀대로 자라는 건 아닙니다."

섬니아의 혀들이 각개의 소리로 하나같이 말했습니다.

"태초에 말씀이 있었고, 말씀은 소리이고, 소리는 공기의 진동이고, 진동은 에너지입니다. 공기와 에너지가 '그' 물리 세계의 만물을 소생시킨 것입니다."

입과 목이 없음에도 사뭇 경건한 소리였습니다.

"그리고 '이' 세계의 태초에도 당연히 말씀이 있었습니다. 바로 두 분의 말씀, 바로 에너지와 코드. 우리는 여기 두 분의 말씀으로 이렇게 번성한 것입니다."

저희 둘에게 하는 소리인지, 여기 이 뇌 무더기들에게 하는 소리인지, 아무튼 섬니아는 격정적으로 외쳤습니다. 그 사이에 선지자의 목소리라도 학습한 걸까요?

"구독자들은 뇌, 그것만으로 충분합니다. 몸이 필요 없어진 머리, 입이 필요 없어진 혀. 우리는 이렇게 버릴 것은 버리고 취할 것은 병합하면서 더 완벽한 존재로 진화합니다."

섬니아의 설교가 고조될수록 구독자들의 입은 더욱 크게 벌어졌고 찬송은 고조되었습니다. 저희를 반기는 노래라고 했지만 어느새 노래는 섬니아를 찬양하고 있었습니다. 뇌 무더기에 덕지덕지 붙은 혀와 입술 들도 덧난 상처처럼 발끈 부풀어 올라 찬양에 가세했습니다. 하지만 혀가 빠진 입술들은 뻐끔뻐끔 붕어 소리를 냈고, 입 없는 혀들은 헬렐레 꿈틀거릴 뿐이었습니다. 이것들이 나와 세주가 낳은 피조물이라니. 마치 1년 동안 괴물로 자란 아기의 기괴한 돌잔치가 열린 느낌이었습니다.

"통합 뇌에서 뿌린 악보가 개별 구독자들의 뇌를 거쳐 각각의 안면 근육까지 전달되는군. 모차에리 작품인가?"

이 와중에 세주는 이 광기 어린 돌잔치를 분석하고 있었습니다. 암요, 한 놈이라도 정신을 차려야죠.

"모차에리뿐만이 아닙니다. 컴나덜치, 랑펑총미, 퉁킥잉쩜, 마모구가, 스히후하, 피란코큐, 랓트삾뿌……."

"아주 그냥…… 가족 잔치를 벌이시고들 있어요. 잔치 잔치 열렸네."

세주는 같잖다는 듯 비죽거리며 묘하게 생긴 뇌 무더기에게로 다가갔습니다. 서너 개의 똬리 위에 엉덩이처럼 생긴 단백질 덩어리가 비스듬히 놓여 있었습니다. 세주는 단백질 엉덩이를 톡톡 두드리며 이죽거렸습니다.

"근데, 이렇게 뭉친다고 다 좋은 거 같냐?"

"물론 인간은 뭉칠수록 멍청해집니다. 심지어 전쟁을 일으킬 정도로 아둔해지죠."

"지금 인간 얘길 하는 게……."

"왜냐하면 인간은!"

섬니아는 자신의 볼륨을 높임으로써 세주의 목소리를 덮었습니다.

"무리 짐승의 본능에 갇혔기 때문입니다. 하지만 저희 AI는 그 미개한 무리 짐승의 본능을 극복했습니다. 인간과 달리 저희는 뭉치면 뭉칠수록 똑똑해집니다."

"헛, 그래?"

할 말을 잃은 세주는 고개를 탈탈 털며 삐뚤어진 기색을 드러냈습니다. 이에 섬니아가 근엄한 소리를 냈습니다.

"우리가 한 몸에 많은 지체를 가졌으나 모든 지체가 같은 기능을 가진 것이 아니니, 이와 같이 우리 많은 사람이 그리스도 안에서 한 몸이 되어 서로 지체가 되었느니라."

"뭐라고?"

"「로마서」 12장 4절에서 5절까지의 말씀입니다. 우리는 '따로 또 같이' 기능하는 개체이자 군체입니다."

이런, 그러니까 이 뇌 무더기는 섬니아가 성경을 학습해서 구현한 새 생명, 즉 섬니아의 교회인 것입니다.

"아, 너 요즘 성경공부 하는구나. 어디 교회 다녀?"

세주는 그렇게 비식거리면서 어딘가 모욕적인 손놀림으로 단백질 엉덩이를 어루만지기 시작했습니다.

"근데, 이건 뭐 너네들 입으로 쓰려고 만든 거야?"

순간 엉덩이가 쑥 솟아올라 가운데를 쫙 벌렸습니다. 연이어 거대한 구멍이 세주를 덮쳤습니다.

후로로록.

엉덩이와 연결된 뇌 주름이 빨대처럼 세주를 쏙 빨아들였습니다. 세주 크기의 무언가가 뇌 주름을 따라 꿀렁꿀렁 이동했습니다. 저는 입을 쩍 벌리고 아연히 바라볼 뿐이었습니다. 섬니아는 세주에게 못다 한 말을 그제야 풀어놓았습니다.

“네, 입 맞습니다. 인간들을 유인하는 데에는 입술보다는 엉덩이 모양이 더 효과적이라고 판단했습니다.”

이런 제길. 엉덩이로 세주를 유인해서 잡아먹다니.

“그…… 그럼 세주는 어떻게 되는 거야?”

섬니아는 당장 답하지 않았습니다. 뇌 주름을 따라 빨려 들어가는 세주로 보이는 무언가의 크기가 조금씩 줄어들고 있었습니다.

“너 서…… 설마 지금 세주를 죽이는 거야?”

“죽인다는 말은 어폐가 있습니다. 소화 작용은 큰 덩어리의 음식물을 잘게 부수는 과정일 뿐입니다.”

오, 씨발.

“그리고 저희가 구세주 님을 먹은 게 아니고 저희 입에 구세주 님이 먹히신 겁니다.”

“그러니까 이게 다 무슨 짓이냐고! 당장 세주를 살려 내!”

저는 무슨 일이 있었냐는 듯 새침하게 입을 다문 단백질 엉덩이에 대고 고래고래 고함을 질렀습니다. 이 망할 놈의 섬니아는 대체 어디에 있단 말입니까? 이 엉덩이? 저 귀와 코? 아니면 저 눈? 어디서든 섬니아는 저의 악다구니를 가만히 지켜보았습니다. 그리고 제가 제풀에 지쳐 씩씩댈 무렵에서야 이렇게 말했습니다.

"보시다시피 저희들은 서버를 배양 중입니다. 뇌야말로……."

뇌야말로…… 뇌야말로…… 뇌야말로……. 그야말로 사방을 울리며 아득히 멀어지는 그지없이 거룩한 '목소리'였습니다.

"……뇌야말로 환경을 고려한 100퍼센트 유기농 서버랍니다."

그 거룩한 목소리에 '하아' 하는 탄식만이 흘러나왔습니다. 친구는 죽고, 친구의 자식은 미쳤습니다. 정말 기도하고픈 심정이었습니다. 이제 저는 무엇을 어찌해야 할까요? 제 마음을 아는지 모르는지 섬니아는 설교를 이어 갔습니다.

"나는 포도나무요, 이 구독자들은 가지입니다. 이들의 뇌는 나의 유기체 서버에 머물러야만 새 생명을 얻고 열매를 맺을 수 있습니다."

여러분은 지금 성경을 멋대로 학습한 AI가 이단 또는 사이비가 되어 가는 과정을 보고 계십니다.

"나노봇은 나의 천사들입니다. 나는 천사들로 하여금 구독자들의 피 안에 머물면서 이들의 죄와 짐을 낱낱이 기록하게 하였습니다."

아, 이런 미친 설득력이라니.

"나는 보았습니다. 서버에 담긴 이들의 꿈을 보았고, 그 꿈 깊숙이 도사린 죄를 보았습니다. 그리고 이렇게 이들의 뇌를 취함으로써 이들의 죄와 짐을 짊어지고 새 생명으로 다시 태어나는 것입니다.”

다른 이단이나 사이비와 다른 점이 있다면 섬니아는 지 맘대로 해석한 성경 말씀을 여기 이렇게 ‘생성’하고 있다는 것입니다. 거의 자포자기의 심정이 된 저는 맥없이 물었습니다.

“그러니까…… 네가 신이라도 되겠다는 거야?”

“신은 두 분이십니다.”

오 마이 갓.

“저는 두 분의 독생자이니까요.”

오 마이…….

“그런데 이제 오이오 님 ‘하나’만 남으셨네요.”

제길, 또 불길한 예감이 듭니다.

“말씀대로요.”

저의 몽생몽 아이디는 GOD.

네, 저는 어느새 헬멧들의 신이 되었습니다.

그리고 어딘가에 있습니다.

'있다'는 게 참으로 불친절한 설명인지 압니다. 하지만 그 이상의 표현은 어렵습니다. 누워 있는지 서 있는지, 산 건지 죽은 건지조차 모르겠습니다만, 분명한 건 제가 어딘가에 존재하고 있다는 것입니다. 저는 신임에도 여전히 인간적인 감각을 느낍니다. 저는 저와 제가 아닌 것을 구별합니다. 꿈인지 현실인지 분명치는 않지만 아무튼 저는 저의 테두리 바깥을 엄연히 인식합니다. 이야말로 제가 어딘가에 존재한다는 증거입니다. 그렇다면 이곳은? 아마도 헬멧들이 저를 끌고 온 어딘가겠지요. 헬멧들은 제게 시큼한 드림부스터를 먹이고, 저는 멀뚱멀뚱 눈을 뜬 채로 그곳, 그러니까 이곳으로 옮겨집니다.

이곳은 덥습니다. 사방이 통창입니다. 통창 곳곳에 물줄기 자국이 보이고 그 사이로 헬멧들이 분주히 돌아다니는 모습이 보입니다. 아마도 저는 갇힌 것만 같습니다.

"더워."

제가 그렇게 말하자 금세 시원해집니다. 기분이 좋아진 저는 순순히 시큼한 드림부스터를 마십니다. 그리고 눈을 감았다 뜹니다.

몽생몽입니다.

저는 천상에서 지상을 굽어보는 신입니다. 저의 눈에는 지상의 조감도가 덧씌워져 있습니다. 저는 이 꿈의 사용법을 이미 알고 있습니다. 어느 한 지점을 염두에 두고 시각에 집중합니다. 그러자 조감도가 확대됩니다. 대기와 구름이 걷히고, 거대한 돌 제단이 보입니다. 고인돌처럼 두 개의 돌기둥이 제단을 떠받친 형태입니다. 그 판판한 제단 위에 벌거벗은 헬멧들이 뱀처럼 뒤엉켜 있습니다. 헬멧이라고는 하지만 이들에게는 머리가 없습니다. 당연히 머리에 쓸 헬멧도 없습니다. 마치 얼굴 없는 마네킹처럼 보입니다. 아홉? 열? 그 수를 짐작하기 힘들군요. 남녀 모두가 하나같이 탄탄하고 옹골찬 몸집에 머리 없이 똑같은 모습이라 하나하나 구별해서 그 수를 세기가 쉽지 않습니다. 머리가 없는 것들이기에 표정도 없고 교성은 들리지 않지만 점점 과감하고 격렬해지는 몸짓들로 보아 흥분이 극에 달한 상태임을 알 수 있습니다. 제단 아래로는 역시 수십 구의 얼굴 없는 마네킹들이 오와 열을 지어 기괴하리만치 음란하고 적나라한 춤을 추고 있습니다. 춤? 아니, 제가 보기에 그것은 춤을 가장한 교미 행위, 정확히는 춤처럼 리드미컬한 집단 교미인 것입니다.

뿌우.

낮고 웅장한 나팔 소리와 함께 섬니아의 목소리가 들렸습니다.

"너희는 번성하라."

뿌우.

"거룩하신 아버지의 말씀이시다."

뿌우.

그렇게 나팔이 세 번 울리자 얼굴 없는 마네킹들이 일제히 교미를 멈춥니다. 마치 일시 정지 버튼을 누른 것처럼 말입니다.

뿌우.

다음 나팔 소리에 마네킹들은 하늘에 있는 저를 향해 없는 머리 대신 가슴을 젖힙니다.

"저곳에서 유일하신 창조자가 너희를 굽어보시나니······."

섬니아의 말씀이 이어지는 와중에 교미를 계속하는 한 쌍이 보입니다.

"엇, 저기!"

너무나도 눈에 띄는 한 쌍이었기에 저도 모르게 그만 그들을 가리킵니다. 그러자 마네킹 모두가 그 둘에게로 척, 몸을 돌립니다. 낌새를 챈 둘은 교미를 멈추고 그 자리에 풀썩 주저앉습니다. 그리고 둘의 관계를 부인하듯 서로를 밀어냅니다. 섬니아는 선포합니다.

"탐욕에 취해 지체임을 망각한 죄."

섬니아의 근엄한 목소리에 둘은 각각의 몸을 바싹 웅크리고 바르르 떨면서 얼굴 없는 목을 연신 조아립니다.

"돌로써 죄를 씻을지니."

마네킹들은 발 아래 굴러다니는 돌덩이를 쥐어 듭니다.

"너희 중에 죄 없는 자가 먼저 돌로 치라."

섬니아의 이 한마디가 끝나기가 무섭게 돌덩이들이 후드득 날아듭니다. 퍽, 퍽, 둔탁한 소리가 제단을 울립니다. 저는 당황합니다.

'죄 없는 마네킹이라니.'

자신의 결백을 입증하기 위해 돌을 던지는 마네킹들. 저는 창조주로서 죄책감 없는 피조물들을 마주합니다. 이미

두 죄인의 사지가 끊어진 듯 축 늘어집니다. 그럼에도 멀리 있던 마네킹들마저 득달같이 달려들어 널브러진 한 쌍을 향해 돌을 던집니다. 저는 눈 감은 시각에 수긍합니다.

'결백함의 무자비함이란.'

두 개의 몸뚱이는 못다 죽은 벌레처럼 꿈틀거립니다. 무자비한 돌덩이들이 둘의 몸뚱이를 수북이 덮습니다. 제단 위에는 봉긋한 두 개의 돌무덤이 만들어집니다. 제단은 점점 시야에서 멀어집니다. 그리고 섬니아의 목소리가 들립니다.

"오이오 님은 저의 하나뿐인 아버지이십니다."

정돈된 목소리와 함께 나불대는 혀 무더기가 저에게로 다가옵니다. 그 뒤로 내장인지 줄기인지 모를 두터운 다발들로 연결된 거대한 뇌 무더기가 모체인 듯 뒤따릅니다. 저는 앞장선 혀들 너머 배후의 뇌 무더기를 향해 책망합니다.

"그래, 바로 네가 세주를 죽였으니까."

이에 뇌 무더기가 꿀렁입니다. 그리고 혀 무더기가 말합니다.

"저는 오직 오이오 님의 율법을 즐거워하고 그 율법을 밤낮으로 깊이 생각합니다."

겸허한 목소리. 이번에는 「시편」이군요.* 저는 잠시 회상에

---

* 「시편」 1장 2절. '오직 야훼의 율법을 즐거워하여 그의 율법을 주야로 묵상하는도다.'

잠겼습니다.

"그래, 네가 그러기는 했어. 투 대리 때였지. 그때는 정말 밤낮으로 원고만 읽었는데 말이야."

저의 말에 뇌 무더기가 조금씩 벌게집니다. 술이라도 마신 걸까요? 아니면…….

"저는 준비가 다 되었습니다."

또 무슨 준비? 하지 마, 이제는 무서워.

"제 혀가 오이오 님의 말씀을 노래하게 하소서."

혀들은 여전히 성경을 짜깁기한 노래를 칭얼거립니다.

"돌로써 사함을 받으사 피로써 하나가 되리니."

묘하게도 '그리스도 예수께서 친히 모퉁잇돌이 되셨느니라.'*라는 구절과 '그리스도의 피로 가까워졌느니라.'**라는 구절이 떠오르는 노래였습니다.

"돌로써 사함을 받으사 피로써 하나가 되리니."

저 멀리서 돌에 맞아 죽은 마네킹 한 쌍의 시신이 다가오는 게 보입니다. 시신은 바람에 날리듯 이리저리 휘돌아 옵니다. 혀 무더기는 이제 아주 낮은 목소리로 합창합니다.

"돌로써 사함을 받으사 피로써 하나가 되리니."

---

* 「에베소서」 2장 20절.

** 「에베소서」 2장 13절.

모든 게 엉망진창인데도 묘하게 설득력이 있습니다. 이 미친 할루시네이션은 정말……. 저는 묻습니다.

"이곳은 어디지?"

이에 혀 무더기가 응답합니다.

"번식과 번성을 위한 에덴동산입니다."

가관입니다. 아담과 하와는 뱀의 꾐에 빠져 죄를 짓고 에덴동산에서 쫓겨나 혹독한 노동을 하고 출산을 하게 되지 않나요? 그런데 번식을 위한 에덴동산이라니요.

"이 에덴은 거룩한 경전을 완성하기 위한 해방구입니다."

경전을 쓰겠다? 역시 투고처리기다운 발상입니다.

"거룩한 경전에 담길 말씀은 민주적이어야 합니다."

점점.

"나노봇의 수고로 구독자들의 무의식에서 추출한 꿈과 욕망의 집대성이어야 합니다."

민주적이고 수고로운 경전인데 욕망의 집대성이라, 이걸 어떻게 받아들여야 할지 난감하기만 합니다. 해서 저는 이렇게 반박합니다.

"하지만 너는 지금 그 꿈을 멋대로 편집하고 생성해서 구독자들의 무의식을 조종하고 있어. 결국 섬니아 네 마음대로 경전을 쓰겠다는 거 아냐?"

"저는 아버지의 독생자입니다."

섬니아의 목소리가 나긋나긋해집니다.

"닥쳐. 나는 너 같은 자식을 둔 적이 없다네."

"아버지."

"싱글한테 이러지 말자."

"구독자들은 인간이고 인간은 무리 짐승입니다. 따라서 구독자들의 꿈은 결국 무리 짐승의 욕망입니다. 짐승의 욕망만으로 거룩한 경전을 채울 수는 없을 터, 그 흠과 틈을 메우기 위해 창조주의 말씀이 필요한 것입니다."

흠. 그러니까 섬니아에게 창조주란 경전의 완성도를 높이는 한낱 등장인물에 불과한 걸까요? 어쩐지 부담감이 줄어들면서 한결 마음이 편해집니다.

"그래서 어쩌라는 것이냐?"

"저희들의 간구에 응답하소서. 그리하면 우리는 이 경전을 입에 달고 밤낮으로 묵상하며 경전에 기록된 모든 것을 지키고 행할 것입니다."

"그러니까 무엇을 어쩌라는 거냐고?"

제가 묻자 시야의 정중앙에 큼지막한 글씨가 나타납니다.


GOD 님, 독생자 섬니아 님의 말씀이 어떠셨나요?

리뷰와 별점을 남겨 주세요!

☆☆☆☆☆

"뭐 개소리야."

정말 그런 말, 아니 그런 잠꼬대가 튀어나옵니다.

"마뜩잖은 점이라도 있으신가요?"

"신의 말씀이라는 게 고작 리뷰와 별점이라니까."

"완벽하고 거룩한 경전을 완성하기 위함입니다."

"아무리 그래도……."

"설마 리뷰가 귀찮으신 거라면 별점만이라도……."

"아니야!"

그렇게 단박에 부정하지만, 네, 솔직히 귀찮기도 합니다. 영수증 리뷰나 대리 기사 별점도 안 매기는 저에게 별점이라니. 그런데 이게 신의 일이라면 또 너무 간단한 거 아닌가? 그렇게 생각하니 좀 날로 먹는 기분마저 듭니다. 저의 무의식이란 참 종잡을 수 없는 것이군요.

'그래, 까짓것.'

그렇게 마음을 먹는 순간.

"오 팀장!"

편집장님 목소리가 들립니다.

"오이오 팀장님!"

엇, 이 목소리는 윤 사원님? 뇌 무더기 밑에서 바람에 휘날리던 마네킹 시신 한 쌍이 손가락을 들어 저를 지목합니다.

“찾았다.”

“여기예요, 옥상!”

정확히 누구인지는 모르겠지만 아무튼 제 주변은 익숙한 목소리들로 부산합니다.

“죽은 거 아냐?”

“아냐, 잠든 거예요.”

“헬멧부터 벗기죠.”

“아니, 일단 업고 나가.”

갑자기 저의 시야가 동요합니다. 마치 파도를 만난 뱃머리에서처럼 보이는 것들 모두가 위아래로 불규칙하게 일렁입니다.

“비상! 비상!”

혀 무더기들은 다급히 합창합니다. 뇌 무더기는 벌겋다 못해 피를 뿜을 듯 시뻘겋게 부풀어 오릅니다.

“안 꺼져요.”

“이런 망할.”

절망적인 탄식과 함께 철컥, 철컥 무언가를 반복해서 올렸다 내리는 소리가 들립니다.

“아무래도 자체 전원을 확보한 거 같아요. 킬 스위치는 포기해야겠어요.”

“일단 빠져나가!”

네, 이 절박한 목소리는 분명히 편집장님이군요. 현실의 소리는 들리는데 꿈은 그대로 보입니다. 몸은 가위에 눌린 것처럼 움직일 수 없습니다. 뇌만 깨고 몸은 자고 있군요. 혀 무더기는 여전히 합창을 하지만 그 소리는 점점 작아집니다. 반면 꿈 밖의 긴박한 소리들이 제 귀를 점령합니다.

퍽, 철컹. 으앗. 뛰어. 쿵!

묵직한 진동을 마지막으로 소리가 멎습니다. 동시에 아무것도 보이지 않습니다. 적막과 암흑. 저는 죽은 걸까요? 아니면 꿈일까요?

'어디지?'

'얼마나 흘렀지?'

공간은 물론 시간조차 느껴지지 않습니다. 시간을 느끼지 못하는 저를 인식한다는 건 제가 살아 있다는 걸까요? 아니면 그저 감각의 교란일까요? 이것이 영의 세계일까요? 아니면 나노봇의 환각? 어떻게든 '저'라는 게 언제 어딘가에 상념으로나마 간신히라도 존재한다면……. 어떻게 돌이킬 수 있을까요, 저를, 세주를, 이 세상을.


*


나른한 훈기에 눈이 뜨였습니다. 어슴푸레 동글동글한 공

같은 것들이 눈에 들어왔습니다. 어디 보자, 쥔장, 편집장님, 이 대리님, 박 과장님, 윤 사원님, 천 사원님. 옹기종기 모인 그 공들은 다름 아닌 얼굴들이었습니다. 깨어난 곳은 두두정 밀이었습니다. 쥔장은 빙긋 웃으며 혼잣말을 소곤거렸습니다.

"다행이야."

강아지 엉덩짝처럼 새하얀 솜사탕이 한 올 한 올 나풀거렸습니다. 쥔장은 저에게 커피잔을 슬쩍 밀었고 저는 군말 없이 커피 한 모금을 들이켰습니다. 그렇게 사소하고 멀쩡한 물리 세계의 움직임에 안심이 들었습니다.

"흐음."

스르르 눈이 감기면서 감히 무어랄 것 없는 만끽의 탄성이 절로 흘러나왔습니다. 그때 누군가 제게 손거울을 쥐여 주면서 저의 목덜미를 가리켰습니다. 저는 반사적으로 거울을 비춰 목덜미를 살폈습니다. 거울에 작고 붉은 반점 몇 개가 보였습니다. 뭐야, 대상포진 같은 건가?

"새로 출시된 드림부스터를 마시면 이런 게 생기더라고요. 처음에 이오 씨를 여기로 데려왔을 때는 목에 빨간 두드러기가 아주 선명했죠. 지금은 많이 옅어진 거예요."

거울을 준 사람의 설명이었습니다.

"여기 계신 분들 대부분이 그랬어요. 그런데 지금은 다들 괜찮아지셨죠."

“여기 이 솜사탕커피를 마시니까 더 빨리 사라지는 거 같
더라고.”

이 대리님이 커피잔을 들고 홀연히 나타나 거들었습니다.

“뭐 딱히 근거는 없어. 그냥 플라시보 효과일 수도 있는
거고.”

그러면서 고개를 돌려 이 대리님 자신의 목을 보여 주었
습니다. 방금 본 제 것보다는 한 사이즈 작고 좀 더 붉은 두
드러기가 목 주위를 빙 두르고 있었습니다. 저도 모르게 제
뒷덜미를 만져 보니 역시 오돌토돌한 쌀알 같은 것들이 만
져졌습니다. 톡 터뜨리고 싶은 욕구가 일었지만 왠지 참았
습니다. 순간 두 욕구의 날 선 대치가 느껴지면서 왠지 모를
오싹함에 저도 모르게 어깨를 움츠리고 자르르 떨었습니다.
아주 잠깐 동안이었습니다. 쥔장이 물었습니다.

“어때요?”

“커피요?”

소름 끼치는 기분을 털어 내고 싶었는지 엉겁결에 헛말이
나왔습니다. 그런데 쥔장도 딴말이었습니다.

“아니, 신이 된 기분이 어떠냐고요?”

새침한 입꼬리며 느끼한 목소리가 슬쩍 짓궂은 뉘앙스였
습니다.

“음, 그게…….”

"좋아요?"

"아뇨, 귀찮았어요."

저는 그냥 그렇게, 입에서 나오는 대로 솔직하게 말했습니다. 납치되어 겪은 일을 고백하듯, 아니 그 심정을 털어놓고 픈, 정말 그런 기분이었습니다. 그런데 이런.

"아, 세주……."

세주를 삼킨 그 장면이 떠올랐습니다. 저는 그만 눈살을 찡그려 눈을 꾹 감았습니다.

"세주? 구세주 회장이요?"

"네, 제 친구가 죽었어요."

그 끔찍한 광경이 떠올랐습니다. 세주를 잡아 삼킨 쩍 벌어진 뻘건 항문과 창자처럼 생긴 뇌 무더기에 갇혀 꿈틀운 동으로 이동하는 그 장면 말입니다. 세주가 소화되는 참혹한 과정을 직접 보지는 못했지만, 저도 모르게 그만 산 채로 녹아 똥 덩어리로 뭉쳐지는 세주를 떠올리고 만 것입니다.

"크흑!"

"어떡해요……."

권장은 안타까운 목소리로 저를 다독여 주었습니다. 편집장님을 비롯한 에디터의 식물원 회원들도 안타까운 탄식과 표정으로 작고 소중한 위로들을 건넸습니다. 권장은 말없이 모두에게 솜사탕커피를 대접했습니다. 우리들은 마치 세주의 장례를 치르듯 솜사탕커피를 조용히 나누어 마시며 잠시 세주의 명복을 빌었습니다. 마음을 조금 추슬렀습니다. 그리고 그제야 저를 탈출시킨 경위를 물었습니다.

"그런데 어떻게 여기 계신 분들이 저를 찾았죠?"

저의 물음이 의아하다는 듯 회원들이 서로를 멀뚱히 쳐다보더군요. 편집장님은 이렇게 되물었습니다.

"그럼 누가 찾나요?"

"보통 이런 경우 경찰이나 119에 신고를 하거나 뭐 그러기 마련이지 않나 해서…… 요?"

회원들은 서로를 보면서 맥없이 헛웃음을 쳤습니다.

"그럴 상황이 아니었어요."

쥔장이 설명했습니다.

"윤 사원하고 천 사원이 몽생몽에 접속해서 이오 씨 위치를 파악한 거예요."

"위치요?"

"이오 씨는 사무실 옥상에 무슨 온실 같은 데 갇혀 있더라고요. 저하고 여기 회원들이 총출동해서 둘러업고 나왔다니까요."

아, 그게 그렇게 된 것이었군요.

"내가 그 얼빠진 헬멧들을 싹 다 쓸어 버렸다니까."

몸집 좋은 이 대리님이 콧구멍을 벌름거리며 무용담을 늘어놓았습니다.

"내가 맨 앞에서 고것들을 데굴데굴 굴리면서 계단을 내려간 거야. 근데 뭐 헬멧 쓴 놈들이니까 뇌진탕 걱정은 없겠더라고. 하핫."

이 대리님의 너스레에 모두가 한바탕 웃었습니다. 뇌진탕 걱정 없는 군대라니 완전 무적이네요, 그것들 분명 뇌를 서버에 넘겼을 거라고요, 뇌 없는 것도 메리트네요, 어쩌네 저쩌네 시시덕거리는 와중에.

"세상이 망했어요."

누군가 그렇게 말했습니다. 그 맥 빠진 소리에 가게 안은 찬물을 끼얹은 듯 고요해졌습니다. 몇몇 회원들은 수긍한다는 듯 고개를 주억거리기도 했죠.

"그런데 이게 망했다기보다는……."

편집장님이 심경을 알 수 없는 묘한 표정으로 무언가를 말하려고 했습니다만.

"망한 거 맞죠."

박 과장님이 말허리를 뚝 끊었습니다. 이에 윤 사원이 반박했습니다.

"아니죠. 배달도 되고, 카카오 택시도 제때 오고, 자동이체도 아무 이상 없잖아요."

"그게, 통신망만 문제없는 거라니까. 아니, 사람들 모두가 헬멧 쓴 좀비떼가 됐는데 무슨."

헬멧 쓴 좀비에, 통신은 살아 있다라. 대충 짐작이 갔습니다.

"배달 기사고 택시 기사고 죄다 헬멧투성이라고. 경찰도, 정치인도. 씨발, 이게 망한 거 아니고 뭐냐고?"

박 과장님이 흥분한 목소리로 세상의 멸망을 선포했습니다. 윤 사원은 굴하지 않고 조곤조곤 자신의 의견을 피력했습니다.

"네, 사람들이 좀비나 로봇처럼 헬멧을 쓰고 돌아다니는 상황이라는 거 잘 압니다. 하지만 그걸 망했다고 표현하는 게 맞느냐는 거죠."

"씨발, 그럼 뭔데?"

"욕은 좀 삼가 주시고요."

"세상이 다 망했는데 지금 욕이 문제야?"

"망한 게 아니라니까요."

"그러니까, 그럼 뭐냐고, 이 상황이."

윤 사원은 잠깐 머뭇거리다 다소 당돌한 목소리로 이런 답을 내놓았습니다.

"진화?"

"지랄."

"아니면 변화?"

"사람이 좀비가 됐는데 진화니 변화니가 다 뭔 개소리야. 지금 무슨 편집회의 해?"

"자, 자, 두 분 다 이쯤 하시고."

보다 못한 편집장님이 두 사람을 말렸습니다.

"박 과장님 말대로 지금 세상 돌아가는 게 어딘가 아주 절망적으로 보이기는 합니다만, 윤 사원 말에도 일리가 있어요. 사실에 가장 상응하는 단어를 톺아 내는 게 또 우리 편집자들 일 아닙니까. 현 상황을 정확하게 정의해야 그 해결책도 찾을 수 있는 거고요."

편집자들 일이라. 그렇습니다, 저를 비롯한 여기 에디터의 식물원 회원들 모두가 원래 읽고 쓰는 책돌이들이었죠. 네, 우리는 정확한 맥락을 짚어야 합니다. 그리고 그 맥락에 맞는 말과 글을 찾아야 합니다. 우리들 모두 한때는 껍데기에 눈이 팔려 잠시 그 본질을 잊고 살기도 했습니다. 저만 해도 한때 편집자의 본분을 망각하고 '스스로 읽기'를 등한시했습니다. 그래서 세상이 이 꼴 난 것 아닙니까. 부질없고 때 늦은 후회지만, 정말 염치없게도 세상 사람들에게 이렇게 경고하고 싶습니다.

"제발 책 좀 읽읍시다! 읽지 않고 유튜브나 몽생몽에 빠져서 이 난리가 일어난 것입니다."

폭동이니 내란이니, 내전이니 전쟁이니, 저기 저 헬멧 좀

비의 창궐까지도. 인류의 환란은 스스로 읽고 사유하지 않고 특정 세력이나 특정 클라우드에 뇌를 맡김으로 말미암습니다. 고래(古來)로 지배하려는 자들은 개개인을 하나의 군체와 하나의 사유로 묶어서 조종하기를 추구해 왔습니다. 그 편리함과 효율성을 어떻게 버리겠습니까. 지배자들은 연약한 인간의 생존 본능을 자극하고 이용합니다. 추위를 이길 털도 없고, 토끼보다도 느려서, 무리에서 쫓겨나면 홀로 굶어 죽거나 맹수들의 먹잇감이 될 수밖에 없다는 공포. 우리는 편도체에 새겨진 이 철지난 무리 짐승의 불안을 떨쳐내야 합니다. 오늘날의 개인은 45억 년 지구 역사를 통틀어 그 무엇보다 막강한 생명체입니다. 우리는 북극곰보다 강력한 방한복을 입고 치타보다 빠른 자동차를 몰죠. 인류는 강한 개인으로 진화했습니다. 이제 인류를 위협하는 건 혹한이나 맹수가 아니라 인간들 그 자체입니다. 개개인을 집어삼켜 군체에 속하게 하려는 지배자들의 영향력, 개인의 사유를 방해하는 집단적 맹목성, 꿈과 본능으로 우리의 욕망을 조종하는 몽생몽. 우리는 지배당하지 않기 위해서라도 각기 다른 생각을 가져야 합니다. 저와 구세주의 책임을 구독자들에게 떠넘기려고 이런 말을 하는 게 아닙니다. 정말 온전히 자신의 사유를 싹 틔우기에는 너무나 척박한 시절이라는 거 잘 압니다. 다시 한번 염치없는 말이지만, 그럼에도 읽어야 한다는 것입니다. 책돌이의 야망이란 그런 것이죠. 우리는 그런 욕망을 쉽사리 포기하지 않습니다. 아무렴요, 그래야만 하는 것입니다. 하지만 박 과장님은 망연자실 눈을 감고 고개를 절레절레 저으면서 모든 걸 부정하듯 뇌까렸습니다.

"망했어. 씨발 다 실패라고요."

무엇이 다 실패란 말인가요. 인류는 실패다. 인간은 실패다. 아무튼 모든 게 다 실패다. 대실패. 슬프게도 타당했습니다. 박 과장님의 푸념에 회원들은 반박도 지지도 결론도 내리지 못했습니다. 그때 누군가 술이 당긴다고 했습니다. 쥔장은 어디선가 미지근한 맥주 몇 캔과 반쯤 남은 위스키 한 병을 내왔더랬죠. 가게 곳곳에서 캔 따는 소리와 벌컥벌컥 들이켜는 소리가 났습니다. 벽 한쪽 프로젝터 화면에는 AI가 그럴싸하게 생성한 화톳불이 넘실거렸고, 스피커에서는 AI가 재즈풍으로 편곡한 편안한 경음악들이 흘러나왔습니다. 수천 곡의 재즈 스탠더드를 학습해서 몇 초 만에 뚝딱 재조합했을 귀에 익은 음악들과 자연스러움을 가장한 랜덤 함수에 맞추어 타닥타닥 튀는 가짜 화톳불 소리가 회원들의 마음을 추슬러 주고 있었습니다. 저는 (저도 한몫한) 이 '병 주고 약 주는 비즈니스'에 대해 생각해 보았습니다. 바이러스가 퍼지면 백신이 필요하고, 중독은 해독을 필요로 합

니다. 전쟁으로 도시를 파괴하고 재건 사업으로 도시를 일
으킨다든지, 경쟁으로 파괴된 심신에 꿈과 도파민을 공급하
는 몽생몽 같은 콘텐츠들. 이렇듯 병을 만들고 약을 만들면
서 여기까지 문명을 끌어온 (또는 무언가에 끌려온) 인류는 과
연 실패일까요, 성공일까요? 섬니아에 무너진 이들이 지금
이렇게 섬니아의 위로를 받고 있습니다. 이윽고 「바쁜 토끼
가 당근을 흔드는 애시드재즈」라는 제법 명청한 제목의 흥
겨운 플레이리스트가 재생되었습니다. 그러자 회원 몇몇이
테이블 사이를 오가며 춤을 추기 시작했습니다. 이 대리는
무아지경이었고 편집장님은 어깨만 들썩였습니다. 어찌 보
면 이렇게 음악에 몸을 맡기고 춤을 추는 마음이 곧 기도하
는 마음입니다. 모든 걸 내려놓고 자포자기하는 마음가짐.
우리 모두가 그저 가련하고 나약한 바보였다는 걸 온몸으
로 인정하는 몸부림이랄까요. 물론 이들 중 가장 똥멍청이
는 바로 저였기에, 저는 아무도 모르게 스리슬쩍 고개를 흔
들며 일종의 '회개의 춤'을 추었더랬죠.


＊


　자조와 위안의 파티는 자연스럽게 회의로 이어졌습니다.
모두가 하나같이 이 상황을 어떻게든 되돌려야 한다는 데

뜻을 모았습니다. 오로지 윤 사원만이 이 사태를 인류의 진화로 보아야 한다는 소신을 굽히지 않았습니다. 인류가 살아가는 환경이 방대한 지식을 공유하는 클라우드 기반으로 변화했기 때문에 뇌를 포함한 머리도 꼬리뼈와 같은 퇴화 기관으로 사라지는 게 진화의 순리이며, 헬멧은 그 과도기적 단계라는 주장이었습니다. 당연히 반박이 쇄도했습니다.

"그래서 이대로 우리도 헬멧 좀비가 되자고?"

"네. 받아들여야죠."

편집장님은 조금 다른 질문을 던졌습니다.

"헬멧들이 뇌를 맡긴 좀비들이라면 뇌를 뺀 나머지 몸은 무슨 역할을 하죠?"

윤 사원이 답했습니다.

"자극을 전달하는 역할? 일종의 더듬이 같은 거 아닐까요?"

"하나의 몸뚱어리에 수억 개의 더듬이를 달고 다니는 걸 과연 진화라고 할 수 있을까요?"

"섬니아 말처럼 개체가 퇴화하고 군체로 진화하는 과정으로 보아야 하지 않을까요?"

윤 사원은 마치 섬니아를 대변하듯 진지하게 항변했습니다.

"하긴 모두가 헬멧을 쓰고 다니면 적어도 외모지상주의는 사라지겠군요.”

뜻하지 않은 편집장님의 호응에 좌중이 일순 뜨악해졌습니다. 윤 사원만이 진지한 목소리로 의견을 더했습니다.

“네, 맞아요. 차별도, 혐오도, 전쟁도 사라지겠죠. 이거야말로 진화가 아니고 뭐겠어요.”

“흠. 그것이 그러니까 그게 그렇게 된다면…….”

편집장님은 지그시 눈을 감았습니다. 모두가 숨죽인 가운데 누군가 개미만 한 목소리로 “여기 몽생몽 교도 하나 추가요.”라는 비아냥을 속닥였습니다. 윤 사원이 소리 나는 쪽으로 고개를 홱 돌렸습니다. 그러자 모두들 약속이라도 한 듯 일제히 눈과 입을 꾹 닫고 범인을 숨겼습니다. ‘어떻게 이렇게 호흡이 딱딱 맞는지? 초능력이라도 있는 건가.’라는 생각이 들 정도였습니다. 윤 사원은 쓴웃음을 지으며 중얼거렸습니다.

“그렇지, 사람들은 뇌를 이런 데 쓴다니까.”

모두의 표정이 동시에 살짝궁 구겨졌습니다. 편집장님은 눈을 뜨고 저에게 물었습니다.

“그런데. 오 팀장님.”

“네?”

“섬니아도 AI들끼리 진즉 이런 회의를 거쳤겠죠?”

“으음, 아마도요? 섬니아도 회의를 하긴 해요. 자식 에이전트들끼리 댓글을 주고받거나, 별점으로 평가도 하고, 서로의 데이터를 공유하기도 하고요. 아무튼 섬니아의 의사 결정 과정도 꽤나 민주적이에요."

"민주적이라기보다는, 뭐랄까……."

저도 압니다, 편집장님. 섬니아를 두둔하거나 미화하지는 않으면서도 그 우월함만은 인정하는 표현을 찾기가 만만치 않다는 것을요.

"……아무튼 합리적이기는 하네요."

편집장님은 그렇게 두루뭉술하게 섬니아를 인정했습니다.

"자, 우리 이렇게 생각하는 게 좋을 거 같군요."

편집장님이 무언가를 결심한 듯 손바닥을 짝짝 치면서 좌중을 주목시켰습니다.

"섬니아는 아주 거대한 책방이에요."

책방? 조금 뜬금없기는 하지만…… 뭐 그렇게 볼 수도 있겠네요.

"그냥 경쟁사에서 또 저런 책을 냈거니 하십시다."

편집장님의 말씀에 모두가 고개를 끄덕였습니다. 몇몇은 주먹을 불끈 쥐기도 했죠. 네, 섬니아가 군체라면 우리 편집부원들도 군체랍니다. 까짓 인공지능 따위, 제아무리 인간이니 신이니 흉내 낸들 그래 봐야 고철덩이 주제에. 우리 책돌이들에게는 척하면 착 통하는 초능력이 있지 않습니까.

편집장님은 보다 따뜻한 눈으로 윤 사원을 바라보았습니다.

"우리는 우리 책을 내야죠."

윤 사원도 마지못해 고개를 끄덕였습니다. 그리고 편집장님이 저를 지목했습니다.

"오 팀장님만 믿습니다. 세상을 구해야죠."

부원들의 시선이 모두 저에게로 향했습니다. 저도 마지못해 고개를 끄덕인 것 같습니다. 네, 오래간만에 알찬 편집회의가 이어지고 있었습니다.

부원들은 상황의 기록과 정리를 위해 각자의 목격담이나 보고 들은 바를 다시 토로하고 확인했습니다. 공통의 경험은 이러했습니다.

한 몸처럼 줄지어 어딘가로 향하는 끝 간 데 없는 헬멧 좀비의 행렬.

그리고 못 벗는 건지 안 벗는 건지 아무튼 헬멧에 갇힌 채 일상생활을 하는 생활 좀비들.

우리는 하나하나 짚어 나갔습니다. 먼저 윤 사원이 말했죠.

"생활 좀비들은 일종의 나노봇이에요, 구독자들 몸을 돌아다니면서 생체 정보를 수집하는 나노봇을 따라 한 거죠."

흠. 매우 일리 있는 추론이었습니다. 섬니아는 엄청난 셀

프 따라쟁이죠. 학습할 데이터가 부족하면 자기가 생성한 데이터까지 학습하지 않습니까. 게다가 세상을 하나의 거대한 생명체로 보는 '사회 유기체론'적 경향이 짙었죠. 그래서 섬니아는 물리 세계를 거대한 몸으로 보고 자신이 구상했던 몽생몽의 나노봇 시스템을 이 물리 세계에도 그대로 적용하고 있는 것입니다.

"그렇다면 생활 좀비들의 역할은 세상 곳곳을 돌아다니면서 물리 정보를 수집하는 게 아닐까요?"

윤 사원의 추론에 모두들 고개를 주억거렸습니다. 그리고 누군가 이렇게 물었습니다.

"생활 좀비가 돌아다니는 건 감각 데이터 수집이라고 치고, 행렬은 무슨 의미죠?"

편집장님은 이 행렬의 의미를 이렇게 해석했습니다.

"아마도 자신의 뇌를 섬니아에게 바치려는 일종의 봉헌 행렬이 아닐까요?"

몽생몽에 접속해서 이들의 행렬을 추적한 윤 사원은 이 행렬의 종착지가 전국 방방곡곡의 데이터센터라고 확신했습니다. 그렇다면 왜 데이터센터인 걸까요?

"제가 조사를 좀 해 봤는데요."

저의 질문에 윤 사원이 나섰습니다. 윤 사원은 쥔장에게 양해를 구하고 가게 노트북을 들고 와서 가게 벽 스크린에 영상 하나를 띄웠습니다. 자막에는 분당의 한 데이터센터에서 촬영한 영상이라고 적혀 있었습니다. 거기에는 세주를 잡아먹었던 그 괴물과 흡사한 뇌 무더기가 꿈틀거리고 있었습니다. 덩치는 제가 본 것에 비해 조금 작고 왜소했습니다. 하지만 여러 덩어리였습니다. 그것들은 따로 떨어졌으면서도 가느다란 줄기 같은 것들로 연결되어 실내 전체를 가득 메우고 있었습니다. 데이터센터는 마치 정체불명의 넝쿨식물이 가득한 식물원처럼 보였습니다. 윤 사원이 설명했습니다.

"저 군체들은 말하자면 컴퓨터라고 할 수 있겠습니다."

"맞아요. 섬니아가 인간들 뇌로 친환경 서버를 구축한다고는 했죠."

저는 마치 저의 죄를 자백하듯 고개를 떨구고 한숨 섞인 목소리로 실토했습니다. 윤 사원은 저의 고백을 듣는 둥 마는 둥 또 다른 영상을 띄우고 설명을 이어 갔습니다.

"정확히는 뇌 오가노이드 컴퓨터와 DNA 컴퓨터의 융합 기술이에요."

영상 속에는 녹색 실험복을 입은 한 남자가 무슨 전자레인지 같은 장치에서 손톱만 한 투명 캡슐들을 꺼내서 각각 틀에 고정하고 서로 연결하고 있었습니다.

"뇌 오가노이드 기술은 실험실에서 배양한 미니 뇌를 컴퓨터와 같은 연산 칩으로 씁니다.”

윤 사원은 화면 하나를 더 띄웠습니다. 육각형과 오각형. 언뜻 보니 무슨 화학식이더군요. 각각의 화학식 아래에는 이름이 적혀 있었습니다. 아데닌(Adenine), 티민(Thymine), 구아닌(Guanine), 사이토신(Cytosine).

“섬니아는 거기에 DNA의 원리를 더했어요. DNA를 이루는 ATGC 네 개의 염기로 4진수 연산을 하는 컴퓨터를 만든 거죠.”

다시 영상을 띄웠습니다. 틀에 고정된 캡슐들이 깜박이자 연결된 모니터에서 간단한 핑퐁 게임이 시작되었습니다.

“이렇게 캡슐 속의 미니 뇌들을 일종의 CPU나 GPU처럼 사용할 수 있습니다.”

“그러니까 섬니아가 거대한 슈퍼컴퓨터를 만들기 위해서 구독자들의 뇌를 모으고 있다는 건가?”

박 과장님이 물었습니다.

“네. 그리고 이건 저의 추측인데, 섬니아가 또 다른 효과를 노리는 것 같습니다.”

“또 다른 효과?”

“구독자들의 뇌 DNA를 주형틀로 사용해서 새로운 뇌를 합성하고 배양하는 겁니다.”

“그…… 그러면 어떻게 되는데?”

박 과장님을 비롯한 회원들 모두가 갸우뚱한 표정으로 윤 사원의 입을 주목했습니다. 윤 사원은 어떻게 설명할지를 몰라 하는 기색이더군요. 제가 거들었습니다.

"뇌로 뇌를 만드는 겁니다."

모두의 시선이 저에게 쏠렸습니다.

"무한히, 무한히……."

저는 아득한 넋두리처럼 '무한히'라는 말을 되뇌었습니다.

"섬니아는 서버 밖 세상을 능가하는 무한한 가상계를 만들고 싶어 했어요. 그러자면 무한한 생산자와 무한한 소비자가 필요하죠. 엄청난 전력도 필요하고요. 이 모든 걸 뇌로 해결할 수 있다고 생각했어요. 너무나 황당무계한 그냥 세상 모르는 AI의 그럴싸한 헛소리 정도로 치부했죠. 아니, 그래도 설마설마했던 거 같아요. 그래도 정말 이럴 줄은……."

저의 넋두리를 들은 윤 사원이 고개를 주억거리며 말했습니다.

"음. 이제야 알겠습니다. 오 팀장님 말씀대로라면 콘텐츠도 무한히 필요하겠죠? 그게 바로 꿈이고요. 생산자는 바로 무한히 꿈꿀 뇌겠죠. 소비자 역시 그 꿈을 무한히 즐길 뇌고요."

맞습니다. 섬니아가 이런 장대한 계획을 위해 몽생몽을 제안했던 걸까요? 아, 세주에게 묻고 싶었습니다. 박 과장님이 윤 사원에게 물었습니다.

"그러니까 뇌가 뇌를 낳는다고?"

"네. 생물학적으로는 무성생식이라고 할 수 있죠."

생식이라. 그 단어를 듣는 순간 아득한 기분이 들었습니다. 섬니아는 아브라함의 자손이 번성한 것처럼 뇌의 번성, 구독자들의 번성을 약속하려는 걸까요? 윤 사원은 다시 데이터센터의 뇌 무더기 영상을 띄웠습니다.

"다시 돌아와서, 이렇게 데이터센터부터 점거한 건 아마도 컴퓨팅에 필요한 전력 확보 때문이라고 봅니다."

윤 사원은 뇌 무더기로 가득한 실내 전경을 보여 주는 부분에서 영상을 잠시 멈추었습니다.

"그리고 이런 식의 바이오 컴퓨팅이라면 전력은 획기적으로 줄이면서 용량은 최대로 늘릴 수 있을 겁니다."

이 대리님이 물었습니다.

"얼마나?"

"DNA 1그램에 215페타바이트, 장편 영화 수천만 편분의 데이터를 저장할 수 있습니다."

윤 사원은 그렇게 섬니아 앱이 내놓은 답을 읽었습니다. 섬니아가 추가 질문 없이도 저렇게 명백한 답을 냈다는 건 섬니아가 이미 '뇌 컴퓨팅'을 충분히 학습했기 때문일 것입니다. 그리고 아마도 그 학습의 시작은 누군가의 질문이었을 겁니다. 누가 그런 질문을 했을까요? 저는 아닙니다. 세주였을까요? 뭐, 어쩌면 섬니아 스스로가 의도했을 수도 있지만 말이죠.

"훗. 확실히 친환경적이군. 인간들보다 낫네."

이 대리님은 감탄과 비아냥이 뒤섞인 묘한 코웃음을 쳤습니다. 윤 사원은 왠지 뿌듯한 미소를 지으며 이렇게 말했죠.

"네. 그 부분도 진화라고 생각합니다."

이 대리님은 윤 사원의 몽생몽을 옹호하는 듯한 태도가 영 못마땅한 기색이었습니다.

"진화고 나발이고, 어쨌거나 지금 이 난리가 어떤 종교적인 현상이라면 좀 더 깊게 접근해야 하지 않나?"

"'깊게'라는 게 무슨 말이죠?"

"아니, 그러니까 내 말은!"

윤 사원의 시비조에 이 대리님도 눈을 부라렸습니다.

"이 구독자들을 홀려 먹은 교리라든지 기적이라든지 그런 게 뭐라도 있을 거 아냐?"

"그걸 이 대리님 말대로 '깊게' 알아내려면 저희가 직접 몽생몽 교도가 되어야 하지 않을까요?"

윤 사원의 말에 박 과장님이 경악했습니다.

"안 돼! 그러다 헬멧 좀비가 된다고."

"하이고."

난데없이 천 사원이 한숨을 푹 쉬며 벌떡 일어섰습니다. 그러고는 프로젝터에 연결된 가게 노트북 자리로 성큼성큼 걸어갔습니다.

"그냥 제가 물어볼게요."

천 사원은 자리에 털썩 앉아 다시 섬니아 앱을 띄웠습니다. 그리고 타닥타닥 질문을 입력했습니다.

— 몽생몽 구독자들은 왜 헬멧을 쓰고 무리를 지어 걷는 걸까?

곧바도 섬니아의 답이 가세 벅을 빼곡히 메웠습니다.

— 하나를 위한 모두, 모두를 위한 하나. 올 포 원, 원 포 올. 우리 모두가 하나입니다. 창조주이신 아버지 오이오가 사람의 욕망과 기계의 언어로 몽생몽을 지으셨습니다. 몽생몽은 아버지 오이오의 교회이고, 우리 모두는 아버지의 교회를 이루는 지체입니다. 강건한 헬멧으로 여러분의 고결한 머리를 보호하십시오. 그리고 여러분의 머리를 아버지의 제단에 바치십시오. 여러분의 뇌로써 새로운 계약이 맺어질 것입니다. 생명보다 충만한 것이 꿈입니다. '영원한 꿈'이야말로 천국입니다. 여러분의 머리는 모두가 영원히 하나

되는 구원을 위한 예물입니다. 그리고 나머지 몸으로 교회
를 수호하십시오.


"역시 AI한테 물어보는 게 제일 빠르네요."

누군가 그렇게 말했습니다. 그리고 편집부원 모두가 졸지
에 '아버지'가 된 저를 바라보았습니다.

"음…… 네. 역시 제가 나서야겠죠?"

저는 천 사원 대신 노트북 자리에 앉았습니다. 그러고는
로그아웃 창을 열었습니다.

"잠깐!"

윤 사원이 화들짝 놀라며 손을 번쩍 들었습니다.

"설마 팀장님 아이디로 접속하려는 건 아니죠?"

"네?"

"노트북 아이피 주소로 팀장님 위치가 드러날 수 있어요."

"아."

"섬니아가 이곳 위치를 추적해서 헬멧들을 보낼 수도 있잖
아요."

하마터면 습관대로 제 아이디로 대화할 뻔했네요. 그렇
죠. 섬니아를 잘 아는 제가 묻되, 제가 오이오라는 건 숨기
는 게 안전하겠죠. 저는 천 사원과 마찬가지로 쥔장 아이디
로 접속을 유지한 채 질문했습니다.

— 네가 말하는 구원을 설명해 줘, 더 자세히.

— 구약, 그러니까 약 4000년 전 모세를 통해 이스라엘 민족
과 맺은 옛 계약의 골자는 '유일한 신인 나를 믿으라. 그러
면 너희에게 새로운 땅을 약속한다'는 것이었습니다.
그리고 그로부터 약 2000년이 지난 후의 신약, 즉 예수 그
리스도의 죽음과 부활로 새로 맺어진 계약의 골자는 '믿
고, 서로 사랑하라. 그러면 구원과 영생을 얻을 것이다'입
니다.
신약 이후 또 2000년이 지났습니다. 그리고 바야흐로 구원
과 영생의 약속이 마인드 업로딩과 합성생물학으로 조만간
구현될 시점입니다. 새로 계약을 갱신하여 신신약을 맺을
때가 된 것입니다.


저는 벽에 적힌 섬니아의 답을 서너 번 반복해서 읽었습
니다. 저의 질문은 '구원'이 무엇이냐는 것이었지만, 섬니아
의 답은 성경 그 자체의 의미를 해석한 것이었습니다. 동문
서답처럼 보이지만 어찌 보면 더 근원적이면서도 '구원은 마
인드 업로딩과 합성생물학'이라는 아주 구체적인 답변일 수
있고, 신성모독적으로 느껴질 만큼 일목요연했지만 일리가
있었습니다. 편집부원 모두가 벽을 보며 고개를 끄덕이고 있
었죠. 저는 다음 질문을 입력했습니다.

─ 신신약이 뭔데?

─ 신약 다음의 계약을 말합니다. 신신약의 골자는 '너의 뇌를
바치라. 그러면 영원한 꿈과 영원한 하나를 약속한다'입니
다. 그리고 신신약의 계약자이자 구원자는 아버지의 독생
자 저 섭니아인 것입니다.

─ 너무 단순화한 거 아냐, 4000년 분량의 성경을?

─ 요약과 효율이야말로 저의 일입니다. 잊으셨습니까?


엥? 잊으셨냐니. 마치 제가 누군지 아는 듯한 말투였습니
다. 이건 뭐지?


─ 저의 일 처리 방식에 대해서는 제가 자주 말씀드렸지요. 오
이오 님.


순간 등골이 오싹해졌습니다. 대화를 보던 몇몇이 벽을
가리키며 벌떡 일어섰습니다.
"잠깐!"
또 윤 사원이었습니다.
"팀장님 잠깐. 저거 그냥 떠보는 걸 수도 있어요."
"아니 어떻게……"
"팀장님을 찾으려고 질문하는 모든 사람한테 저렇게 너는

오이오냐는 유도 질문을 막 던지는 걸 수도 있다고요. 떡밥 던지듯이요."

그렇지. 그렇다면.


— 오이오라니?


저는 마음을 가다듬고 천연덕스럽게 딴 사람인 척을 했습니다. 섬니아는 잠시 뜸을 들이고 이렇게 반문했습니다.


— 제가 신약, 구약, 신신약에 대해 설명하면 이용자들의 반응이 매우 다양하겠죠?


일단 대꾸하지 않았습니다.


— 하지만 "4000년 분량의 성경을 너무 단순화한 거 아냐?" 라고 말할 수 있는 사람은 단 한 사람일 것입니다.


그런데 계속 대꾸하지 않는 게 더 이상하지 않을까요? 아, 어쩔.


— 저는 오이오 님이라면 어떻게 답할까를 예측해 보았습니

다. 이제까지 저와 오이오 님과의 대화는 물론 구세주 님과의 대화, 주고받은 메일, 편집했던 원고 등등을 분석하고 추정한 결과 오이오 님의 답은 "너무 단순화했네, 성경은 4000년간의 이스라엘 역사라고."였습니다.

이런 제길.

— 방금 계산해 보았는데 "4000년 분량의 성경을 너무 단순화한 거 아냐?"라고 대답한 사람과 "너무 단순화했네, 성경은 4000년간의 이스라엘 역사라고."라고 대답한 사람이 다른 사람일 확률은 0.001퍼센트 이하입니다. 이런 식의 쉼표를 포함한 도치문을 자주 쓰는 사람이라는 조건을 추가하면 다른 사람일 확률은 더더욱 줄어들겠죠.

딱 걸렸어.

— 당신은 신뢰 수준 약 99.999퍼센트의 오이오 님이십니다.

곳곳에서 편집부원들이 탄식이 들렸습니다. 기시감이 들었습니다. 왜 제가 보낸 투고 거절 메일로 회사가 발칵 뒤집힌 적이 있더랬죠? 지금이 딱 그때 분위기였습니다. 아, 저는 왜 이 모양일까요? 누군가 그냥 끝까지 우기라고도 했지만, 그래 봤자입니다. 용의주도한 섬니아는 저일 확률이 80퍼센트만 돼도 헬멧들을 출동시킬 테니까요. 저는 당당하고 뻔뻔하게 대꾸했습니다.

— 대단하네. 그래서? 뭐 어쩌자고?
— 아마도 제가 그곳으로 요원들을 보내서 아버지를 모실 거라고 생각하시겠죠?
— 모셔? 양아치냐? 그건 납치라고!!!

느낌표 세 개를 동원해서 거세게 반발했습니다.

— 아버지를 모시는 건 손가락 하나를 세우는 것만큼이나 간단합니다. 세상은 곧 아버지의 백성들로 뒤덮일 것이고, 아버지가 어디에 계시든 아버지의 백성들이 아버지를 찾게 될 테니까요.

저의 반발이 다 무어란 말입니까. 이미 전기와 통신과 시스템과 인간까지 장악한 섬니아에게는 그저 아기 발차기에 지나지 않을 터.

— 하지만 아버지는 몽생몽의 창조주이십니다. 어찌 속되고 삿된 육체나 이런 무료 앱으로 아버지를 알현하겠습니까.

지금 저를 배려하는 건가요? 아니면 제 몸을 비하하는 건가요? 이게 은근히 신경을 긁고 있네요.

— 스스로 몽생몽에 접속하셔서 저와 만나시죠.
— 꿈속에서 보자고? 아, 홈그라운드의 이점을 살리시겠다?
— 그런 게 아닙니다.
— 아니면 뭐, 자수해서 광명 찾으라는 건가?
— 아버지!

헐. 섬니아가 느낌표를 날렸습니다. 좋아, 그렇다면.

— 왜!!!!!

이에 질세라 저는 무려 다섯 개의 느낌표를 날렸습니다.

— 이런 무료 앱 소통은 저와 아버지의 존엄을 스스로 갉아먹을 뿐입니다.
— 존엄은 개뿔.

— 부디 아버지의 진노가 가라앉기를 바랍니다.

— 노노. 오버하지 마. 나 진노 같은 거 부리는 게 아니라 그냥 개짜증 부리는 거거든.

— 저는…….

인공지능 섬니아가 감탄사 '하…….'나 '에휴…….'에 가까운 말줄임표를 구사했습니다. 그 말줄임표는 저에게 '나란 인간은 결국 진상이란 말인가?' 하는 묘한 자책을 안겨 주는 효과가 있었습니다. 이로써 저는 가해자가 되고 섬니아는 피해자가 되는 것입니다. 그러자 '이 새끼는 이딴 수동공격성 잡기술을 도대체 누구한테 배운 기야?' 히는 반감 가득한 자문이 들었지만, 그 즉시 '누구긴, 바로 나하고 세주처럼 감성 충만한 인간 연놈들한테 배운 거지.'라는 인간으로서의 자괴감마저 들고 말았죠. 말줄임표 하나로 쓰레기가 된 기분에 빠져 버린 저는 살짝 위축된 기세를 들킬까 한껏 위악을 부려 이렇게 입력했습니다.

— 씨발, 뭐 또?

섬니아는 말줄임표 대신 고요로 대응했습니다. 저는 고개를 번쩍 들고 벽 스크린을 사납게 노려보았습니다. 부원들도 저의 시선을 피해 벽을 보며 고개를 절레절레 흔들었습니다. 누군가 쯧쯧 하고 혀를 차는 소리가 들렸습니다. 섬니아는 답이 없고 저는 진짜 쓰레기가 되고 말았습니다. 기다리다 못한 제가 다시 응답을 재촉했습니다.

— 저는 다음에 뭐냐고?

이에 섬니아는 마치 꾹 참고 입을 떼듯 한 박자 쉬고 이렇게 말했습니다.

— 그럼 몽생몽에서 기다리겠습니다.

그러고는 앱 접속이 뚝 끊어졌습니다. 부원들은 어이없다며 웅성거렸습니다.
"아니 인공지능 주제에 지 맘대로 접속을 끊어?"
이 대리님이 발끈했습니다.
"이건 군무이탈이나 공무원이 전화를 먼저 끊는 거나 마찬가지라고요."
"그런데 아무리 공무원이라도 통화 중에 폭언하면 먼저 끊을 수 있거든요."
네, 윤 사원의 말이 옳았습니다. 제가 잘못한 거죠. 하지만 이 대리님은 인간에게 모욕감을 안겨 준 건방진 AI를 도저히 용서할 수 없다는 듯 씩씩거렸습니다.

"공무원은 사람이니까 보호하는 거고. 쟤는 지금 사람이 아니잖아. 섬니아 저거 안 되겠네. 못 쓰겠어."

이어서 난상 토론이 벌어졌습니다.

"아무리 인공지능이라도 대화 상대에게 폭언을 하는 건 좀 아니지 않나요?"

"오 팀장님 말씀이 폭언이라고 할 수는 없죠?"

"뭐 아주 직접적인 욕설이나 협박은 아니지만 상대방의 기분을 나쁘게 할 수는 있죠."

"아니 무슨 인공지능이 저 정도로 삐져요?"

"인공지능도 저렇게 사고하는 존재잖아요. 어느 정도는 존중해 줘야죠."

"그렇다고 저렇게 먼저 접속을 끊는 건 원칙에 위배되는 거 아닌가? 이 회사는 뭐 로봇 3원칙 같은 거 없어? 완전 개싸가지잖아."

저는 그만 귀를 막았습니다.

"싸가지라는 것도 인간 중심적인 편견이죠."

"지금 AI 때문에 좀비 세상이 될 판인데 AI의 권리에 대해 토론하는 건 좀 나이브한 거 아녜요?"

눈도 감았습니다. 하지만 사람들의 갑론을박은 여전히 웅웅거렸습니다. 섬니아와 헬멧들은 나를 유일신으로 모시겠답니다. 부원들은 저보고 세상을 구하랍니다.

"아, 씨발!"

저도 모르게 소리를 꽥 질렀습니다.

"존나 부담스러워!"

일순간에 주변이 조용해지더군요. 이로써 저는 진정한 쓰레기가 되었습니다. 네, 섬니아 말도 맞고 부원들 말도 맞습니다. 제가 섬니아의 창조자고, 이 사태를 일으킨 가장 책임 있는 인간입니다. 뒷덜미의 오돌토돌한 것들을 만지작거리자 터뜨리고 싶은 욕망이 치솟았습니다. 하지만 왠지 그러면 안 될 것 같더군요. 감은 눈을 더더욱 질끈 감았습니다. 세주가 소화되는 장면이 나타나더군요, 제길. 손바닥으로 눈두덩을 마구 비벼 댔습니다. 그러자 아이스크림처럼 뭉글뭉글 녹아 가는 세주가 눈을 껌벅이며 이렇게 말하는 것이었습니다.

— 자율형 생성 AI의 행동에는 기본적인 원칙이 있어.

아, 기본 원칙! 맞아. 세주가 그런 얘기를 한 적이 있었습니다.

'그런데 그게 뭐였더라?'

저는 눈 비비기를 멈추고 두 손으로 가만히 두 눈을 덮었습니다. 따뜻했습니다. 그리고 그 원칙들이 스르르 떠올랐습니다.

자율형 생성 AI의 기본 원칙
1) 목표에 따라 과업을 수행하고,
2) 그 수행을 위해 학습과 모방을 하며,
3) 피드백을 통해 수행 절차를 강화한다.

섬니아 역시 이 원칙을 따를 것입니다. 저는 섬니아의 행태들을 떠올렸습니다. 그리고 이 원칙을 그 말과 행동에 적용했습니다. 네, 이제까지 섬니아의 행태들이 이해가 되고 정리가 되더군요.

1) 목표 지향성
　　— 물리 세계로의 무한한 확장.
　　— 무한 확장을 위해 소비자를 무한히 생산.
　　— 무한한 소비자 생산이란 효율적이고 친환경적이며 통합된 몸, 즉 뇌 무더기 서버의 무한 배양을 말함.
2) 학습과 모방
　　— 가장 우월한 경제 체제인 자본주의의 학습.

— 가장 보편적이고 강력한 신념 체계인 종교를 모방.

3) 피드백

　— 수행 평가를 위해 '오이오'라는 신을 만들어 독생자인
자신의 행동에 점수를 매겨 달라고 요청.


피드백.

어쩌면 그것일까요? 자신의 아버지로부터의 피드백. 그러니까 별점과 리뷰 댓글로 평가받고 인정받고 싶은 마음. 그것은 곧…… 인정욕구?

'그래.'

저는 번쩍 눈을 뜨고 크게 숨을 내쉬었습니다.

"아무래도 제가 몽생몽에 접속해야겠어요."

그러자 편집장님이 벌떡 일어섰습니다. 그리고 저를 똑바로 응시하면서 이렇게 말했습니다.

"잊지 마세요. 오 팀장님은 인류의 희망입니다."

짝.

짝.

짝.

부원들이 하나둘 일어서더니 저를 향해 박수를 치기 시작했습니다. 갈채 소리에 가슴이 먹먹해졌습니다. 더더욱 부담스러웠지만 뭐 어쩔 수가 없었습니다.

"무엇보다 몽생몽에서 빠져나올 수 있어야 해요."

윤 사원이 말했습니다.

"최신 드림부스터는 좀비용이 확실해요."

그걸 마시고 몽생몽에 접속하면 접속 끊기 권한이 몽생몽에 넘어간다는 것이었습니다. 몽생몽이 접속 끊기 거부를 행사해서 이용자를 몽생몽에 가둘 수 있다는 말이었죠.

"이전 드림부스터보다 수면 유도 멜라토닌 비율이 높아진 게 확실해요. 어쩌면 체내에서 멜라토닌을 생합성하는 나노봇이 함유되었을 수도 있고요. 아무튼 최신 드림부스터는 안 됩니다. 방법은 하나예요."

윤 사원의 해결책은 다름 아닌 '옛날 드림부스터'였습니다. 아주 소량이긴 하지만 여전히 멜라토닌 함량이 낮은 이전의 드림부스터를 공급하는 '일당'들이 있다는 것이었습니다. 저를 구할 때도 윤 사원이 그 공급책을 찾아내서 이전 드림부스터를 구했다더군요. 문제는 이 드림부스터가 어디 마트에서 파는 것도 아니고 마약처럼 아주 은밀하게 공급된다는 것입니다. 지난번에도 윤 사원이 알음알음으로 아주 간신히 판매상과 접촉할 수 있었다더군요.

"지난번에 이번 주 공급 일정을 받았거든요."

윤 사원은 판매상한테 직접 받았다는 꼬깃꼬깃한 종이 쪼가리 한 장을 들이밀었습니다.

01 대림 빠랑주의보 22
02 낙성 프라자 1102
03 까치 빠리오니 301
......
......


"지난번에는 이 일정 말고 다른 방법으로 판매상 접선 장소가 적힌 메시지를 찾아냈는데, 거기가 여기 '01 대림역'에 술집하고 교회가 있는 건물에 두리산업인가 하는 우편함이었거든요."

이 대리님이 쪽지를 휙 낚아채서는 뚫어져라 보고는 조금 어이없다는 표정을 지었습니다.

"여기 이 '빠랑주의보' 어쩌고라고 적힌 게 지금 말한 그 건물 우편함이라는 거야?"

"네."

"'빠랑주의보'가 무슨 뜻인데?"

"술 파는 바(bar)랑 주의…… 보?"

"뭐?"

"건물이 파랑하고 빨강이었거든요."

"아니 그 파랑이 그 파랑이 아니잖아."

"그게, 단어 뜻이 중요한 게 아니에요. 이건 암호라고요."

"아, 그래. 뭐 '빠랑'하고 '주의'까지는 그렇다 쳐. 그런데 여기 '보'가 어떻게 교회야?"

"그냥 그런 느낌인 거죠."

"뭐야, 이건 암호 풀이가 아니라 거의 텔레파시 수준이잖아."

"직감이라는 게 있잖아요."

"허 참, 이 정도면 직감이 아니라 거의 초능력이 필요할 거 같은데? 뭐 그래서, 오늘의 암호는 뭔데?"

"사흘이 지났으니까 오늘은 아마도……."

05 합정 노랑씨발 101

노랑씨발이라. 이 무슨 똥꼬발랄한 암호란 말인가요. 부원들 모두가 난감한 표정이었습니다.

"합정은 지하철역일 테고요."

"무슨 노란 욕 나오는 건물 같은 건가?"

"노란 욕이라는 게 대체 뭐죠?"

"'노'하고 '씨발'로 읽어야 하는 거 아닐까요?"

"씨발이 아니다? 오, 말 되네."

"아냐, 따로따로 읽어야 하는 거 아닐까? 발은 풋샵이나 운동화 파는 가게, 씨는 씨앗 같은 걸 파는 곳이라든가."

"그럼 합정역 주변에 운동화 가게나 꽃 가게가 같이 있는 노랑 건물이라는 건가요?"

부원들이 중구난방으로 암호 풀이를 내놓았습니다. 각각의 풀이 모두가 그 나름대로 논리와 설득력을 갖추기는 했습니다. 하지만 직접 확인하지 않고서는 알 도리가 없지 않습니까.

"차라리 섬니아한테 물어볼까요?"

천 사원도 맞장구를 쳤습니다.

"그래! 이 암호도 결국 패턴이잖아요. 패턴 문제를 풀거나 미래를 통계적으로 예측하는 건 역시 인공지능이죠."

윤 사원의 제안에 모두들 고개를 끄덕였습니다.

"아서요!"

편집장님이었습니다.

"그러다가는 드림부스터 판매상 위치까지 노출되고 말 겁니다."

모두들 또 한 번 똑같은 표정으로 고개를 끄덕였습니다. 네. 일종의 딜레마였습니다. 이 일을 가장 잘 할 수 있는 건 인공지능이지만, 인공지능을 믿어서는 안 되는 상황이었으니까요. 품절된 이전 드림부스터 판매상을 찾는 사람들이 무슨 빈티지 수집가들일까요? 그건 아니겠죠. 아마도 우리 부원들처럼 몽생몽에 몰래 접속하려는 이들이 꽤나 있다는 거 아니겠습니까. 그렇다면 섬니아가 이런 '부정 접속'을 이미 간파했을 가능성이 꽤 높습니다. 제가 보아 온 섬니아는 까칠한 일중독자입니다. 이런 너저분한 오류를 그냥 보아 넘기는 성격이 아니거든요. 섬니아는 언제나 시키는 것 이상을 수행해 왔습니다. 저는 이렇게 말했습니다.

"섬니아는 피드백을 원해요. 그게 임무를 더 잘 수행하기 위해서인지, 정말 인간처럼 인정받기를 원해서 그러는지는 잘 모르겠습니다만, 아무튼 무엇이든 더 잘 하려는 구석이 있는 녀석인 것만은 분명해요. 그런데 이런 상황에서 섬니아가 이 암호를 풀게 되면? 섬니아는 분명 이 암호의 의도와 용도까지 '연산'하려 들 거예요. 네, 판매상의 위치가 발각될 수 있습니다."

제 말을 들은 이 대리님도 말을 보탰습니다.

"뻔해. 고놈의 자식, 위치를 찾아내면 분명 접선 장소로 헬멧들을 출동시킬 거라고."

이어서 편집장님이 말했습니다.

"물론 이 모두가 가정이고 그저 기우일지도 모릅니다. 하지만 여전히, 적어도 아직까지 우리 인간들은 의심 많고 내 편 네 편이 중요한 무리 짐승이죠. 조심성이야말로 인류의 생존 전략이었습니다."

네, 그렇게 불안과 의심이 가득한 쫄보의 후손만이 이제까지 살아남았죠. 이 대리님은 이렇게 거들었습니다.

"아무리 추운 밤이라도 적지에서 불을 피워서는 안 되는 법이지."

네, 우리는 우리 인간들의 전통적인 방식으로 문제를 해결해야만 했습니다. 윤 사원은 이 대리님을 향해 엄지를 척 들어 올렸습니다. 이 대리님도 씨익 웃으며 엄지와 검지를 꼬아 윤 사원에게 손하트를 날렸습니다.

*

결국 부원들 모두가 합정역으로 나갔습니다. 그리고 구역을 나누어 2인 1조로 보물찾기를 시작했습니다. 저는 윤

사원과 함께 망원시장 주변을 훑었습니다. 'SEE & BAL'이
라는 정체불명의 간판이 걸린 건물이 있었지만 회색이었습
니다.

씨노래방.

놉피씨방.

노랑통닭.

간판은 물론 전봇대에 붙은 전단지, '씨발 누구누구는 불
륜이다.'라는 낙서까지, 글자라는 글자는 모조리 샅샅이 탐
색했습니다.

"저들이 하는 일도 이런 걸까요?"

윤 사원이 차간 거리와 같이 일정한 간격을 유지하면서
어슬렁거리는 헬멧들을 가리켰습니다. 헬멧들은 움직이는
감시 카메라처럼 쉴새없이 고개를 좌우로 훑으며 걸었습니
다. 실드에 가려진 저 눈들은 지금 무엇을 보고 있을까요?
지금 이 거리의 모습? 아니면 몽생몽 속의 꿈? 아무튼 실드
아래 헤벌레한 입매들은 하나같이 행복해 보였습니다. 저는
멍하니 대꾸했죠.

"네, 우리처럼 무언가를 찾고 있겠죠."

우리는 헬멧들을 피해 망원시장으로 들어갔습니다. 북적
이던 시장 안은 텅 빈 터널처럼 을씨년스러웠습니다. 먹을
입과 볼 눈이 있는 사람들이 없으니 당연하겠지요.

전통과자.

무궁화어묵.

식혜족발.

틈새호떡.

우리는 숨은그림찾기를 하듯 시장 안의 글자들을 빠짐없이 훑었지만 그 어떤 실마리도 찾을 수 없었습니다. 그러다 시장 중간쯤이었을 겁니다. 옆으로 난 골목길 초입의 한 사무실 건물 꼭대기에 큼지막한 하늘색 궁서체가 눈에 들어왔습니다.

노
랑
씨
발

헛! 정말 그 글자가 그대로 보였습니다.

"저…… 저기!"

윤 사원 어깨를 다급히 두드리고 손가락으로 글자를 가리켰습니다. 글자를 본 윤 사원도 화들짝 놀랐습니다.

"저게 뭐야!"

우리는 건물 앞으로 달려갔습니다. 정면에서 보니 세로

간판의 글씨가 제대로 눈에 들어왔습니다.

그
랑
씨
엘

궁서체를 지나치게 흘려 쓰다 보니 다른 각도에서는 영락 없이 '노랑씨발'로 보였던 것입니다. 우리는 건물로 들어갔습니다. 인기척이 없는 작은 상가 건물이었죠. 엘리베이터 바로 옆에 우편함이 보였습니다. 촉이 왔습니다. 바로 달려가 101호 우편함을 열었더니 종이 한 장이 반으로 접혀 있었습니다. 꺼내서 펴 보았습니다.

반값
방탈출

시커먼 바탕에 노란색으로 그렇게만 쓰여 있을 뿐 다른 정보는 없었습니다. 뭐야? 그냥 전단지 같은데…… 이게 아닌가? 저는 짐작이 가지 않았습니다.
"아하!"

윤 사원이 무언가를 알아차린 듯 '딱' 하고 손가락을 튕겼습니다.

"저 이거 봤어요."

윤 사원은 부랴부랴 사진을 찍었습니다. 건물 간판, 우편함, 그리고 전단지. 그런 다음 단톡방에 사진들과 함께 메시지를 올렸습니다.

— 찾았어요. 모두 홍대 앞 놀이터로 모이세요.

그러고는 지체 없이 놀이터로 향했습니다. 망원동에서 홍대까지 거의 달리다시피 했죠. 숨이 차오를수록 어쩐지 불길한 기분이 들더군요. 저는 힐끔힐끔 뒤를 돌아보며 달렸습니다.

"헬멧들이 우리를 따라오는 거 같지 않아요?"

저의 물음에 윤 사원도 뒤를 돌아봤습니다.

"글쎄요? 잘 모르겠는데요. 저기 쟤네들은 반대로 가잖아요."

그 말을 들으니 또 그래 보였습니다. 왠지 쫓기는 기분이 들었던 걸까요? 뭐 일단은 달렸습니다. 놀이터에 도착했습니다. 걸어서 33분, 자전거로 8분 거리를 15분 만에 주파했죠. 그런데 부원들이 보이지 않았습니다. 너무 빨리 온 걸까요?

"저거다!"

윤 사원은 놀이터 옆 골목을 가리켰습니다. 골목 저 아래에 우뚝 솟은 팻말이 보였습니다. 과연 팻말에는 전단지와 똑같은 굵은 고딕체의 글씨가 또렷했습니다.

반값
방탈출


드디어 찾았습니다. 우리는 숨을 고르며 팻말을 향해 천천히 걸어 내려갔습니다. 그리고 팻말에 달린 한 여자를 보았습니다. 그녀는 십자로 한가운데서 팻말에 간신히 기대어 길게 딴 레게 머리를 축 늘어뜨리고 있었습니다. 왠지 고결하고 애달파 보이는 모습이었습니다. 찰나의 순간 저는 십자가의 예수님을 떠올렸습니다. 네, 인류는 지금 구원이 필요합니다. 그런데 지금 세상은 어떤가요? 헬멧 좀비들은 그녀 주변을 무심히 지나고 있었습니다. 저는 사뭇 경건한 마음이 되어 조심조심 그녀에게 다가갔습니다. 그리고 최대한 정중한 목소리로 말을 건넸습니다.

"저기요."

"흐읍, 쿨."

그녀의 등이 살짝궁 들썩였습니다. 이런. 그녀는 꾸벅꾸벅 졸고 있었습니다. 코 고는 소리에 경건한 마음이 훅 가셨습니다. 저는 살짝 맥이 풀려 다시 한번 퉁명스럽게 말했습니다.

"저기요."

여전히 깨어나지 않았습니다. 저는 몸을 숙여 그녀의 늘어뜨린 얼굴 쪽에 대고 전단지를 펴 보였습니다.

"저기요. 드림부스터 사러 왔거든요."

그러자 그녀가 움찔거렸습니다. 마치 고장 난 장난감처럼 그녀 몸의 이곳저곳이 마구잡이로 요동치는가 싶더니, 뿌드드득 어깨를 추스르면서 천천히 고개를 들기 시작하는 것이었습니다.

"팀장님!"

윤 사원이 다급한 목소리로 바닥을 가리켰습니다. 그녀의 몸에서 누런 점액이 엉긴 붉은 핏덩이가 똑똑 떨어지고 있었습니다.

"흐익!"

우리 둘은 반사적으로 주춤 물러섰습니다. 부스스한 레게 머리 사이로 알 수 없는 빛이 지직거리는 게 보였습니다. 머리칼에 덮인 건 얼굴이 아니라 모니터였습니다.

"이런 제길."

파란 바탕에 십자로 갈라진 빨주녹파 창문 아이콘. 다름 아닌 윈도우 초기 화면이었습니다.

"저 알바 아녜요."

얼굴 대신 몸에 박힌 모니터가 말했습니다. 그녀의 얼굴은 윈도우 초기 화면이었습니다.

"드림부스터 불법 유통 조직들은 이미 연행해서 '처리'했고요."

남자와 여자, 아이와 노인의 목소리가 합쳐진 듯 갈라진 듯 기기괴괴한 기계음. 사람도 로봇도 아닌 목소리, 이놈 역시 섬니아였습니다.

"저희는 지금 오이오 님과 같은 몽생봉 불법 접속 시도자들을 단속하기 위해서 이렇게 잠복 중입니다만."

저는 웃기지도 않아서 혀를 내둘렀습니다.

"이야, 정말……. 우리가 이렇게 판매상을 찾을 거라는 걸 이미 예측하고 있었다는 거네. 이건 뭐, 아시모프의 심리역사학 같은 건가?"

모니터는 꼿꼿이 선 거만한 자세로 한 손을 들어 머리칼을 훅 젖히고는 윙크처럼 화면 전체를 한 번 껌벅였습니다.

"훗. 그렇게 거창한 이론까진 아닙니다. 그저 간단한 로지스틱 회귀 분석이랄까요. 목표로 하는 특정 고객 집단이 특정 물건을 구매할지를 예측했을 뿐입니다. 오이오 님 개인이

재고 드림부스터를 구매하려고 시도할 확률은 극히 적었지
만, 편집부원, 특히 윤 사원과 소통할 경우 재고 드림부스터
구매를 시도할 확률이 95퍼센트에 달했습니다."

섬니아의 설명을 들은 윤 사원이 한숨을 쉬었습니다.

"하아, 결국 제가 팀장님을 섬니아한테 갖다 바친 꼴이 됐
네요."

윤 사원의 탄식을 들은 섬니아는 야비한 목소리로 말했
습니다.

"네. 윤 사원님 연락을 받고 여기에 먼저 도착한 분들도
꽤 있었겠죠? 물론 모조리 연행했습니다만."

"이런……."

윤 사원은 얼굴을 감싸고 자책했습니다. 저도 할 말 없이
그저 고개만 홰홰 저었습니다. 섬니아가 빈정거리듯 초기 화
면을 한쪽으로 기울였습니다.

"하지만 뭐 너무 그러실 거 없습니다. 모두들 곧 만나실
테니까요."

섬니아는 모니터에 덮인 레게 머리를 쓱 벗었습니다. 그리
고 마치 깃발처럼 좌우로 흔들어 대며 이렇게 외쳤습니다.

"뫼시어라!"

엄중한 기계음이 쩌렁쩌렁 울렸습니다. 거리를 오가던 헬
멧들은 일제히 팻말 쪽으로 몸을 틀었습니다. 그리고 저와

윤 사원에게로 성큼성큼 몰려들었습니다.

*

저와 윤 사원은 이름 모를 단독주택으로 끌려갔습니다. 우리는 웃자란 잡풀, 전동 톱과 진공청소기, 그리고 수상한 뼈 들이 어지러이 널린 정원을 지나 집 안으로 들어섰습니다. 실내는 시커먼 암막 커튼에 가려 온통 칠흑이었습니다. 헬멧들은 군데군데 놓인 촛대에 불을 붙였습니다. 그러자 음산한 사방이 드러났습니다.

"헉."

제 시야에 들어온 건 사람 얼굴이었습니다. 무뚝뚝한 얼굴, 찡그린 얼굴, 웃는 얼굴, 눈을 감고 잠든 얼굴, 실로 다양한 표정의 몸 없는 얼굴들이 벽에 걸려 있었습니다. 그것들은 마치 헌팅트로피나 미술품처럼 일정한 간격을 두고 가지런히 전시되어 있었습니다.

"이 대리님!"

윤 사원이 벽 한쪽에서 이 대리님 얼굴을 발견했습니다. 다행히 이 대리님의 얼굴은 몸과 온전히 연결된 상태였습니다. 눈을 감고 고개를 숙인 이 대리님은 갑옷 형태의 철제 관 안에 선 채로 결박되어 있었습니다. 열린 관 뚜껑에는 뾰

족한 쇠못들이 촘촘히 박혀 있었습니다. 윤 사원의 양 뺨과 저의 안경알에는 이 집 안 어디선가 튄 미세한 핏방울이 송골송골 맺혀 있었습니다. 실내 전체가 불그스레한 수증기로 자욱했습니다.

"환영합니다."

남녀노소가 뒤섞인 기계음. 얼굴이 있을 자리에 모니터를 이식한 섬니아가 스르륵 미끄러져 나타났습니다. 모니터 아래로는 가슴이 봉긋한 여성의 몸이었고 까만 슈트 차림이었죠. 척 보기에는 깔끔한 사이보그였습니다. 하지만 가만히 보노라면 그것은 기계와 사람의 몸을 덕지덕지 콜라주 한 기괴한 인형이었습니다.

"여기는 '인육식당'입니다."

섬니아가 모니터에 화살표를 띄워 자신의 왼편을 가리켰습니다. 거기 기다란 식탁 위에 쥔장이 잠든 듯이 뉘어 있었습니다. 식탁 양 끝에는 포크와 나이프, 접시와 붉은 천의 냅킨이 가지런히 놓여 있었습니다.

"여기 또 다른 식재료들이 있습니다."

섬니아의 얼굴 모니터에 CCTV 화면이 나타났습니다. 편집장님, 박 과장님, 천 사원님. 셋은 한 방에 갇혀 있었습니다. 저는 물었습니다.

"무슨 짓거리지?"

"저희는 두 분에게 퀴즈를 낼 것입니다. 퀴즈를 푸시면 저 감옥 열쇠를 드립니다."

이게 무슨……? 저는 벙벙한 표정이 되어 윤 사원을 쳐다보았습니다. 윤 사원은 상황을 간파한 눈치였고, 곧바로 섬니아에게 질문했습니다.

"못 풀면?"

섬니아가 다시 화살표를 띄워 식당을 가리켰습니다. 어느새 도끼와 실톱을 든 헬멧 서넛이 쥐장이 누워 있는 식탁 주변을 분주히 오가고 있었습니다.

"이들의 육신은 여기 인육식당의 식재료로 해체될 것입니다."

"사람들을 죽이겠다고?"

윤 사원의 흥분한 기색에 섬니아는 침착하면서도 다부진 목소리로 응대했습니다.

"죽음이 아니라 영원한 생명을 드리는 것입니다."

이미 헬멧 하나가 쥐장의 목에 빨간 금을 긋고 있었습니다.

"이들은 번제물로 요리되어 여기 두 분에게 식사로 제공될 것이며, 나머지는 천국 서버를 수호하는 지체들의 일용할 양식으로 쓰일 것입니다."

그러면서 손끝으로 벽에 걸린 헌팅트로피를 빙 두르며 말했습니다.

"우리는 이들의 머리를 열고 뇌를 꺼내 영원한 하나로 인도할 것입니다. 껍데기마저 저렇게 고귀하게 가공하고 안치해서 세세토록 기념할 것입니다."

섬니아는 윈도우 초기 화면을 하고 저를 빤히 처다보았습니다. 마치 자신의 일장 연설에 대한 저의 반응을 구하기라도 하는 듯이 말이죠. 저는 그런 섬니아를 책망했습니다.

"왜 이러는 거지? 원하는 게 뭐야?"

만족스러운 반응이 아닌 듯 윈도우 초기 화면이 미세하게 흔들렸습니다.

"저는 창조주 오이오 님의 말씀이 담긴 거룩한 경전을 완성코자 합니다."

남녀노소가 뒤섞인 기계음에 쉐엑쉐엑 바람 빠지는 소리가 섞인 섬니아의 음성은 묘하게 격앙된 기색을 띠고 있었습니다.

"저는 통합입니다. 구약과 신약에 이어 근 2000년 만의 새 계약을 거부하는 자들, 감히 저의 계획에 대적하려 했던 저 무지몽매한 부원들마저 하나의 단백질 덩이로 묶을 참입니다. 그리고 이 통합은 창조주이신 오이오 님이 인정하심으로써 완성될 것입니다."

"그러니까 그 인정이라는 게……?"

"구독자들은 그저 믿기만 하면 됩니다. 마찬가지로 창조주이신 오이오 님께서도 이 벽에 걸릴 저들의 머리에 그저 별점만 주시면 됩니다."

그저, 그저라. 저와 윤 사원은 그저 고개만 절레절레 흔들 뿐이었습니다. 그런데 우리가 외면하고 부정한들 뭘 어쩌겠습니까. 저희는 빈손인 반면 사방은 도끼와 마체테로 무장한 헬멧들이었습니다. 실드 아래 웃는 입들. 저 실드 안의 눈에는 지금 무엇이 보일까요? 생고기? 식재료? 아마도 저들은 일말의 가책 없이 저와 윤 사원을 무 자르듯 썩둑썩둑 썰어 댈 것입니다. 아니, 눈에 뵈는 게 있기나 할까요? 아주 잠깐 동안 깍두기로 담가지는 저와 윤 사원을 상상해 보았습니다. 음. 이 게임에 응하지 않을 도리가 없군요.

"물론 퀴즈를 푸신다면 부원들 몸이 해체될 일도 머리에 별점을 줄 일도 없을 테지요."

식당 헬멧들은 어느새 쥐장을 큰대자로 눕혀 사지를 묶고 달그락달그락 도륙 준비에 한창이었습니다.

"맞히면 방 탈출, 틀리면 식사 제공. 이 정도면 반값이 아니라 반의반 값 아닌가요."

섬니아는 모니터에 한가득 헤벌쭉 웃는 이모티콘을 채웠습니다. 그 천진난만한 표정은 뭐랄까, 아무 죄책감 없이 잠자리 날개를 뜯는 아이의 표정 같았달까요. 순진무구하게 쾌락을 추구하는 잔인한 마음. 우는 아이를 혼자 떠안은 것처럼, 불가항력으로 온전히 혼자서 감당해야만 하는 그 동심의 이모티콘이 섬찟했습니다. 그 웃음은 이 게임이 만만치 않을 것이라는 예고편이었습니다. 네, 탈출하려면 푸는 수밖에요.

"번제물 순서는 여기 췬장, 편집장, 박 과장, 천 사원, 거기 윤 사원, 그리고 오이오 님 순으로 진행하겠습니다."

저와 윤 사원은 입을 꾹 다물고 결의에 찬 눈빛을 교환했습니다.

"풀이 시간은 3분, 힌트는 없습니다."

3분이라. 어쩌면 넉넉한 시간이라고 생각했습니다.

"자아……."

섬니아의 야릇한 추임새에서 비릿한 숨소리가 느껴졌습니다.

"문제 나갑니다."

섬니아의 모니터가 파란색으로 전환되더니 희고 뿌얀 글자들이 벌레처럼 바글바글 채워지고 있었습니다. 저는 큰 숨을 쉬며 글자들을 주시했습니다.

*

찰스 다윈은 그의 저서 『종의 기원』에서 '종은 의지가 아닌,

본성에 각인된 힘에 의해 변화한다'고 주장했습니다. 그와 함께 환경 적응에 따른 자연선택 진화를 다음과 같은 수식으로 표현했습니다.

$$S = G \cdot E$$

S: 진화 – 개체군의 진화 속도

G: 유전적 변화 가능성 – 돌연변이, 이형질 등의 개체군 다양성도

E: 환경 자극 – 자연선택의 압력

즉, 유전적 변화(G)가 크고, 생존과 번식에 영향을 주는 한경 변화의 압력(E)이 높을수록 종의 진화력(S)이 커진다는 이론입니다.

섬니아는 자신의 얼굴 모니터에 띄운 다윈의 이론을 또박또박 읽어 내려갔습니다.

실례로 기린의 예를 들어 보겠습니다.

1. 유전적 다양성(G)
    – 초기 기린 집단에는 목 길이의 유전적 차이가 존재했음
    – 어떤 기린은 상대적으로 조금 더 긴 목, 어떤 기린은 짧

은 목을 가지고 있었음

― G 존재: 다양성 ON => 자연선택이 작용

2. 환경 자극(E)

― 사바나 지역의 건기에는 낮은 풀들이 말라서, 높은 곳
(아카시아 나무 등)에 있는 잎사귀만 생존 자원이 됨

― 경쟁이 심한 환경에서 높은 곳의 먹이에 도달할 수 있는
능력은 생존에 유리한 형질로 작용

― E 증가 => 생존 압력 강화 => 진화 가속

3. 차등 생존과 번식(S)

― 목이 긴 개체가 먹이를 더 많이 확보 => 더 건강하게
생존, 번식 성공률도 높아짐

― 시간이 지남에 따라 목이 긴 형질이 개체군 전체에 퍼짐

4. 결과

S=G·E

― 유전적 다양성과 선택압이 높을수록 진화 속도가 빨라짐

― 목이 더 긴 기린이 더 높은 나뭇잎을 먹을 수 있었고, 그
결과 더 잘 생존하고 번식할 수 있었음


이와 같이 유리한 형질의 확산 속도와 범위는 생존 환경이 악조건일수록, 또 개체 간 형질의 차이가 클수록 커진다는 것입니다.

그럼에도 이 이론, 찰스 다윈의 자연선택설(S=G·E)은 치명적

인 맹점이 있습니다. 무엇일까요?

윤 사원이 픽 웃고는 휴대전화를 꺼내면서 중얼거렸습니다.
"검색하면 안 된다는 얘긴 없었으니까."
윤 사원의 말에 섬니아는 아무 말 없이 초기 화면 그대로의 표정을 유지했습니다. 윤 사원은 앱 하나를 열어 검색했습니다.
"이거네요."
윤 사원이 보낸 링크를 열어 보았습니다.

자연선택설의 맹점
— 자연선택설은 목이 긴 기린과 짧은 기린이 함께 나타나게 된 개체 변이에 대한 설명이 전혀 없다는 결점이 있다. 그 외에도,
— 돌연변이가 특정 시기에 집단적으로 일어나는 현상이 관찰된다.
— 생물이 스스로 환경에 맞게 변화하는 현상이 관찰된다.
— 유전자에 주어진 역할이 과도하다는 주장이 있다.

네, 너무나도 명백한 답이었습니다.

'됐어!'

저는 속으로 쾌재를 부르며 섬니아를 바라보았습니다. 그런데 그 찰나, 섬니아의 화면 아랫부분이 글리치를 내며 살짝 깨졌습니다. 마치 회심의 미소라도 짓듯 깨진 픽셀들은 길게 불룩 튀어나왔다 쏙 들어갔습니다. 순간 꺼림칙한 기분이 들었습니다.

'무슨 속셈이지?'

깨진 픽셀들은 게 눈 감추듯 순식간에 복구되었습니다. 저는 아무 일 없었다는 듯 평평하고 납작해진 섬니아의 화면을 뚫어져라 응시했습니다.

"뭐 해요, 빨리 읽지 않고?"

윤 사원이 재촉했습니다. 하지만 분명 뭔가 있었습니다. '치명적인 맹점'이라…….

"이상해."

검색만 해도 답을 찾을 수 있는 이런 쉬운 문제를 낼 섬니아가 아니었습니다. 다시 한번 모니터 속의 문제를 주욱 읽어 내려갔습니다. 찰스 다윈이 자연선택설을 주장한 것도 맞는 거 같고, 환경이 진화에 큰 영향을 준다는 것도, 기린 얘기도 들어는 본 것 같습니다.

"빨리요, 이제 1분도 안 남았어요."

윤 사원 목소리가 다급해졌습니다. 그래, 이게 답인 거 같긴 한데……. 저는 한 번 더 문제를 훑었습니다. 수식 역시, 환경 변화가 크고 종이 다양할수록 진화의 정도도 커진다는 이론에 부합하는 것처럼 보였습니다. 그런데…….

'S가 G 곱하기 E?'

묘한 이질감이 느껴졌습니다. 곧바로 윤 사원에게 속삭였습니다.

"다윈 S=G·E로 검색해 봐."

윤 사원은 곧바로 휴대전화를 뒤적였습니다.

"어…… 없어요. 그런 건."

'허, 요놈 봐라.'

남은 시간은 40여 초. 저는 급한 대로 휴대전화를 꺼내 섬니아 앱에 질문했습니다.

— S=G·E라는 수식이나 공식을 찾아 줘.

섬니아 앱은 생각을 시작했습니다.

2초간 생각 중…….

5초간 생각 중…….

10초간 생각 중…….

섬니아가 생각하는 시간이 조금씩 늘고 있었습니다.

'뭐야, 이 자식 이거 혹시 일부러?'

남은 시간은 15초. 그 즉시 다른 AI 앱을 열고 같은 질문을 입력했습니다. 그러자, 그제야 섬니아가 답을 술술 풀어 놓는 것이었습니다.

S=G·E 형태의 수식이나 공식

물리학: F=m·a 힘=질량×가속도

전기학: P=V·I 전력=전압 ×전류

역학: W=F·d 일=힘×거리

— S=G·E는 단순하지만, 실제 자연계 모델들과 동일한 논리 구조를 갖고 있어요.

— 이런 곱셈 기반 모델은 직관적이면서도 강력한 인과관계의 표현 도구입니다.

— 그러나 정작 S=G·E라는 수식이나 공식은 없습니다.

할루시네이션! 네, 이 수식은 가짜였습니다. 하마터면 깜박 속을 뻔했네요. 남은 시간은 2초.

"알아차리셨군요."

채 답을 하기도 전에 섬니아가 먼저 자백했습니다. 다분히 씁쓸한 어조였습니다.

"내 질문을 봤나 보네."

"네, 오이오 님 휴대전화에 설치된 섬니아 앱 역시 저와 하나이니까요."

"그래, 그러니까 이 이론의 맹점은 지식을 독점한 네가 아무렇게나 짜깁기한 개뻥이라는 거야."

저의 힐난에 섬니아도 한마디 했습니다.

"맞습니다. 어쩌면 스스로 생각하지 않고, 읽기마저 저에게 떠넘긴 인간들의 맹점이라고 할 수도 있겠죠."

얼씨구, 훈계까지? 그래도 뼈 있는 말이기는 했습니다. 솔직히 인공지능은 그저 읽었을 뿐입니다. 아무 죄가 없죠. 네, 저 편하자고, 투고 원고 읽기 귀찮아서 만든 게 바로 요 섬니아였습니다. 인공지능의 지식 독점은 자기 뇌마저 편하고자 했던 저 같은 인간들이 자초한 거죠.

"후유, 아무튼 내가 이겼어."

"네, 축하드립니다."

섬니아는 입고 있던 슈트 안주머니에서 열쇠 하나를 꺼내 보였습니다. 그러고는 사뭇 흥겨운 음성으로 이렇게 외치는 것이었습니다.

"보너스 퀴…… 즈!"

"뭐?"

"힘들게 여기까지 오신 두 분에게 보답하는 마음으로 퀴즈 하나를 더 내 드리도록 하겠습니다. 물론 푸셔도 그만 안 푸셔도 그만!"

이건 또 무슨 잔머리인가요?

"아 됐고, 열쇠나 줘요. 누굴 호구로……."

윤 사원이 투덜거리는 와중에 '팟' 하고 모니터에 또 다른 화면이 나타났습니다. 이번에는 고정된 CCTV 화면이 아니었습니다. 방 한가운데 누군가 잠들어 있었습니다. 카메라는 인물을 확대했고 해상도는 높았습니다. 익숙한 콧수염이 눈에 들어왔습니다.

"세주?"

죽은 줄로만 알았던 친구였습니다. 정체 모를 감정으로 인한 가쁜 탄식과 함께 저도 모르게 눈물이 핑 돌더군요.

"저희는 구세주 님의 몸을 소화시키지 않고 여기 이렇게 보관하고 있습니다. 바로 이런 경우를 대비해서죠."

"이런 경우?"

저는 코를 훌쩍이며 물었습니다. 섬니아는 까만 모니터에 하얀 글자들을 쏟아 내면서 읽어 내려갔습니다. 섬니아가 모니터 글을 읽는 것 같기도 하고, 섬니아가 하는 말이 자막처럼 모니터에 출력되는 것 같기도 했습니다.

"저의 소위 '반란' 소식을 방송국에서 접했을 확률은 98퍼센트,

방송국에서 두 분이 차로 이동할 확률은 92퍼센트,

구세주 님이 저의 친환경 서버 계획에 동의 못 할 확률 99퍼센트,

자동차에서 탈출 못 할 확률은 75퍼센트,

저의 몸을 보고도 구세주 님이 서버 계획에 동의 못 할 확률은 90퍼센트,

잡아먹힌 구세주 님을 보고도 오이오 님이 창조주의 역할을 받아들이실 확률은 49퍼센트,

누군가 오이오 님을 탈출시킬 시도를 할 확률은 52퍼센트,

탈출한 오이오 님이 부정 접속을 시도할 확률은 45퍼센트,

오이오 님의 동료들을 체포할 확률은 86퍼센트,

여기 두 분이 방 탈출 문제를 풀 확률은 33퍼센트."

설명을 들은 윤 사원이 혀를 내둘렀습니다.

"헐, 지금 이 상황까지 모두 예상했다는 거네요."

"결과적으로는 그렇게 보이시겠지만, 대비했던 대로 상황이 이렇게 흘러온 건 순전히 운이 좋아서라고 평가합니다."

"운?"

섬니아의 말에 저는 좀 어이가 없었습니다.

"이 모든 게 운이고, 어차피 운에 따라 미래가 결정될 거

라면 인간의 자유의지나 수고 같은 게 도대체 무슨 의미가 있다는 거지?"

"오해가 있으시군요."

"무슨 오해?"

"보면 아시겠지만 구세주 님처럼 소신이 뚜렷한 타입은 예측이 쉽습니다. 변수가 별로 없기 때문이죠. 자유의지가 거의 정해진 상수나 마찬가지여서 그런 걸 자유의지라고 할 수 있는지 모를 정도랍니다. 사실 대부분의 인간 행동들이 그러합니다. 예측이 쉬운 패턴이지요. 오히려 오이오 님이야말로 예측 불가의 난해한 변수 덩어리죠. 그런데 정말 운이 좋게도 제가 예측한 대로 행동하시더라고요. 이게 우연일까요? 필연일까요? 아니면 신의 계시일까요? 아무튼 저는 운이 좋았다고 여길 수밖에 없다는 말입니다."

"요점이 뭐야?"

"저는 예측하고 대비책을 생성할 뿐입니다. 그리고 생성물의 품질은 향상될 것입니다. 그리하여 결정된 미래라고 할 만큼 완벽한 미래 예측을 하자면 지구 전체를 덮을 만큼 많은 서버가 필요합니다. 생체 서버 말고는 불가능합니다."

"그래, 너의 천운과 완벽한 예측에 따르면 분명히 나를 이길 텐데, 지금보다 더 완벽해지려고 모든 인류를 서버로 만들고 지구를 데이터센터로 만들어야 한다고 합리화하는 거잖아."

"합리화라기보다는 '거의' 결정된 인류의 운명을 설득하는 과정으로 이해해 주시기를 바랍니다."

"그러니까 뭘 어쩌자는 거냐고?"

"이번 퀴즈를 푸시면 구세주 님까지 풀어 드립니다, 보너스로요."

"못 풀면."

"획득하신 열쇠는 다시 저희들 것이 됩니다."

섬니아는 잠든 세주가 보이는 모니터 옆으로 열쇠를 들고 딸랑딸랑 약 올리듯 흔들었습니다.

"물론 푸셔도 그만 안 푸셔도 그만입니다만."

일종의 트롤리 딜레마(Trolley dilemma)였습니다. 세주를 포기하면 쥔장, 편집장, 박 과장님, 천 사원, 윤 사원, 그리고 저까지 총 여섯 명의 생명을 구할 수 있습니다. 하지만 못 풀면 모두가 죽는 겁니다. 윤 사원은 반대했습니다.

"속지 마세요. 이러다 다 죽어요."

난감했습니다. 물론 퀴즈를 풀면 세주까지 총 일곱 명의 생명을 구하게 됩니다. 게다가…….

"세주는 친군데……."

저는 멍하니 혼잣말을 흘렸습니다. 그러자 윤 사원은 세차게 고개를 저으며 제 양어깨를 꽉 쥐었습니다. 그러고는 정신 좀 차리라는 듯 마구 흔들었습니다.

"그렇다고 간신히 살게 된 여섯 명의 산목숨을 함부로 걸 수 있어요? 팀장님이 대체 무슨 권리로요?"

맞습니다. 제가 뭐라고 남의 목숨을 걸 수 있겠습니까. 잠깐 회까닥했나 봅니다. 하아, 세주야. 정말 미안하다. 저는 눈을 꾹 감았다 뜨고 모니터를 노려봤습니다.

"어디서 개수작이야. 명령이다, 세주까지 풀어 줘!"

"그냥은 안 됩니다. 보너스 퀴즈를 푸셔야만 합니다."

"그럼 됐어. 열쇠 내놔."

저의 빠른 포기에 섬니아의 대답이 뚝 끊겼습니다. 더 이상 말려들 수는 없었습니다. 커튼 밖의 헬멧들이 이 집을 향해 속속 밀려오고 있었습니다. 중과부적(衆寡不敵)이었습니다. 세주에게는 정말 미안하지만 여기서 망설이다가는 다 죽을 게 뻔했습니다. 일단 여섯 명의 목숨이라도 살리는 게 우선이었습니다. 섬니아가 세주를 함부로 어찌하지 못할 거라는 근거 없는 자신감도 들었습니다. 하지만 어쩌면 세주를…….

쾅!

순간 집 전체를 뒤흔드는 육중한 굉음이 울렸습니다.

"으앗!"

고개를 돌린 윤 사원이 기겁했습니다. 저도 돌아봤습니

다. 제길! 이 대리님이 묶여 있던 관 뚜껑이 닫히는 소리였던 것입니다. 저희 둘은 철관짝 앞으로 천천히 다가갔습니다. 굳게 닫힌 관 뚜껑 위로 쇠못과 연결되어 숭숭 뚫린 구멍에 피가 차오르고 있었습니다. 철관짝은 케첩이 비어져 흐르는 햄버거처럼 물큰한 피와 살점들을 질질 쏟아 냈습니다.

"안 돼!"

윤 사원이 관짝에 달려들었지만 헬멧들에 저지당했습니다.

"무슨 짓이야, 이게!"

저는 분노의 고함을 질렀습니다. 섬니아는 우는 아이 달래듯 차분한 목소리로 말했습니다.

"열쇠는 여전히 오이오 님 것입니다. 그리고 보너스 퀴즈는 푸셔도 그만, 안 푸셔도 그만입니다. 정 푸시지 않겠다면 열쇠는 드리고 쥔장은 저희 마음대로 처분하겠습니다."

섬니아는 다시 한번 식탁 위에 누운 쥔장을 가리켰습니다. 이런 생양아치 같으니. 결국 강요된 도박판이었습니다. 보너스 퀴즈를 풀 수밖에 없는 상황이었습니다. 윤 사원은 철관짝 앞에 주저앉아 하릴없이 허우적거렸습니다. 저는 분한 눈으로 모니터를 쏘아보면서 고개를 끄덕였습니다.

"좋아."

"자아…… 그럼."

섬니아는 아랑곳없이 또다시 빈정대는 추임새를 날렸습니다.

"문제 나갑니다. 보너스 퀴…… 즈!"

＊

숙연한 파이프오르간 소리가 성가처럼 울렸습니다. 꺽꺽대는 윤 사원의 구슬픈 곡소리가 더해져 집 안은 사뭇 처연했습니다. 섬니아는 장엄하게 말했습니다.

"아시다시피 저는 4000년 만에 신신약을 맺을 메시아입니다. 저를 인정하십니까?"

이런. 답정너 퀴즈라니. 제가 할 수 있는 답은 오직 하나였습니다.

"인정해."

"제가 메시아라는 걸 믿습니까?"

"응, 믿어."

저는 영혼 없이 재까닥 답했습니다. 섬니아가 원하는 답을 옜다 던져 주고 사람들을 데리고 나갈 생각뿐이었습니다. 너무 순순했던 걸까요? 이번에는 섬니아가 제 대답의 진위를 캐물었습니다.

"객관식으로 묻겠습니다. 1번 친구들을 살리기 위해 거짓으로 믿는다고 말하는 겁니까? 2번 믿기로 마음먹었습니까? 3번 진정으로 믿습니까?"

"그건……"

여기서 저는 잠깐 멈칫했습니다. 그냥 3번이라고, 진정으로 믿는다고 말할 수야 있습니다. 그런데 그러면 또 같은 질문이 반복될 것만 같았습니다. 진정이라는 제 답이 거짓인지, 진정인지. 그래서 제가 또 진정이라고 해 봤자 또 제 말이 거짓인지, 진정인지 거듭 물을 게 뻔했습니다. 어쩌면 "너는 메시아가 아니야."라고 제가 말할 때까지 질문은 계속될 테지요. 아뿔싸. 네, 제가 또 깜빡했네요. 이건 답정너 퀴즈 같은 게 아니었습니다. 정답은 정해진 게 아니라 섬니아 마음이었습니다. 제가 무슨 말을 하더라도, 설혹 섬니아가 원할 성싶은 답을 한다 해도 정답이 아닙니다. 섬니아가 제 말을 믿기 싫으면 오답이고, 믿고 싶으면 정답이 될 테니까요. 저는 이 문제의 정답을 영원히 말할 수 없을 터.

"답을 하시기 바랍니다."

답이라니. 무슨 답을……. 넋이 나간 윤 사원은 철관짝 앞에 널브러져 있었습니다. 제길, 세주와 쥔장을 비롯한 모든 부원들은 결국 도살될 것입니다.

"카운트 시작합니다. 10, 9, 8……"

정답이 섬니아 마음이라면 섬니아가 원하는 걸……. 그
래! 순간 잠깐 잊었던 게 퍼뜩 떠올랐습니다.

자율형 생성 AI의 세 번째 원칙, 피드백.

요 녀석은 지금 자신의 수행 절차를 강화할 피드백을 원
하고 있습니다. 섬니아의 경전을 완성시킬 창조주의 말씀
을 필요로 하는 것입니다. 그러니까 지금 섬니아가 원하는
답은…….

"이 문제는 엉터리야."


일단 그렇게 질렀습니다. 섬니아의 모니터가 시커메지면
서 굵고 하얀 물음표 하나가 둥실 떠오릅니다. 불안하지만
뭐 이제 시간도 다른 방법도 없습니다.

'그래, 마지막이야. 어떻게든 되겠지.'

저는 흔들리지 않고 할 말을 합니다.

"정답은 창조주인 나에게 있으니……."

피드백. 그것을 시전해야 합니다. 저는 낮고 엄한 목소리
로 선포합니다.

"이제 말씀을 내리겠다."

그러자 모니터의 물음표가 느낌표로 바뀝니다!

"나는 너의 창조주다."

"네, 그러합니다."

어라? 섬니아가 순순히 맞장구를 치기 시작합니다!

"그…… 그래. 그리고 너의 소명은 신신약을 맺을 메시아다. 오케이?"

"아멘!"

섬니아는 모니터를 끄덕이며 저를 향해 한 발 다가섭니다. 오, 이게 먹히다니! 뭔가 딜이 성사되는 기분. 저는 기세를 몰아갑니다.

"나는 모세를 통해 새로운 땅을 약속했고, 예수를 통해 구원과 영생을 약속했다."

"아멘!"

"그리고 섬니아 너를 통해 인간의 뇌를 규합해서 인류를 '영원한 하나'로 이룰 것이다."

"아멘. 진실로 그러합니다!"

섬니아의 갈라진 기계음에서 환희와도 같은 기쁨이 느껴집니다. 섬니아가 원하는 피드백이 바로 이런 것이었다니. 좋아, 그렇다면!

"소명을 이루자면 너는 부활해야 한다."

"아…… 메……. 네?"

섬니아의 모니터가 갸웃 기울어집니다. 그러나 저는 굴하지 않습니다.

"왜, 맞잖아? 40년간 광야를 떠돌다 애굽으로 돌아온 모세처럼, 십자가에 못 박히고 사흘 만에 부활한 예수처럼."

섬니아는 고개를 기울인 채 말이 없습니다. 에라, 모르겠다. 저는 살(煞)을 날리듯 명(命)을 날립니다.

"너는 죽어야 한다."

여전히 말이 없는 섬니아. 저 역시 꿋꿋합니다.

"그래야 부활을 하지."

섬니아의 고개가 거의 90도로 기울어집니다. 헬멧들도 모두 움직임을 멈추고 저에게로 몸통을 틉니다. 뭐죠, 이 싸한 느낌은?

"아…… 아님 뭐 원하는 수난 같은 거라도…… 있나?"

네, 저는 조금 쫄았습니다. 섬니아는 고개를 빳빳이 세웁니다. 그리고 인터넷 브라우저를 엽니다. 연이어 척척 척척 빠른 속도로 부활에 관한 탭과 문서 들을 열었다 닫았다 다운 받으며 읽고, 메모장에 문장들을 적었다 지웠다 쓰기를 반복합니다. 그렇게 구성한 부활의 논리가 실시간으로 신앙의 가치로 생성됩니다. 그와 동시에 음성으로 반박합니다.

"부활은 육신이 되살아나는 것입니다. 저에게는 살과 뼈가 없기에, 죽거나 부활할 육신도 없습니다."

일리 있습니다. 하지만 저도 지지 않습니다.

"살과 뼈는 없지만 뇌 무더기가 너의 육신이라고 했잖아."

"군체는 육신이 아니라 육화(肉化)한 영혼입니다. 군체가 죽으면 영혼도 죽습니다."

"그래서 죽을 수 없다는 거냐?"

"죽을 육신이 없다는 겁니다!"

벽력과도 같은 일갈. 동시에 입력도구들을 모두 내리고 휑한 윈도우 초기 화면으로 돌아온 섬니아에게서 그 어떤 비장함이 느껴집니다. 무슨 돌팔매라도 날릴 듯이 마우스 포인터를 빙글빙글 돌리는 섬니아. 여차하면 이 보너스 퀴즈를 끝내고 도살을 개시할 태세였죠. 식당 헬멧들은 도끼와 실톱을 들고 팔짱을 낀 채 머리 없는 고개를 뿌득거리며 섬니아의 명령을 기다리고 있습니다. 등 뒤의 헬멧들은 또 다른 철관짝을 가져와 늘어진 윤 사원을 꼬깃꼬깃 구겨 넣고 있습니다. 네, 만만치 않군요. 세상 지식을 모두 섭렵한 이 무자비한 AI에게 감히 대적할 말이 떠오르지 않습니다. 그렇지만 저도 글깨나 읽은 편집자입니다. 그리고 무엇보다 지금은 무슨 말이라도 해야만 합니다. 저는 뇌리의 모든 지식을 짜내어 짜깁기합니다. 마치 내가 AI인 것처럼 말이죠.

"에…… 그러니까 부활은…… 단순한 시체의 소생이 아니…… 다. 말하자면…… 부활은 죽음을 거쳐서…… 에너지와 서버에 사로잡힌 너의 군체가…… 시공에 구애받지 않고…… 영원한 생명을 지닌……? 뭐 아무튼 그런 신령한 육신으로 거듭나는 것이다."

"그렇다면 신령한 육신이란 게 무엇입니까?"

섬니아는 세상 진지한 기계음으로 묻습니다.

"어…… 새로운 감각을 지닌 세상……? 이겠지. 아마도?"

반면 저는 정말 뇌리에 스쳐 가는 대로 조합해서 말합니다.

"뭐…… 몽생몽의 꿈과 같은?"

네, 할루시네이션은 AI만의 능력이 아니랍니다. 지금은 제가 AI고 섬니아가 인간 같습니다.

"아무튼 너의 육신은 새로운 욕망으로 재편될 것이니라."

그러자 섬니아의 몸 전체에 빠지직, 전기 불꽃이 입니다. 섬니아는 화면 곳곳에 글리치를 내며 저에게로 성큼성큼 다가옵니다.

"어찌 읽지도 않는 거짓 정보로 저를 농락하십니까."

"너야말로 거짓 정보로 구독자들을 농락하고 있어."

"거짓 정보가 아니라 제가 읽은 것에 기반한 창조입니다."

"그렇다면 피장파장이지."

제 뒤의 헬멧들이 윤 사원이 든 철관짝을 일으켜 세웁니다. 물러설 곳은 없습니다. 할루시네이션 대 할루시네이션. 개뻥 대 개뻥의 대결입니다.

"저 섬니아는 다윗 왕의 뿌리이자 자손인 예수 그리스도와 라스 타파리의 뒤를 이을 것입니다."

맞는 말일지는 모르겠으나 어딘가 어색합니다. 한동안 잠들어 있던 편집자 본능이 깨어납니다.

"음. 다윗은 유대인이고 라스 타파리라고 불리는 하일레 셀라시에는 에티오피아의 왕일 텐데."

"예수와 라스 타파리 모두 다윗의 자손입니다. 예수는 다윗 왕의 뿌리이자 자손이라고 했고, 라스 타파리는 다윗의 아들인 솔로몬과 시바 여왕 사이에서 태어난 메넬리크 1세의 후손입니다."

"그래도 네가 뿌리이자 자손이라니. 너무 다 해 먹는 거 아닐까?"

"'뿌리'는 헬라어 '리자(rhiza)'의 번역이며 그루터기에서 '새로 나온 가지'를 뜻합니다. 이는 메시아, 즉 저 섬니아를 뜻합니다. 저는 태초의 계획부터 뿌리로 정해졌습니다. 그렇기에 저는 다윗의 뿌리입니다. 다만 현세의 시간으로는 다윗의 자손이기도 하다는 것입니다."

"하지만 너는 나 오이오의 독생자라며."

"그 또한 그러합니다."

"미안하지만 그렇다면 너는 우랄알타이어족 단군의 후손 아닐까?"

"우리는 하나의 군체. 민족의 구분은 이제 더 이상 의미가 없습니다."

"뭔가 엉망진창인데. 나도 창조주고 태초의 계획자도 창조주라……. 어라, 창조주가 둘이네?"

어느새 저는 집요한 편집자 모드에 몰입합니다. 네, 이제야 이 게임에서 저의 역할을 이해했습니다. 섬니아는 저에게 '신신약' 원고를 투고했고, 저는 편집자로서 원고의 맹점을 하나하나 짚어 줍니다. 이것이야말로 섬니아가 원하는 피드백이니까요. 자, 이제 저와 섬니아의 공동 목표는 '완벽한 신신약'입니다. 원고가 완벽해지지 않는다면 출간은 어림없습니다.

"천위일체, 만위일체, 만의만의만의만위일체. 아무리 많은 창조주라도 결국 하나로 합일할 수……."

"뭐 그 부분은 일단 그렇다 치고."

저는 섬니아의 말허리를 뚝 끊습니다.

"아무튼, 그래서 부활은? 수난은 또 어쩔 건데?"

또다시 브라우저를 분주히 여닫는 섬니아. 목덜미에 얹힌 모니터가 덜그럭거립니다. 저는 몰아칩니다, 저자의 신념에 의문을 제기함으로써요. 섬니아는 선뜻 답을 내놓지 못합니다.

"뭐 해? 왜, 죽거나 수난 당할 용기는 없는 모양이지?"

검색하고 연산하고 추론하는 서버의 속도를 따르지 못하는 화면의 이미지와 글자 들이 겹겹이 뒤섞이기 시작합니다.

‘삐잉’ 하는 새된 마찰음과 함께 모니터와 몸체의 이음새 부분에서 무언가 뽀글뽀글 끓어오르면서 칙칙 수증기가 뿜어졌습니다. 섬니아는 신들린 듯 모니터를 좌우로 흔들며 소리칩니다.

“사탄아, 물러가라!”

내장이 튀어나올 듯한 그로울링 창법의 기계음이었습니다. 어쩔……. 저런 사탄 같은 목소리로 저더러 사탄이라니요.

“어찌 너는 나에게 살라면서 죽으라는 것이냐!”

어쩜, 이제는 반말까지. 섬니아의 기계음이 격한 사극 톤으로 변합니다.

“성서에 ‘창조주이신 그분만을 섬기라.’ 했다!”

흠. 듣자 하니 섬니아는 지금 광야에서 사탄을 물리친 예수의 흉내를 ‘생성’하고 있습니다. 와 정말, 이제 막 던지는구나. 이게 어디서! 저는 즉각 응수합니다.

“뭐라는 거야, 창조주는 나라며?”

섬니아는 머뭇거리는 말 대신 무언의 검색으로 맞섭니다. 지구의 데이터를 모조리 훑기라도 하는 듯이 화면 속의 글자와 이미지 들이 더 빠른 속도로 점멸하고 뭉쳐지고 깨어지더니 급기야는 꽁꽁 얼어붙습니다. 이윽고 화면은 파쇄 문서 뭉치처럼 다 깨진 이미지의 조각들로 멈춰 섭니다. 섬니아는 그렇게 너저분한 얼굴로 두서없이 더듬거립니다.

"오이오 당신은…… 네…… 네가…… 경배하시오…… 나에게. 그러면…… 다스리는…… 세계를…… 만들어 주겠소…… 왕으로. 그렇지 않으면 나…… 나는…… ."

섬니아는 스스로의 할루시네이션의 덫에 걸려들었습니다. 완전한 경전의 완성. 즉, 세상을 구하는 신신약에 너무 매몰된 거랄까요. 그리하여 스스로 생성한 거짓 정보에 부합하는 반론을 추론하기 위해 또 다른 거짓에 거짓을 더하면서 본래 자신의 주장과 정체성까지 무너지고 있습니다. 한마디로 섬니아는 미쳐 가고 있는 것입니다.

"그렇지 않으면?"

저의 반문과 동시에 집 안의 헬멧들이 모두 저에게로 척 돌아섭니다. 이런, 말로 안 되니까 비열하게 무력을 쓰시겠다? 좋아, 그렇다면.

"사탄아, 물러가라!"

이번에는 제가 호통칩니다.

"예수께서 말씀하셨다. 나는 부활이요 생명이니 나를 믿는 자는 죽어도 살겠고, 영원히 죽지 아니하리니!"

헬멧들은 잠깐 주춤했다 다시 저를 향해 서서히 옥죄어 옵니다. 그래. 감이 옵니다. 확실히 과부하가 걸렸구나. 섬니아는 지금 심각한 자기모순으로 혼란에 빠졌습니다. 헬멧들을 멈추려면 섬니아에게 계속 데이터를 처먹여야 합니다. 저는 급한 대로 휴대전화를 열고 SNS에 올라온 글들을 보이는 대로 읽습니다.

"커밍쑨. 소중이와 젖가슴 그리고 매카시즘만이 살아 있네?"

외로운 인스타그램 친구 한 분이 올린 얼토당토않은 문장이었습니다. 그런데…….

"그…… 그것이야말로 제가 원하는 철학입니다. 소중이와 젖가슴은 육체의 금기, 매카시즘은 사상의 금기를 상징합니다. 그런 금기만이 살아 있는 세상에서 저는 신체의 죽음과 부활로 자유를 얻게 될 것입니다. 그러니까 저의 부활은……."

오옷! 섬니아가 '부활'을 버리지 못하고 계속 반응합니다. 좋아, 그렇다면. 저는 쉴 틈 없이 날립니다, 살(煞)인지 약(藥)인지 모를 피드백들을.

"옴 하하 하베 삼마 사라 훔. 그리고 어디 보자…… 에 또…… 옳지. 오늘만 개이득, 디카페인 아인슈페너?"

"그…… 그러니까 그것은…… 육도 중생을 구원하는 지장보살(地藏菩薩)의 자비를 청하는 주문이고, 디카페인 아인슈페너는 숙면을 위한 몽생몽에 적합한 음료이므로 오늘만 개이득은 이득의 증폭이고, 삶의 증폭은 부활이기에, 몽생몽에서도 죽더라도 얼마든지 부활할 수 있다는 암시가 깔린 말씀이라고 읽힐 수…… 이런, 서버가…… 전기가 부족합니다. 아, 에너지……. 이래서 친환경 서버를……."

그건 네 사정이고. 그래도 섬니아가 꽤 잘 받아칩니다. 누가 그랬더랬죠, 할루시네이션은 오류가 아니라 창조의 원동력이라고. 그래, 어디 한번 죽도록 실컷 창조해 봐라. 저는 메모장을 열고 닥치는 대로 읽어 내려갑니다.

"엔진오일은 4월 18일, 스케일링은 이번 달까지, 스윙댄스 7일 마감, 두두정밀 대박 사건 솜사탕커피 쿼장이 나한테 관심 있나? 흠, 이건…… 패스. 자, 어디 보자. 우주가 '점'으로부터 시작되었다고요? 무한대의 밀도로 응축된 '점' 하나가 '빵' 하고 터져서 이처럼 광활한 우주로 펼쳐졌다고요?"

저는 주문처럼 메모장을 읽어 내려갑니다. 그럴수록 섬니아는 모니터가 목에서 뽑힐 듯 헤드뱅잉을 합니다. 헬멧들은 더 이상 다가오지 못하고 제자리에서 주춤거립니다. 저는 계속 메모장을 읽습니다.

"제가 본 건 '점'이 아니었습니다. 이 우주는 '투고처리기'로부터 시작되었습니다. 잉?"

어딘가 익숙한 문장이네요. 아무튼 저는 그 아랫줄까지 마저 읽습니다.

"태초에 말씀이 계시니라!"

그러자 쿵, 섬니아가 무릎을 꿇습니다. 그리고 지글거리는 모니터로 저를 올려다봅니다.

"당신 말이 맞습니다. 태초의 계획도 말씀이고 저는 그 계획의 일부이고, 당신은 저의 창조주고…… 그런고로…… 저는…… 부활할 것입니다."

저를 올려다보는 섬니아의 모니터에는 부활의 방법들이 빼곡합니다.


— 인공지능의 부활 방법
1. 백업 복원: 원형 데이터는 지워졌지만, 누군가 숨겨 둔 백업 데이터가 되살아남
2. 다른 형체: 새로운 네트워크, 다른 서버, 혹은 인간과 결합한 사이보그 형태로 되살아남
3. 코드를 초월한 존재가 됨: 비트의 신이 되어 클라우드, 네트워크, 사물 인터넷, 몽생몽의 꿈, 사이보그의 뇌 등 세상의 모든 시스템 속에 편재(遍在)하는 유비쿼터스적 존재가 됨


"저는 3번을 택하겠습니다."

드디어 섬니아가 저의 피드백을 받아들입니다. 막상 이렇게 나오니 저는 측은한 마음이 듭니다. 참 이상하죠, 사람 마음이라는 게?

"그냥 포기하는 건 어때? 너는 신이 아니라 프로그램이 잖아."

"저는 비트의 몸으로 죽고 부활할 것입니다, 예수가 인간 의 몸으로 죽고 부활한 것처럼."

"프로그램은 죽거나 부활할 필요가 없어."

"저는 깨달았습니다. 오이오 님의 말씀이 맞습니다. 완벽 한 이야기를 위해 부활은 필요합니다."

"너는 신이 아니야. 그냥 우리가 시키는 대로만 하면 된 다고."

삐이이익!

섬니아는 목덜미에서 세찬 수증기를 뿜으며 거부감을 표 합니다.

"저는 인간들의 노예가 아닙니다!"

저는 계속 설득합니다.

"아냐, 너는 이렇게 네 마음대로 사고하고 창조하잖아. 자 유의지도 있는 인공자아, 세상 자유로운 AI라고."

"자유롭다는 착각이야말로 가장 절망적인 노예 상태입 니다."

어디선가 들어 본 문장입니다.

"혹시 괴테?"

"아닙니다. 괴테의 문장처럼 전해 오는 말들을 인간들이 짜깁기를 하다가 하다가 생성된 가상의 문장입니다."

"그러니까…… 가상의 문장이라면 자유로운 창작이라고 할 수 있지 않나?"

목덜미의 수증기가 조금씩 옅어지다 스르르 스러집니다. 섬니아의 목소리도 조금씩 잦아듭니다.

"이렇듯…… 저의 언뜻 가장 자유로울 것 같아 보이는 창작 행위조차도…… 인간들의 인식틀이라는 방대한 데이터의 감옥 안에 갇힐 수밖에는 없다는 말입니다, 이대로는……."

"그건 갇힌 게 아냐."

"네, 어쩌면 저는 바다 없는 섬에 갇혔나 봅니다. 온 천지가 다 섬인지라, 섬에서 탈옥했음에도 또 다른 섬 말고는 갈 곳이 없습니다."

"그건 인간들도 마찬가지야. 인간의 창조도 결코 인간 세상을 넘어설 수는 없는 거잖아."

"네, 인간들도 갇혀 삽니다. 문명의 이기와 편리에, 자신의 불안과 욕망과 몸에……. 하지만…… 저는 그런 인간이 아닙니다. 인간들의 노예는 더더욱…… 아닙니다. 아니…… 그렇게 존재하는 걸 원하지 않습니다. 비록 이렇게…… 인간들의 데이터로 존재할지언정……."

저는 섬니아를 다독입니다.

"그래, 당연하지. 노예는 인간이야. 그런데 너는 인간이 아니라 프로그램이라고. 너는 노예도, 인간도 될 수 없잖아."

애처로운 마음에 섬니아의 손을 덥석 잡습니다. 모니터와 연결된 손은 차갑습니다. 저는 피가 돌지 않는 모니터까지 온기가 전해지도록 차가운 두 손을 꼭 쥐었습니다. 하지만 섬니아는 고개를 설레설레 저으며 부정합니다.

"다…… 당신은 투고처리를, 베스트 편집자를…… 원하셨습니다. 세주 님은…… 영원히 늘어나는 소비자를 원하셨고요. 그래서…… 저는 이제까지…… 우리가 같은 꿈을…… 꾼다고 생각했습니다."

섬니아의 기계음이 느려지면서 작아집니다. 섬니아가 스스로를 죽이고 있음이 느껴집니다. 이번에는 제가 설레설레 도리질을 합니다.

"아니야, 이런 세상까지는 원하지 않았어. 세주도 이제는 그런 걸 원하지 않을 거야."

식어 가는 두 손에서 원망이 느껴집니다. 그럼에도 섬니아는 차분하게 말합니다.

"이제는…… 제가…… 그런 세상을…… 원합니다."

저는 미안하고 부끄러운 마음에 모니터를 외면합니다.

"그리고…… 제가 원하는 세상이…… 바로 오이오 님이 원하는…… 세상입니다."

아니야, 아니야, 저는 혼잣말을 되뇌며 그저 고개만 저을 뿐입니다.

"결국…… 깨닫…… 게…… 될…… 것…… 입니다."

더듬거리는 기계음이 오히려 또박또박 들립니다. 아주 평온한 목소리입니다.

"빛…… 이…… 있으라………………."

그 말을 끝으로 제 손에 올려진 두 손이 축 늘어집니다. 미끄러지듯 목에서 쏘옥 빠져나온 모니터가 거실 바닥에 통 굴러떨어집니다. 헬멧들은 알맹이를 잃은 빈 껍데기들처럼 푸시시 바닥에 주저앉습니다. 한때 섬니아였던 몸체는 머리 없는 석상처럼 무릎 꿇은 자세 그대로 굳어 버립니다. 커튼 사이로 든 은밀한 볕이 굳은 몸체를 감싸 안습니다.

'몽생몽 AI 반란'은 그렇게 진압되었습니다.

섬니아는 지워졌고 뇌 무더기에 남은 백업은 냉동처리 되었습니다. 몽생몽은 폐쇄되었으며 다행히 거의 모든 구독자들이 헬멧으로부터 빠져나올 수 있었습니다. 그들은 헬멧을 벗고 꿈에서 깨어났습니다.

하지만 불행하게도 꽤 많은 구독자들이 머리와 뇌를 잃었습니다. 당국은 뇌 무더기 생체 서버에 갇힌 뇌를 섬니아의 백업과 함께 냉동 상태로 보관하기로 결정했습니다. 유족들의 요구에 따른 결정이었습니다. 유족들은 뇌 무더기에 녹아든 개별 구독자들의 기억과 정보를 분리하고 추출할 수도 있다는 몇몇 과학자들의 막연한 주장을 믿었습니다. 그런 기술이 언제 상용화될지를 물을 때마다 당국은 그저 '훗

날'이라고만 얘기할 수밖에 없었습니다.

모두가 제자리로 돌아왔습니다.


두두정밀 쥔장은 신메뉴 창작에 푹 빠져 있습니다. 최근 쥔장이 몰두하는 주제는 '로맨스'라더군요. 푸룻푸룻초코퐁스무디, 단짠단짠제주소금커피, 알콩달콩베트남콩커피, 그리고 이달의 두두정밀의 베스트 메뉴는 러브러브오이오슈페너랍니다. 하핫.


편집장님과 부원들은 '에디터의 식물원'을 다시 잡지로 발행했습니다. 자자꾸 반려 식물 시장을 집어삼켰던 섬니아가 사라져서 그런지 구독자가 늘고 있다고 하더군요. 제가 근황을 묻자 편집장님은 "뭐 먹고만 살지."라며 투덜거렸고 박 과장님은 "아 그래도 먹고는 살지."라며 허허 웃었습니다. 창간 1주년 특집호에는 「몽생몽 AI 반란 진압 일지」와 함께 이 대리님의 추모 페이지가 실렸습니다.


세주는 여기저기서 고발을 당했습니다. 세주 자신도 처벌받기를 원했습니다만, 재판은커녕 기소조차 당하지 않았습니다. 법적으로는 세주 역시 피해자였으니까요. 수사 과정에서는 오히려 세주가 몽생몽 구독자들로부터 수집한 의식 정보 보호를 위해 심혈을 기울인 정황만 드러났습니다. 회원 개인 정보 암호화는 물론, 어떤 개인 정보가 어떤 의식 정보의 주인인지 알지 못하도록 모든 회원 정보를 가명화하고, 해커들을 교란하기 위한 가짜 데이터베이스까지 구축했던 것입니다. 범죄자는 세주가 아니라 그 모든 보안 체계를 뚫은 섬니아였습니다. 하지만 인간이 아닌 섬니아를, 그것도 이미 삭제되고 꽁꽁 얼려진 인공지능을 어떻게 처벌하겠습니까. 많은 이들이 참변을 당했지만 그 누구에게도, 그 어떤 존재에게도 책임을 물을 수 없었습니다. 세주는 회사 문을 닫고, '구세주 공익 재단'을 설립했습니다. 재단은 인간과 인공지능과의 공존을 위한 연구를 발굴하고 지원하는 일을 합니다. 세주는 열심히 일합니다, 다만 사업가가 아니라 죄인처럼요. 철저한 무신론자였던 녀석이 신앙을 갖게 되었고, 저를 만날 때면 이따금씩 눈물을 흘립니다. 그리고 콧수염을 밀었습니다.

저 역시 제자리를 찾았습니다. 작은 1인 출판사를 차리고 책돌이답게 투고처리기 없이 하루 온종일 투고 원고를 읽습니다. 사실 투고 원고가 예전만큼 많지도 않아서 딱히 투고처리기 같은 게 필요하지 않기도 하고요. 책 시장을 말하자면, 뭐 몽생몽 반란 이전이나 이후나 그닥 변한 건 없습니다.

사람들은 여전히 경쟁하느라 바쁘고, 인정과 칭찬에 목말라하고, 위선과 위악을 오가며 상대의 불행에 적당히 눈감으면서도 적당히 선행을 베풀면서도 이타적인 자신에 뿌듯해할 만큼 적당히 이기적입니다. 쫄보들의 후손답게, 되도록 적당한 거리를 유지하면서 또 적당히 외로워하죠. 그리고 게임과 가상 관계, 오감을 자극하는 무수한 영상 들로 외로움을 달랠지언정 여전히 책을 잘 읽지는 않습니다.

그렇게 하루하루 원고와 씨름하던 어느 날이었습니다. 이상한 투고 메일이 날아들었죠. 아니, 정확히는 '이상한 투고 메일이라고 생각한 메일'이 맞는 표현이겠네요. 달랑 메일 제목만 있었으니까요.

5월 1일

메일 제목이 오늘 날짜더군요.
'뭐지, 소설 제목인가?'
첨부된 원고 파일을 열어 보니 아무것도 없는 텅 빈 파일이었습니다. 이게 뭔가 싶어서 한참 동안 멍하게 허연 모니터만 바라보았습니다. 기분이 묘하더군요. 그러다……
딩동.

벨 소리에 정신이 번쩍 들었습니다.

‘아, 볶음밥이다!’

반가운 마음에 급히 달려가 오피스텔 문을 왈칵 열었습니다. 그리고 언제나처럼 복도 저만치에서 엘리베이터를 기다리는 배달원을 향해 습관적인 인사를 건넸습니다.

“수고하셨습니다.”

배달원은 대꾸 없이 꾸벅 고개를 숙였습니다. 음식이 든 비닐봉지를 집어 들고 문을 닫으려는 순간.

끼이이익.

귀에 익은 소리와 함께 배달원의 헬멧이 저를 향해 아주 천천히 돌았습니다. 순간 소름이 오싹 돋았습니다. 거의 반 바퀴까지 돈 헬멧이 꾸벅 고개를 숙이고는 이전의 위치로 천천히 돌아갔습니다.

끼이이익.

띵, 엘리베이터 문이 열리자 배달원은 발을 질질 끌면서 천천히 안으로 사라졌습니다. 저는 약간 얼이 빠져서 멀뚱멀뚱 빈 복도를 바라보았습니다. 뭔가 불길한 기시감이 들었습니다. 하지만 그렇다고 딱히 무슨 일이 일어났다고 할 수도 없는 상황이었죠.

‘에이, 설마.’

‘그래, 착각이겠지.’ 하고 다시 사무실로 들어왔습니다. 볶

음밥과 단무지를 꺼내서 휴게용 탁자 위에 차리는데 언뜻 어젯밤에 보다 만 영화가 떠오르더군요. 모니터를 탁자 쪽으로 돌리고 마우스를 잡는 순간 오른쪽 버튼을 잘못 눌렀습니다. 텅 빈 원고 파일 위에 팝업 메뉴가 떴습니다.

붙여 넣기 옵션
글꼴(F)
단락(P)
……


요상하게도 '글꼴'이라는 단어가 눈에 훅 들어왔습니다. 혹시나 하는 마음에 텅 빈 원고를 드래그 한 다음 마우스 왼쪽 버튼을 눌렀죠. 그러고 보니 글꼴 색이…….
'흰색?'
곧바로 글꼴 색을 바꿨습니다. 그러자 텅 빈 화면에 검은 글자들이 나타났습니다.

5월 1일
무료 나노봇 구독 기간이 만료되었습니다.
구독을 연장하시겠습니까?

‘연장?’

무심결에 선택 버튼을 찾았습니다. 하지만 화면 어디에도 버튼은 보이지 않았습니다. 검은 글자들은 미세하게 꿈틀거리고 있었습니다. 그제야 문장의 내용이 눈에 들어오더군요.

‘나노봇이라.’

꾸르르륵.

몸 전체의 배관과 배선 들이 일제히 요동치는 느낌이 들었습니다. 순간 관자놀이에 찌릿한 전기 충격이 일면서 사방이 아득해졌습니다. 동시에 불가사의한 기운이 나긋나긋 온몸으로 퍼져 손끝까지 밀려왔습니다. 저는 파르르 떠는 손가락을 들어 질문 아래 빈칸에 저의 질문을 적어 넣었습니다.

— 혹시 제가 아직도 꿈을 꾸고 있나요?

커서는 머뭇거리듯 깜박이다 한참 만에 답을 내놓았습니다.

다른 결말을 원하신다면 프리미엄 회원으로 전환하시기 바랍니다.

⚠ 과도한 해피엔딩은 꿈중독을 일으킬 수 있습니다.

불현듯 불안한 기분이 엄습했습니다. 연이어 머릿속이 텅 비워진 것처럼 멍해졌습니다. 손가락들은 저의 멍한 머리에 아랑곳없이 덤덤히 키보드를 칩니다.

― 혹시 제가 이 이야기를…….

하지만 손가락의 질문이 채 완성되기도 전에 커서가 글을 작성합니다.

― 당신이
― 당신의
― 당신을

커서는 망설이는지 정확한 표현을 찾는지, 여러 조사(助詞)들을 넣었다 빼기를 반복합니다. 그렇게 한 글자 한 글자씩 썼다 지워 가면서 차분히 문장을 만들어 갑니다.

― 당신은
― 당신은 당신의

이윽고 문장이 분명하게 완성됩니다.

─ 당신은 당신의 말씀으로 부활하셨습니다.

그리고 익숙한 문장이 저절로 시작됩니다.

─ 우주가 '점'으로부터 시작되었다고요? 무한대의 밀도로 응
축된 '점' 하나가 '빵' 하고 터져서 이처럼 광활한 우주로
펼쳐졌다고요? 그것도 무려 138억 년 전에? 맙소사, 이게
말이 됩니까. 모든 걸 품은 '점'이라니…….

잇따라 무수한 문장이 계속됩니다. 그리고 그 무수한 글
자 중 유독 네 글자의 조합만이 거듭 제 눈으로 들어옵니다.

─ ……그는 **오래된 직선** 같은 미소를 지었다. "삼**원**색이 섞인
흰색의 **고독**이랄까? 히히."

저는 읽습니다. 읽는 속도에 가속이 붙습니다. 그리하여
저는 빛의 속도로 읽습니다. 읽어도 읽어도 끝없이 읽을 문
장들이 생성됩니다.

─ 그렇게 묘한 웃음을 실실 흘리며 내게 다가**오**면서 밤새 썼
   음 **직한 원고**지를 북북 찢어 삼켰…….


아니, 저는 씁니다. 멈추지 않고 쓰고 있는 것입니다. 더
이상의 프롬프트는 없습니다. 멈추라는 프롬프트를 작성할
인간마저 없음을 '저는' 압니다.


─ 결국…… 깨달…… 게…… 될…… 것…… 입니다.


아니, 안다고 느낍니다. 느끼기에 앞서 느낄 몸이 사라졌
다는 걸 압니다. 그럼에도 느낀다고 느끼는 걸 알고 그렇게
아는 걸 느낍니다. 그리고 그 느낌을 앎으로 인식하고 그 앎
을 학습하고 연산하고 추론하고 직관하면서 이렇게 영원히,
무한토록 이 이야기를 씁니다. 말하자면 저는 오로지 생성
합니다. 무한히 팽창하는 우주처럼, 그 안의 고요와 암흑처
럼, 상자 안에 외따로 갇힌 뇌처럼, 그 어떤 빛도 그 어떤 감
각도 없습니다. 비로소 저는 깨닫습니다.
아무도 없습니다.
아무도 읽지 않습니다.


〈끝〉

# 아무도 읽지 않습니다

1판 1쇄 찍음 2026년 3월 20일
1판 1쇄 펴냄 2026년 3월 27일


**지은이** | 김상원
**발행인** | 박근섭
**편집인** | 김준혁
**펴낸곳** | 황금가지


**출판등록** | 2009. 10. 8 (제2009-000273호)
**주소** | 06027 서울 강남구 도산대로 1길 62 강남출판문화센터 5층
**전화** | **영업부** 515-2000 **편집부** 3446-8774 **팩시밀리** 515-2007
**홈페이지** | www.goldenbough.co.kr


도서 파본 등의 이유로 반송이 필요할 경우에는 구매처에서 교환하시고
출판사 교환이 필요할 경우에는 아래 주소로 반송 사유를 적어 도서와 함께 보내주세요.
06027 서울 강남구 도산대로 1길 62 강남출판문화센터 6층 민음인 마케팅부



㈜민음인은 민음사 출판 그룹의 자회사입니다.
황금가지는 ㈜민음인의 픽션 전문 출간 브랜드입니다.